BUR
Rizzoli

Katy Birchall

Diario di una IT GIRL per caso

Traduzione di Mathilde Bonetti

BUR
Rizzoli

Pubblicato per

BUR Rizzoli

da Mondadori Libri S.p.A.

Titolo originale: *The It Girl*

Original English language edition first published in 2015 by Egmont UK Limited
The Yellow Building, 1 Nicholas Road, London W11 4 AN

Prima edizione Edizioni Piemme S.p.A.: marzo 2016
Prima edizione Best BUR: marzo 2023

ISBN 978-88-17-17906-5

Per la mamma, papà, Robert e Charles

Capitolo 1

HO DATO FUOCO a Josie Graham.

E, ok, sì, è stato orribile, ma si è trattato di un incidente e non *interamente* per colpa mia. Pensano tutti che lo abbia fatto apposta. E che la signora Ginnwell sia l'eroe della situazione.

Secondo me la Ginnwell ha peggiorato le cose. Dell'acqua avrebbe sistemato tutto. Erano solo le punte dei capelli, e un estintore è stato un po' esagerato come piano d'azione. Insomma, Josie stava già avendo una pessima giornata, considerando che io l'avevo appena mandata a fuoco e tutto, e da un momento all'altro si è ritrovata anche ricoperta da quella roba schiumosa bianca che sembra uno spasso da rotolarcisi dentro ma probabilmente non lo è (infatti, più che una che si divertiva, Josie sembrava sotto choc… e in preda al prurito).

Anche io ero piuttosto sotto choc, non avevo mai mandato a fuoco nessuno prima.

L'episodio più simile a un incendio che abbia causato

personalmente è stato quando, da piccola, ho buttato nel camino il portafoglio di papà per vedere cosa succedeva. Insomma, chi lascia il proprio portafoglio a portata di bambino piccolo? Mio padre non più, di sicuro. Ma sono ancora convinta che mi guardi preoccupato nelle notti fredde.

Oh, e c'è stata la volta in cui ho quasi mandato a fuoco il suo ufficio. Ma questi due casi sono TUTTO.

E stavolta è stata in parte colpa di Josie Graham. Perché, dai, non avrebbe dovuto a) stare così vicina a un becco Bunsen e b) mettersi tanta lacca a scuola.

Non sono invidiosa se non ho il tempo, figuriamoci la capacità, di pettinarmi in modo decente. Quando papà riesce a tirarmi fuori dal piumone al mattino, ho solo dieci minuti per prepararmi. E comunque non mi comprerebbe mai della lacca. È troppo all'antica, soprattutto quando si tratta di sua figlia quattordicenne. Una volta in farmacia gli ho chiesto se mi comprava un eyeliner: si è messo a ridere e mi ha mandato a prendere dell'aspirina. Secondo me è stato MOLTO ipocrita, visto che tante delle donne con cui è uscito si mettevano un SACCO di eyeliner. Come si sarebbe sentito, quando me le ha presentate, se fossi stata io a mettermi a ridere e avessi offerto loro una tazza di acqua calda con paracetamolo al limone?

Mmm... dovrei prenderlo in considerazione per quelle veramente antipatiche.

Comunque la professoressa Ginnwell non stava affatto ridendo mentre entrava a passo di marcia nell'ufficio della signorina Duke mormorando frasi sconnesse riguardo all'incendio e alle mie tendenze da piromane.

«Scusi, signora Ginnwell, non riesco proprio a capire.

Cosa sta dicendo?» ha domandato la Duke alzandosi dalla scrivania con aria preoccupata.

La Duke sta bene nel suo ufficio. Ed è strano che io lo dica, ma è perfettamente armonizzata. Come me è nuova della scuola. Siamo state entrambe delle *new entry* a settembre, anche se lei è ovviamente più grande con il fatto che è la preside e tutto il resto. Io sono appena arrivata qui per la seconda superiore. Tutto considerato, credo che delle due sia lei quella che finora è riuscita a dare l'impressione migliore. Ma non ne andrei orgogliosa visto che le toccherà elargire i doposcuola punitivi obbligando la gente a raccogliere la spazzatura fra le rastrelliere delle biciclette.

Comunque, anche se è in quell'ufficio da un trimestre e non ho idea di come fosse prima del suo arrivo, devo dire che le sta bene addosso. Ad esempio, è tutto ordinatissimo. La Duke è molto formale e si veste elegante. Mi piace come porta il tailleur maschile. Se mai lavorerò in un ufficio, mi andrebbe a genio indossare un tailleur maschile e sembrare autorevole come lei. E i suoi capelli scuri sono sempre perfettamente raccolti, il trucco mai sbavato. È molto intimidatoria.

Ancora di più quando hai appena dato fuoco ai capelli della tua compagna.

«Laboratorio di chimica... Anna... Anna ha incendiato Josie Graham!» ha balbettato alla fine la Ginnwell.

Lei non è né autorevole né intimidatoria. Mi ricorda un po' un pappagallo. Ma non un pappagallo tosto tipo quello che potrebbe far comunella con un pirata; più un pappagallo che ti piomba sulla testa gracchiando e sbattendoti inaspettatamente le ali in faccia.

«Josie sta bene?» ha domandato allarmata la Duke.

La signora Ginnwell ha annuito mentre la messa in piega rosa fragola le si increspava attorno alla fronte sudata. «Bene. Anche se ha i capelli malconci e pieni di schiuma.»

«Capisco» ha ribattuto la Duke. Giurerei di averla vista sorridere per un attimo. Ma se l'ha fatto, il sorriso è sparito appena ha incrociato i miei occhi. «E nessun altro si è fatto male?»

«No.» La Ginnwell ha scosso la testa.

«Be', in questo caso, Anna, siediti. E tu, Jenny, perché non fai un salto in aula professori a chiedere a qualcuno di sostituirti mentre ti rilassi con una tazza di tè?»

La Ginnwell ha annuito lasciando lentamente la presa su di me. Mi ha lanciato un'occhiataccia, come se, appena libera, potessi prendere un lanciafiamme dall'armadietto e incenerire tutta la scuola (un pensiero ridicolo da parte sua, perché due settimane fa ho fatto un tema eccellente sui pinguini, e nessuno che mette un tale impegno e una tale maturità emotiva in un tema di seconda superiore sui pinguini poi, nel tempo libero, architetta di distruggere la propria scuola).

Mi sono seduta lentamente sulla sedia di pelle di fronte alla Duke, che si stava sedendo a propria volta al suo posto dietro la scrivania. La pesante porta di legno si è richiusa rumorosamente mentre la Ginnwell se ne andava, dopo avermi guardato male fino all'ultimo. C'è stato un momento di silenzio mentre la Duke sistemava i moduli che stava riempiendo prima di essere interrotta.

«Allora, perché non mi spieghi esattamente cosa è successo?»

Ho fatto un respiro profondo e le ho raccontato di come, nell'aula di chimica, io e Josie fossimo state messe a lavorare in coppia, cosa di cui, peraltro, nessuna delle due era molto contenta. Però questa parte l'ho saltata.

Ho dato per scontato che la Duke ci arrivasse da sola a capire che non era stata un'accoppiata felice. Josie è una delle ragazze più popolari della scuola. È la migliore amica dell'Ape Regina Sophie Parker: le vedi sempre insieme con i ragazzi più carini del nostro anno come Brendan Dakers e James Tyndale.

Josie nei weekend è invitata a tutte le feste e viene a scuola completamente truccata e con un quintale di lacca nei capelli scolpiti ad arte.

Io passo i weekend a leggere fumetti, a guardare *CSI* con papà e a lamentarmi della mia vita con il mio labrador color biscotto, che ho chiamato Cane, e che è l'unica creatura di questo pianeta ad ascoltarmi. E lo fa solo se lo tengo lì con un pezzo di pancetta.

Così ho saltato del tutto la parte della storia in cui Josie ha lanciato un'occhiata a Brendan, con cui è evidente che sperava di essere messa in coppia, per poi venire a sedersi accanto a me sospirando, senza nemmeno un ciao. Non mi ha neanche guardato quando le ho detto: «Ehilà, compagna!» in un coraggioso tentativo di alleggerire l'atmosfera.

Non so perché mi sia uscito questo saluto.

Lei non sembrava intenzionata a fare l'esperimento, così ho proceduto da sola.

Ora, tecnicamente la Ginnwell non aveva ancora spiegato la parte con il becco Bunsen e tutti si stavano mettendo i camici e gli occhiali protettivi. Alcuni se la prendevano proprio comoda, come Josie, che continuava a guardare Brendan ridendo a qualsiasi cosa dicesse e sbattendo i capelli qua e là in modo teatrale.

Credo sia a questo punto che comincia la mia parte di responsabilità. Avrei dovuto aspettare finché non ci fosse stato ordinato di accendere i becchi Bunsen, invece mi sono portata avanti e ho acceso il mio.

Ci sono alcune cose importanti da ricordare, qui.

1. Non mi sono resa conto che il becco fosse impostato sulla fiamma più alta.

2. Non mi sono resa conto, mentre lo accendevo, che Josie stava sbattendo i suoi boccoli intrisi di lacca nella direzione in cui li ha sbattuti.

3. Non mi aspettavo che i suoi capelli fossero così altamente infiammabili.

4. Non mi aspettavo che si sarebbe messa a correre dappertutto gridando, anziché stare ferma, così gettarle l'acqua addosso è stato via via più difficile. Comunque non ho una buona mira e ho finito per inzupparmi io.

5. Non mi aspettavo che la Ginnwell la inondasse di schiuma fino a farla sembrare un barboncino.

6. Va ricordato che prima di questo incidente non sono mai stata veramente nei guai a scuola.

7. A parte a sei anni, quando Ben Metton ha mangiato le mie patatine e io l'ho chiuso nell'armadio della cancelleria.

8. Questo incidente ha turbato molto anche me, perché non avevo alcuna intenzione di appiccare il fuoco a Josie. Mi sento orribile e nessuno mi vorrà rimanere amico, esattamente come nella vecchia scuola.

A questo punto ho iniziato a piangere.

La signorina Duke, che mi fissava allibita, mi ha passato un fazzolettino. «Be', mi sembra proprio che sia stato un incidente...» ha cominciato.

«Certo che è stato un incidente!» ho frignato io interrompendola. «Non lo avrei mai fatto apposta!»

Qualcuno ha bussato alla porta e io mi sono voltata nella sedia ritrovandomi a guardare l'infermiera della scuola che faceva capolino. La Duke le ha fatto un cenno e lei è entrata tutta sorridente. «Volevo informarvi, signorina Duke e Anna, che Josie sta benone. Ha i capelli rovinati sulle punte e dovrà tagliarseli ma, a parte questo, sta alla grande.»

«Mi odierà» ho detto cupamente fissando il fazzolettino appallottolato che avevo in mano.

«Sono sicura di no. Le passerà» ha replicato l'infermiera allegramente. «Aveva i capelli così lunghi e arruffati che un bel taglio non può che migliorare le cose.»

«Ehm, *grazie*, Tricia» ha detto allusivamente la Duke.

A quel punto l'infermiera si è stretta nelle spalle sorridendo e se n'è andata.

«L'abbiamo scampata bella» ha continuato la Duke. «È stato chiaramente un incidente, ma avrebbe potuto avere delle conseguenze orribili. Siamo fortunati, Anna.»

Io ho annuito.

«Spero che da ora in poi non inizierai alcun esperimento senza istruzioni.»

«Non ho intenzione di fare esperimenti mai più.»

«Spero di sì, invece. Chimica è una materia interessante e immagino che tu abbia imparato una lezione importante riguardo alla sicurezza.» Mi ha guardato severamente.

«Dunque, ora, avendo appurato che non è stato intenzionale, devo darti comunque un doposcuola punitivo per il resto del trimestre, in modo che tu possa riflettere sull'importanza delle precauzioni. Da domani. E visto che fra dieci minuti suonerà la campanella, puoi tornare in classe a prendere le tue cose e andare a casa.»

«Preferirei evitare di tornare in classe, a dire il vero.»

«Non ti serve niente?»

«Avevo solo il mio astuccio e i libri. Li avranno buttati via a questo punto.»

«Non credo.» La Duke ha sorriso lievemente. «Sanno tutti che è stato un incidente e che nessuno si è fatto male. Ora di domani lo avranno già dimenticato.»

È preoccupante quanto, a volte, gli adulti manchino di visione d'insieme.

Capitolo 2

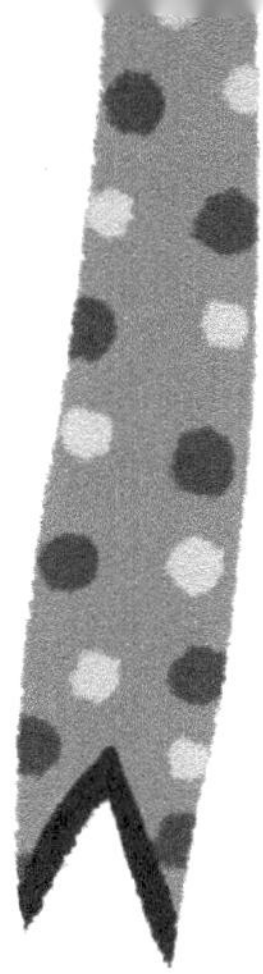

QUANDO MIO PADRE SI PREOCCUPA le sopracciglia gli diventano elettriche.

E devo dire che era molto preoccupato per la situazione. Mi ha fatto sedere e tutto il resto. Io e lui difficilmente abbiamo delle conversazioni da seduti: mettono entrambi terribilmente in imbarazzo.

Le uniche volte in cui mi ha fatto sedere sono state quando l'ho registrato su un sito di appuntamenti perché non mi piaceva la sua ragazza del momento e gli sono arrivate un sacco di mail che l'avevano fatta piangere; e quando gli ho tirato in testa un tortino di maiale perché aveva dato la mia raccolta di fumetti Marvel a una libreria dell'usato (avevo il tortino in mano quando me l'ha detto).

Cane lo ha poi mangiato tutto, nonostante fosse stato raccolto e messo su un piatto, perché né io né papà gli prestavamo attenzione durante la nostra chiacchierata. Il che ha peggiorato la situazione perché a) a quanto pareva papà non vedeva l'ora di mangiare il tortino e b) Cane ha deciso di festeggiare il suo premio appena conquistato vomitandoglielo sulle scarpe da tennis.

Non so perché papà fosse così arrabbiato quella volta. L'unica ragione per cui ha delle scarpe da tennis è per lasciarle accanto alla porta nella speranza che le donne pensino che fa sport.

Comunque, entrambe le volte che mi ha fatto sedere per parlare le sue sopracciglia erano incontrollabili, quindi quando mi ha detto di sedermi per parlare dell'incendio e le sue sopracciglia sono scattate irrefrenabili in movimento, sapevo che stava avendo uno di quei momenti in cui si chiede se ci sia qualcosa che non va in me.

Come se non me lo chiedessi io stessa ogni singolo giorno.

E poi stavo davvero cercando di concentrarmi su ciò che diceva, ma le sue sopracciglia continuavano ad andare dappertutto. È veramente affascinante come riesca a muoverle così.

Purtroppo non ho ereditato questa abilità.

«Ma almeno mi stai ascoltando?»

«Certo!» ho mentito io cercando di distogliere lo sguardo dalle sue sopracciglia danzanti. Ho accarezzato Cane sovrappensiero mentre si stendeva accanto a me, tutto speranzoso di meritarsi un premio per il suo gesto di fedeltà davanti all'inquisizione di mio padre.

Lui ha aggrottato le sopracciglia. «Anastasia» mi ha incoraggiato allungandosi verso di me mentre univa le mani in quello che probabilmente voleva essere un tentativo di comprensione.

«Nicholas.» Potevamo benissimo giocare al gioco Sono-Serio-a-Tal-Punto-che-Uso-il-Tuo-Nome-Completo.

Papà ha fatto un respiro profondo.

«Capisco che cambiare scuola sia uno sconvolgimento, soprattutto per un'adolescente. Non sono arrabbiato con te: so che è stato un incidente. Ma se c'è qualcosa di cui magari vuoi discutere…»

«Tipo cosa?»

«Non lo so. Cose da adolescente.»

Oh cielo. Scommetto che intendeva i sentimenti. Ambizioso. Non avevo intenzione di discuterne con mio padre. Era già abbastanza imbarazzante parlarne con i miei nuovi (e unici) amici, Jess e Danny, raccontando loro le ultime novità su come avevo messo in ridicolo me stessa e, di conseguenza, anche loro. Sarei stata fortunata se fossi riuscita a tenermeli stretti, come amici, considerando la piega che avevano preso le cose. Comunque di sicuro non avrei condiviso nulla con mio padre.

«Cosa sono le cose da adolescente?»

«Non lo so!» Le sue sopracciglia sono scattate all'impazzata verso il soffitto. «Imparare a essere responsabile? La stai prendendo seriamente?»

«Sì che la sto prendendo seriamente. Ho incendiato i capelli di una mia compagna, è stata una cosa pericolosa e imbarazzante. Non toccherò mai più un becco Bunsen senza supervisione. L'intera scuola mi odierà. Sarò una perdente più di prima. Detesto la mia vita.»

«Insomma, è proprio questo che intendevo» ha detto dolcemente. Ma dai. Faccio una piccolezza come mandare a fuoco qualcuno e all'improvviso papà sente il bisogno di sottopormi a una specie di psicoterapia genitoriale. «Nella vecchia scuola… non eri…» Ha lasciato la frase in sospeso.

«Miss Popolarità?»

«Non era quello che stavo per dire» ha replicato papà affondando nella poltrona dove siede di solito la domenica pomeriggio con il suo whisky scozzese. «Non eri... integrata.»

Ho dovuto cambiare scuola quando ci siamo trasferiti a Londra l'anno scorso: papà è diventato molto più richiesto come giornalista freelance e aveva bisogno di essere dove succedevano le cose importanti. Tutto questo è accaduto dopo che ha scritto un libro noiosissimo (che stranamente ha venduto bene) sui carri armati usati in guerra. Lo ha persino dedicato a me, ma non l'ho mai letto, cosa che lo infastidisce parecchio. In realtà dovrei essere io a sentirmi insultata: sì, papà, è il sogno di ogni ragazza che qualcuno le dedichi un libro sui CARRI ARMATI.

Incredibilmente, in qualche modo questo libro serissimo ha portato ad alcuni articoli serissimi su personaggi famosi, che sembrano vivere tutti a Londra o venirci spesso. Ciò significa che papà è a casa molto di più di quanto lo fosse in passato (il che è un bene) anche se a volte va a qualche festa vip. Ai vip piace papà perché ora lui gli scrive delle belle presentazioni sulle riviste patinate anziché parlare dei loro panni sporchi sulle colonne di un tabloid.

Credo si sentisse molto in colpa per avermi costretto a trasferirmi, ma a me non importa: non avevo comunque amici nella mia vecchia scuola e, anche se all'inizio ero un po' preoccupata riguardo all'idea di Cane a Londra, almeno lui ha trovato subito un amico, un volpino di Pomerania chiamato Hamish che vive in fondo alla strada.

«Grazie, papà. Apprezzo il tuo interessamento. Ma dai, puoi smettere di preoccuparti. Davvero.»

Lui ha sospirato capendo che non avrei parlato di nessuna delle mie ansie adolescenziali. «D'accordo. Be', cerca di stare più attenta in futuro nel laboratorio di chimica.»

«Se mai mi rifaranno entrare in un laboratorio di chimica, starò più attenta. Niente becchi Bunsen.»

«Non ho intenzione di metterti in castigo, tanto non esci mai comunque.»

«Perfetto. Bella chiacchierata, papà. Grazie.»

Lui ha sollevato le sopracciglia per l'ultima volta, poi si è alzato ed è uscito dalla sala. Solo allora mi sono rilassata, mentre Cane il traditore lo seguiva all'istante per vedere se andava verso la cucina.

Purtroppo per Cane, papà è andato in camera sua a prepararsi per il suo grande appuntamento. Sta uscendo con una nuova che non mi ha ancora presentato. Non che me ne importi.

In genere non le frequenta tanto a lungo perché io le incontri, ma mi capita spesso di rispondere al telefono e sentire sempre una donna diversa chiedere: «Ciao, tesoro, Nick è a casa?» mentre mio padre mi fa un cenno concitato di dirle di no, e allora io la informo che è andato in Slovenia alla ricerca di se stesso. Mi piace cambiare un po' le scuse e trovare dei motivi ispirati per la sua improvvisa sparizione, tipo che sta mettendo a punto una nuova linea di carri armati anfibi a Beirut o che è in Perù ad allenarsi per diventare uno sherpa.

È rischioso perché se papà mi sente mi lancia addosso qualcosa.

Però ormai è da un po' di mesi che si vede con questa ragazza. Si comporta in modo disgustoso, sempre a pettinarsi i capelli, a mettersi il dopobarba e a ballare (sì, a ballare) per la casa. Insomma, ho dovuto chiamare mia madre per dirle quanto fossi imbarazzata.

Era in India al momento e, nonostante la comunicazione fosse un po' disturbata, credo di essere riuscita a trasmettere il mio disgusto. Mia madre è un'inviata, il che significa che è spesso all'estero, ma non mi dà fastidio. A volte mi porta con sé in questi posti incredibili, e se è in Inghilterra e non ci siamo viste per un po' viene a stare da noi.

Mamma e papà non si sono mai sposati (e non sono nemmeno stati insieme per molto). Si sono incontrati quando erano entrambi giornalisti alle prime armi e stando alle parole di papà Rebecca era innamoratissima di lui, mentre stando a quelle di mamma era «molto ubriaca, tesoro, o affetta da qualche malattia tropicale che causa allucinazioni». Comunque sia, io sono stata il risultato e per fortuna loro sono buoni amici, il che rende tutto più facile.

Quando ero più piccola, speravo si rimettessero insieme, come in *Genitori in trappola* o roba simile, ma ora capisco che è molto meglio così. Secondo la mamma non potrebbero mai stare insieme perché papà è troppo presuntuoso e russa da paura. Secondo papà non possono stare insieme perché la mamma non mette mai a posto e una volta ha preso in giro John Wayne per il suo cappello. Io credo sia perché sono migliori amici, ma, ehi, gli adulti possono credere quello che vogliono.

«Sembra che sia innamorato» ha riso la mamma mentre le spiegavo i recenti atteggiamenti di papà. «Sii carina con lui.»

Non so quali altri suggerimenti mi abbia dato perché mentre parlava c'era un forte brusio di fondo e alla fine sono quasi certa di aver sentito qualcuno cercare di venderle dei cavolfiori per venti rupie al chilo. L'India sembra un posto molto rumoroso.

Mentre papà frugava in camera sua, ha pensato bene di darmi istruzioni da sopra per la serata. «Non voglio problemi. Dovrai restare a casa e comportarti bene.»

Ho trovato l'ultima uscita ingiustificata, visto che mi comporto bene quasi sempre. L'ultima volta in cui credo di non essere stata un modello di comportamento è stata quando papà ha fatto la festa di inaugurazione per la nuova casa di Londra e sono arrivate tutte quelle persone con le loro zaffate di profumo costose e le bottiglie di Chardonnay. Mi sono occupata dei loro cappotti e sono andata avanti e indietro tutta la sera con vassoi di tartine ascoltandoli dire a papà quanto fossi adorabile mentre in realtà mi ignoravano concentrandosi invece sulle bruschette.

Comunque c'era anche questo attore e gli ho sentito dire che non capiva come mai Nick avesse quel cane che sembrava lì lì per sbavare dappertutto e che, a giudicare dall'aspetto, non sembrava nemmeno di pura razza. Be', accidentalmente ho lasciato che Cane gli mangiucchiasse il cappello.

Papà quella volta non mi ha fatto sedere per una chiacchierata sul rispetto verso i più anziani, ma il giorno dopo è andato avanti tipo cinque miliardi di ore a parlare delle differenze fra aerei da combattimento e cacciabombardieri. Non sono certa che fosse una punizione, ma le assomigliava di sicuro.

«Resterò qui a guardare un film con Cane. Abbi un po' di fiducia, padre.»

«Non film di vampiri, vero?» e si è messo a ridere della sua "battuta".

Ma non solo non era divertente, era anche schifosamente ingiusto considerando che è stato lui, settimana scorsa, a suggerire un film di una bambina vampira ammazzagente alla figlia quattordicenne mentre era sola in casa con il suo labrador come unica compagnia.

E di sicuro Cane non poteva proteggermi visto che ha paura persino dei cucchiai di legno da insalata. Ogni volta che ne tiriamo fuori uno si mette a correre in tondo come un matto guaendo terrorizzato. Cosa avrebbe fatto se un vampiro fosse entrato nel nostro palazzo? Ho dovuto disturbare papà durante il suo appuntamento e farlo venire a casa a controllare che non ce ne fossero.

«Quando mi fai conoscere questa tua ragazza?» gli ho domandato ignorando il commento sul film e cercando di cambiare argomento.

«Presto» ha detto con leggerezza rientrando in sala. «Non vede l'ora di incontrarti.»

«Ci scommetto.»

Papà si è guardato un'ultima volta allo specchio in corridoio. «Niente male per uno che ha una certa età, eh? Scommetto che potrei passare per un ultratrentenne.»

«Non correre troppo, nonnino. Chiunque parli di Eric Clapton con la passione che ci metti tu non può avere meno di quarant'anni.»

«Ora basta.» Mi ha guardato dall'alto in basso. «Starai bene, vero? Niente incendi, ok?»

«Niente incendi. Niente vampiri.»

«Chiamami se hai bisogno di me.» Mi ha scompigliato

i capelli, poi mi ha scrutato a lungo, come se cercasse di leggere la mia espressione.

«Anna...» Ha esitato. «Ti... ti piace qui a Londra, vero?»

«Sì?»

«E... be', non ha importanza. Passa una bella serata. Ciao, Cane.»

Mentre la porta si richiudeva, ho avuto la netta sensazione che mi stesse nascondendo qualcosa.

Capitolo 3

Da: jess.delby@zingmail.co.uk
A: anna_huntley@zingmail.co.uk
Oggetto: Sei una piromane?!

Sono venuta a cercarti dopo le lezioni ma qualcuno ha detto che eri andata a casa prima. Ho provato a chiamarti ma non rispondi né al fisso né al cellulare, quindi presumo che tu e Cane stiate guardando qualcosa.

Che cosa è successo oggi??? È vero che hai dato fuoco all'aula di scienze?

Rispondi appena possibile.

J x

@

Da: anna_huntley@zingmail.co.uk
A: jess.delby@zingmail.co.uk
Oggetto: Re: Sei una piromane?!

Papà è fuori per un appuntamento, e Cane e io ce la stiamo spassando a guardare dei pezzi del *Re Leone* su

YouTube. Il motivo per cui non rispondo al telefono è che stavo tentando di sollevare Cane, come nella scena in cui Simba è sulla Roccia dell'Orgoglio durante la canzone *Il Cerchio della Vita*. Però non ce l'ho fatta: mi è caduto addosso atterrandomi sul braccio, che ora mi fa proprio male. Temo di essermi anche storta una caviglia, perciò evito di alzarmi dal divano.

Probabilmente ha messo su qualche etto.

No, non ho dato fuoco all'aula di scienze. Solo ai capelli di Josie Graham.

Con affetto, io me xxx

@

Da: jess.delby@zingmail.co.uk

A: anna_huntley@zingmail.co.uk

Oggetto: MA SEI FUORI?!

Ma perché hai dato fuoco ai capelli della Vice Ape Regina? Ti rendi conto che sua madre ha incontrato Kate Moss? L'intera scuola ti odierà, lo sai.

È perché nessuno ti ha ancora invitato al ballo? Tipo una specie di protesta nei confronti delle ragazze che invece hanno ricevuto l'invito? Tanto è alla fine del trimestre: sei ancora in tempo perché qualcuno te lo chieda.

J x

PS: Come hai fatto a credere che fosse una buona idea provare a sollevare un labrador adulto? Smettila di cercare di imitare i film, fa troppo schizzata.

@

Da: anna_huntley@zingmail.co.uk
A: jess.delby@zingmail.co.uk
Oggetto: Re: MA SEI FUORI?!

No, non sono fuori. Devo solo controllare che non ci sia nessuna piena di lacca fra i piedi quando accendo un becco Bunsen.

L'intera scuola già mi odia. Josie mi ha guardata come se volesse strozzarmi o roba simile. Ho temuto per la mia vita. Un po' come quella volta in cui l'inquietante insegnante stile Stephen King mi ha urlato dietro per aver tolto la carta dalla stampante e io mi sono fatta la pipì addosso.

Credi che lo dirà a Sophie? Credi che Sophie mi odierà?

Sarebbe davvero una brutta notizia perché potrei giurare che l'altro giorno in corridoio Sophie ha sorriso ascoltando per caso una battuta che stavo facendo a Danny. Ho pensato che alla fine non mi considerasse una sfigata.

E, scusami, ma non me ne frega proprio se nessuno mi ha chiesto di andare al ballo. Non mi serve un appuntamento. L'ultima volta che sono andata a un ballo non avevo un ragazzo e sono stata benissimo. Difatti ho ballato con un palloncino, facendo ridere tutti. Ma non nel senso che ero comica, nel senso che ero divertente. Ridevano con me, non di me.

Con affetto, io me xxx

@

Da: jess.delby@zingmail.co.uk
A: anna_huntley@zingmail.co.uk
Oggetto: Uhm...

La tua mail era inquietante a tanti livelli.

Come sarebbe che ti sei fatta la pipì addosso? Ma quanti anni avevi quando è successo?

Cosa intendi dire con "ho ballato con un palloncino"?

Mi metti l'ansia con tutte queste strane storie del tuo passato.

J x

@

Da: anna_huntley@zingmail.co.uk

A: jess.delby@zingmail.co.uk

Oggetto: Re: Uhm...

È stato due anni fa, ma era giusto un goccino. Non mi sono inzuppata tutta. Il fatto è che quella è sbucata da non so dove spaventandomi a morte.

Ballare con un palloncino è una cosa ragionevole e divertente. Lo avrebbe fatto anche Oscar Wilde. È tipo un commento caustico sulla nostra società di individui dipendenti e irrazionali che si considerano incompleti se non hanno qualcuno.

Con affetto, io me xxx

@

Da: jess.delby@zingmail.co.uk

A: anna_huntley@zingmail.co.uk

Oggetto: Te lo confermo: sei fuori di brutto

Forse sarebbe meglio non dire a nessuno la storia della pipì.

Idem quella del palloncino.

J x

@

Da: anna_huntley@zingmail.co.uk

A: jess.delby@zingmail.co.uk

Oggetto: Domandina veloce

Sarai ancora mia amica ora che ho dato fuoco ai capelli di Josie Graham? Ti capirei se non volessi esserlo più.

Stessa cosa per Danny. Se fossi in voi non vorrei essere miei amici.

Con affetto, io me xxx

@

Da: jess.delby@zingmail.co.uk

A: anna_huntley@zingmail.co.uk

Oggetto: Re: Domandina veloce

Stai scherzando? Se non ti avessimo di chi rideremmo? Abbiamo bisogno di te, anche se solo per intrattenimento.

J x

@

Da: anna_huntley@zingmail.co.uk

A: jess.delby@zingmail.co.uk

Oggetto: R: Re: Domandina veloce

E di chi ridevate prima che entrassi nelle vostre vite?

Con affetto, io me xxx

@

Da: jess.delby@zingmail.co.uk

A: anna_huntley@zingmail.co.uk

Oggetto: R: Re: Domandina veloce

Dello sfigato che viveva accanto a Danny. Quello che cantava le canzoni dei musical con addosso un costume da pollo.

Il costume da pollo doveva avere qualcosa a che fare con il suo lavoro, ma non ne sono certa.

Comunque quando ha traslocato, l'estate scorsa, Danny e io eravamo distrutti. Ma a settembre sei arrivata tu e hai riempito quel vuoto incolmabile.

J x

@

Da: anna_huntley@zingmail.co.uk

A: jess.delby@zingmail.co.uk

Oggetto: Adesso sono veramente depressa

Aspetta. Ho rimpiazzato uno travestito da pollo che cantava canzoni in stile West End?

È LUI CHE HO RIMPIAZZATO NELLE VOSTRE VITE?

Forse avrei dovuto dare fuoco a me stessa oggi.

Con affetto, io me xxx

@

Da: jess.delby@zingmail.co.uk

A: anna_huntley@zingmail.co.uk

Oggetto: Re: Adesso sono veramente depressa

Senti, se davvero vuoi rimpiazzare il tipo con il costume da pollo, come minimo devi cantare anche tu le canzoni dei musical in pausa pranzo. Il mio preferito è *Saranno famosi* perché sono solare e piena di vita. Quello di Danny è *My Fair Lady* perché lui è vecchio dentro e si identifica in un tipo di commedia di cui non importa più a nessuno.

Giusto un suggerimento se davvero vuoi conquistarci.

J x

@

Da: anna_huntley@zingmail.co.uk
A: jess.delby@zingmail.co.uk
Oggetto: AH

La mia carriera teatrale è iniziata e finita quando mi hanno obbligato a fare un pastore nella recita di Natale. Sono salita sul palco, ho guardato tutte quelle facce che mi fissavano e sono scoppiata a piangere fuggendo via. E finendo contro un albero della scenografia.

Perché, mi chiedo, avevano piazzato un albero sul palcoscenico? Nelle stalle a Betlemme non ce n'erano di sicuro. Evidentemente la nostra insegnante di recitazione era un'idiota.

Non so nemmeno cantare. Neanche una nota. Mi spiace essere una delusione in confronto al ragazzo-pollo. Quindi, anche se desidero tanto che restiamo amici, posso garantirti che non succederà.

Invece ho un vero talento a mandare a fuoco la gente.

Forse la mia carriera avrà a che fare con qualche capacità inerente al fuoco. Oooh! Magari a saldare i metalli con la fiamma ossidrica sono un asso. MAGARI POTREI FARMI UN'ARMATURA TIPO IRON MAN!

Sarebbe fighissimo. Forse dovrei parlarne con il dipartimento di scienze. Mi chiedo se abbiano la possibilità di farmi usare la fiamma ossidrica. Dovrebbero trarre vantaggio dalla mia abilità ora che sono giovane e plasmabile.

Con affetto, io me xxx

@

Da: jess.delby@zingmail.co.uk
A: anna_huntley@zingmail.co.uk
Oggetto: Re: AH

Cos'è IRON MAN? È uno di quei personaggi dei fumetti della Marvin per cui hai l'ossessione? Tipo quello che si allunga?

J x

@

Da: anna_huntley@zingmail.co.uk

A: jess.delby@zingmail.co.uk

Oggetto: R: Re: AH

Allora, prima di tutto è Marvel, non Marvin. Poi, per favore, non chiamare Mister Fantastic "quello che si allunga". E infine, sì, Iron Man è il personaggio di un fumetto. Tony Stark costruisce un'armatura di ferro tecnologicamente avanzata che gli permette di volare e di combattere i cattivi.

Chiunque vorrebbe essere mio amico se ne avessi una anche io.

Con affetto, io me xxx

@

Da: jess.delby@zingmail.co.uk

A: anna_huntley@zingmail.co.uk

Oggetto: R: Re: AH

Vedi, ci sono delle volte, tipo questa, in cui mi preoccupo pensando che tu dica sul serio.

J x

@

Da: anna_huntley@zingmail.co.uk

A: jess.delby@zingmail.co.uk

Oggetto: Fidati

Infatti ero seria.

Ho appena mandato Cane in missione a cercare la cassetta degli attrezzi di papà. Forse ha qualcosa con cui potrei sperimentare.

Con affetto, io me xxx

@

Da: jess.delby@zingmail.co.uk

A: anna_huntley@zingmail.co.uk

Oggetto: Sei andata di cervello

Non puoi mandare cani in missione. Non capiscono cosa dici.

Sono CANI.

E dopo oggi credo che per te sia assolutamente meglio evitare qualsiasi cosa produca fiamme.

Comunque, che stai facendo stasera? Fammi indovinare... hai già finito i compiti (secchiona) e stai per metterti a guardare qualche film girato prima che nascessimo (nerd).

Ci ho preso?

J x

@

Da: anna_huntley@zingmail.co.uk

A: jess.delby@zingmail.co.uk

Oggetto: Ci hai preso

Abbastanza. Cane è tornato con un paralume invece della cassetta degli attrezzi. Non ho idea di dove l'abbia preso. Comunque stiamo guardando un film. Papà è fissato con questo tizio che si chiama Hitchcock. È un po' lento come inizio, ma di solito i suggerimenti di papà sono buoni. Questo deve essere un classico.

Con affetto, io me xxx

@

Da: jess.delby@zingmail.co.uk

A: anna_huntley@zingmail.co.uk

Oggetto: IMPORTANTE

Che film hai messo nel lettore, Anna? Insomma... è importante!

@

Da: anna_huntley@zingmail.co.uk

A: jess.delby@zingmail.co.uk

Oggetto: Re: IMPORTANTE

Calmati! Si intitola *Psycho*. Devo andare, sta iniziando.

Con affetto, io me xxx

@

Da: jess.delby@zingmail.co.uk

A: anna_huntley@zingmail.co.uk

Oggetto: ANNULLARE MISSIONE. AIUTO. ANNULLARE MISSIONE!

Annaaa! Non vuoi vederlo, quel film! So che effetto ti fanno i film di paura. È un horror.

SPEGNI TUTTO.

Hai spento, vero?

@

Da: jess.delby@zingmail.co.uk
A: anna_huntley@zingmail.co.uk
Oggetto: (nessun oggetto)
Anna? ANNA? Hai letto la mia ultima mail???
Basta. Sto arrivando.
Non barricarti questa volta.
J x

«Salve, avete chiamato il numero di Nick Huntley. Per favore lasciate il vostro nome, numero di telefono e messaggio. Sarete richiamati al più presto. Grazie.»
* B E E P *
«Ciao papà. Sì, sono io. So che sei uscito e sei in giro ma ho pensato di farti uno squillo per salutarti. E anche per dirti che ho deciso di vedere quel film di cui mi parli sempre, *Psycho*. Sai, quello di quel regista di cui ormai so vita, morte e miracoli. Era già nel lettore dvd e Cane si è spaparanzato davanti al televisore, quindi so che approva. Spero sia divertente. Goditi la serata. Ok, ciao ciao.»

«Salve, avete chiamato il numero di Nick Huntley. Per favore lasciate il vostro nome, numero di telefono e messaggio. Sarete richiamati al più presto. Grazie.»
* B E E P *
«PAPÀ! Papà, sono io. Papà, è successa una cosa tremenda. Papà, l'ha accoltellata. NELLA DOCCIA. Non posso credere che tu mi abbia lasciato vedere una cosa simile, che tu mi abbia addirittura INCORAGGIATA a vedere questo film. COS'HAI CHE NON VA? Spero tu sappia cosa significa. NON FARÒ LA DOCCIA MAI PIÙ.»

«Salve, avete chiamato il numero di Nick Huntley. Per favore lasciate il vostro nome, numero di telefono e messaggio. Sarete richiamati al più presto. Grazie.»

* B E E P *

«Senti, papà, stavo pensando... potresti tornare a casa? Un salto veloce, non vorrei ti perdessi qualcosa. Potresti soltanto venire a casa, controllare che non ci siano assassini e poi uscire di nuovo? Pensaci. Ok, ciao. OH MIO DIO. HANNO APPENA SUONATO ALLA PORTA. PAPÀ, PAPÀ, DEVI TORNARE SUBITO A CASA.»

«Salve, avete chiamato il numero di Nick Huntley. Per favore lasciate il vostro nome, numero di telefono e messaggio. Sarete richiamati al più presto. Grazie.»

* B E E P *

«Uhm, signor Huntley? Sì, ecco, sono Jess. Sa, l'amica di Anna... siamo a scuola insieme. Volevo solo dirle che può anche ignorare tutti i messaggi di Anna. Sono venuta da voi e l'ho trovata nello sgabuzzino, dietro l'aspirapolvere, armata di mazza da golf. Ora sta un po' meglio, quindi credo che non ci sia da preoccuparsi. Fortunatamente sapevo dove era la chiave di scorta! Comunque spero si stia godendo la serata. Insomma, sì, arrivederci.»

Capitolo 4

QUANDO SONO ARRIVATA A SCUOLA, il giorno dopo, Jess mi stava aspettando al mio armadietto.

«Buongiorno, splendore. Come stai?»

«Uhm» ho risposto cercando di ignorare le sagome di tutti quelli che ci passavano accanto. «Non brillo.»

«Sapevo che avresti detto così, quindi ti ho portato un po' di questi.» Ha frugato nella borsa e ha tirato fuori degli orsetti gommosi.

«Grazie, ma non credo che gli orsetti gommosi mi possano aiutare stavolta.»

«Senti, non preoccuparti di questi ragazzi» ha detto indicando un gruppetto del nono anno che ci è passato accanto ridacchiando.

Era come se tutta la scuola sapesse.

«Se ne scorderanno» ha aggiunto.

«Non credo. Sono destinata a essere etichettata come quella che ha dato fuoco a Josie Graham per il resto della mia carriera scolastica.»

«Non fare la scema. È stato un incidente, lo sanno tutti.» Jess si è stretta nelle spalle.

«Ah sì?»

«Ma certo. Danny ha detto di aver sentito Brendan Dakers raccontare che si è trattato di un incidente.»

«Che cosa?» ho esclamato allibita. «Brendan Dakers ha detto così? Sei sicura?»

«Sì. Cerca di non fare la svenevole. La cosa comunque andrà a tuo vantaggio, perché qui a scuola, per qualche strana ragione, tendono tutti a pendere dalle sue labbra.» Ha roteato gli occhi. «Sembra abbia anche detto che è stato divertente.»

«Ho la sensazione che Josie non sia d'accordo.» È suonata la prima campanella e io ho sospirato. «Vorrei non dover andare in classe.»

«Ridici su e basta. Non si è fatto male nessuno.» Jess mi ha dato un colpetto con il gomito. «È come ti ho detto la notte scorsa.»

«A proposito, papà vuole che ti ringrazi ancora per essere venuta a soccorrermi. Chi può sapere quanto sarei rimasta rintanata là dentro altrimenti.»

«Nessun problema. Be', devo andare. Mi hanno già ripresa più volte per i miei ritardi.» Jess si è sistemata lo zaino in spalla.

«Non puoi lasciarmi così. C'è Sophie Parker a questa lezione. Mi ucciderà. Ho quasi incendiato la sua migliore amica... e non è una cosa su cui si passa facilmente sopra.»

«E in che modo ti ucciderà? Non ha armi.»

«Sono sicura che la cosa non la fermerà.»

«Credo che sua sorella sia cintura nera. Veniva a scuola qui. Forse ha insegnato a Sophie come karate-farti-a-pezzi.»

«Sto producendo saliva in eccesso ora.»

«Calmati, dai. Sophie non ha alcuna intenzione di ucciderti. E, se ce l'avesse, aspetterebbe sicuramente la fine delle lezioni. Sai, per non destare sospetti.»

«Geniale. Grazie, eh.»

«Spero non ti ammazzerà.»

«Sei una vera amica.»

Jess mi ha fatto un cenno di saluto e si è incamminata verso l'aula dove si teneva la sua lezione.

Io sono rimasta lì impalata desiderando di essere un po' più simile a lei. Bellissima, superfantastica, sicura di sé, mai troppo preoccupata di nulla. Lunghi capelli biondi tinti ad arte, unghie sempre dipinte nei più svariati colori. Brava in ogni sport e capitano della squadra di basket, cosa che faceva andare Sophie fuori di testa.

Sophie contava di diventare capitano perché primeggiava in ogni cosa, essendo la ragazza più popolare del nostro anno. A quanto pareva sua sorella era stata la più popolare della scuola quando studiava qui, e capitano di tutte le squadre. Quando Sophie non è stata nominata capitano della squadra di basket, i suoi genitori ne sono stati così turbati che sono venuti appositamente a parlare agli insegnanti di ginnastica, mentre Sophie strepitava alle loro spalle.

Papà non ha mai dovuto affrontare problemi del genere con me. Ho raggiunto l'apice del successo in educazione fisica quando avevo otto anni e sono stata costretta a giocare a calcio a scuola. Sono stata distratta da un piccione, la palla mi ha colpita, è stata deviata dal mio sedere ed è finita in porta. La mia carriera sportiva da quel momento è andata sempre più declinando.

Comunque Sophie, nonostante abbia trascinato i suoi a snervare gli insegnanti di ginnastica, non ha ottenuto un bel niente. I prof si sono incaponiti e hanno confermato in pieno Jess come capitano. Turbare la ragazza più popolare del nostro anno non ha esattamente giovato a Jess, ma lei ha superato la cosa abbastanza velocemente.

In pratica la nostra amicizia è nata quel giorno, subito dopo che Sophie e i suoi sono usciti infuriati dalla palestra senza essere riusciti a fare andare le cose a modo loro. Jess stava aspettando il suo migliore amico, Danny, e io aspettavo che papà venisse a prendermi per andare all'aeroporto a recuperare la mamma (in arrivo da noi per una settimana a vedere la casa e a farmi un sacco di domande sui miei primi giorni nella nuova scuola).

Ce ne stavamo in silenzio, a un metro di distanza, e io mi sono accorta che lei sembrava un po' giù. Ho immaginato fosse perché Sophie e la sua tirapiedi, Josie, avevano chiarito come la pensavano sul fatto che fosse stata nominata capitano. Le ho offerto un biscotto, ma lei ha scosso la testa tipo "lascia perdere". Ho annuito e siamo rimaste di nuovo in silenzio per un po'.

«Brutta giornata?» le ho chiesto dopo qualche minuto.

«Già» ha sospirato incrociando le braccia.

Ho riflettuto per un attimo. «Vuoi che mi esibisca in un numero di tip tap per te?»

Lei ha sgranato gli occhi. «Cosa?»

«Per tirarti su. Qui.» Ho posato lo zaino e mi sono lanciata in una danza che non era esattamente un tip tap, anche perché non sono mai stata capace e comunque non portavo le scarpe adatte. Però papà aveva sempre riso quando lo facevo nel nostro soggiorno, così ho pensato che avrebbe avuto lo stesso effetto su di lei.

Jess mi ha guardato stupefatta. Poi è arrivato Danny per andare a casa con lei, e io mi sono fermata. Lei non ha aggiunto altro, ma mi ha regalato un sorrisone voltandosi mentre si allontanavano. Il giorno dopo, quando sono arrivata a scuola, pronta ad affrontare una nuova terrificante mattina da trascorrere come la ragazza nuova di cui non importava niente a nessuno, mi si sono avvicinati entrambi chiedendomi se volevo che mi mostrassero un po' il posto.

Da quel momento in poi, Jess e Danny si sono davvero presi cura di me a scuola. Mi hanno spiegato le cose fondamentali, tipo dove sedersi quando ci sono le assemblee per non essere sputacchiata dai prof troppo entusiasti durante gli inni, o come avere una razione extra dalle addette della mensa.

Jess mi ha anche preso in squadra a educazione fisica nonostante sapesse che ero totalmente negata. Le ho spiegato fino allo sfinimento che non avrebbe dovuto farlo, che sarei stata insultata da tutti perché mi sarei rivelata una delle peggiori.

«Non importa, Anna» ha ribattuto disinvolta. «Non è un dramma. Ci tengo ad averti in squadra. Sarà ancora più una sfida vincere così. E sai che adoro le sfide. Il tuo apporto sarà la tua comicità.»

Poteva dire quello che voleva, ma io sapevo che mi aveva presa solo per non lasciarmi in disparte.

Già, avrei proprio fatto la firma per essere Jess in quel preciso momento, ma non lo ero. Ero io. E faceva schifo.

Sono entrata in classe nel panico più totale mentre i miei compagni si zittivano e mi sono seduta al mio posto. All'improvviso un'ombra è calata sul mio banco e, quando ho sollevato lo sguardo, Sophie Parker era china su di me a braccia conserte. I suoi occhi grigio chiaro erano due fessure e i capelli da pubblicità baciati dal sole le ricadevano compostamente sulle spalle.

«Hannah, vero?»

«Uhm, Anna.»

«Giusto. La migliore amica di Jess Delby.»

Oh-ho.

«Allora, ho saputo quello che è successo ieri, ovvio. Cosa volevi fare alla mia migliore amica? Cosa c'è che non va in te? Avresti potuto farle molto male, sai?»

«Non esagerare, Sophie. Josie ha solo i capelli un po' bruciacchiati, tutto qui» ha detto una voce dall'angolo.

Lei si è girata a vedere chi avesse osato sfidarla e Connor Lawrence, dondolando all'indietro sulla sedia orgoglioso di se stesso, ha ricambiato lo sguardo attraverso il ciuffo ribelle che gli ricadeva sulla fronte.

«Geniale» ho brontolato fra me. Di tutte le persone che avrebbero potuto dire qualcosa in mia difesa, doveva intervenire proprio Connor Lawrence? Aveva meno amici di me. E io ne avevo solo due (tre contando anche Cane, ma Jess e Danny dicono che non vale, cosa che secondo me è irragionevole).

«E tu chi saresti?»

Sarei voluta sprofondare mentre Connor ignorava Sophie per continuare nel suo ragionamento.

«Se Josie avesse un po' di cervello, avrebbe aperto il

rubinetto del lavandino e ci avrebbe infilato sotto la sua testona.»

C'è stato un giro di risatine nervose e io ho sentito la tensione crescere vedendo Sophie sussultare per l'insulto all'amica. Sono rimasta seduta, imbarazzata, desiderando solo che Connor fosse rimasto zitto.

«Ugh. Tu non rivolgermi la parola. Nessuno ha chiesto il tuo parere, sfigato!» ha sibilato Sophie prima di concentrarsi di nuovo su di me. «Hai incendiato la tua vecchia scuola? È per quello che non hai amici?»

«No, no, certo che no. È che...»

«Siediti, Sophie. È stato un incidente.»

Sono rimasta di stucco perché non era stato uno qualunque a parlare. Era stato Brendan Dakers. E non aveva nemmeno sollevato lo sguardo dal suo cellulare. Brendan Dakers. Il più popolare, il più bello del nostro anno, forse dell'intera scuola. E capitano delle squadre di football e rugby. È anche molto intelligente e ha sempre i voti migliori. In pratica, è l'esemplare dell'uomo perfetto. Ogni volta che penso a lui, mi formicolano i piedi.

Non gli avevo mai parlato davvero. È troppo popolare. Naturalmente, Sophie Parker e Josie Graham lo frequentano. È un dato di fatto che Sophie e Brendan sono tipo una coppia non ufficiale. Non stanno insieme per davvero, ma dovrebbero. Tutti sanno che succederà, un giorno. Magari al ballo.

Sono entrambi bellissimi. Se mai si riproducessero (puah), i loro figli sarebbero un nuovo tipo di umani: dei superumani. Jess non concorda: sostiene che, se avessero dei figli, erediterebbero l'aspetto da Brendan e la personalità da Sophie, il che li renderebbe dei vampiri.

Non sono certa della logica di questa ipotesi ma non credo che la mente di Jess funzioni in modo logico.

Comunque, non capisco come facciano Jess e Sophie a restare così normali davanti a Brendan Dakers. Se avesse parlato a me, sarei morta in estasi.

Che sarebbe un magnifico modo di andarsene.

Le possibilità che Brendan mi parli, però, sono a zero per i seguenti motivi:

1. La prima volta che l'ho visto, mi sono quasi strozzata con la mia stessa saliva.

2. Un giorno è passato davanti alla palestra dove facevamo basket, salutando Sophie con la mano, e io ho avuto un momento di totale delirio credendo salutasse me. E quando l'ho salutato di rimando è sembrato perplesso. Forse perché non ci eravamo mai parlati prima e fino a quel momento non sapeva nemmeno che fossimo dello stesso anno. È possibile che non lo sappia neanche adesso. Comunque quando l'ho salutato per sbaglio a basket, Josie Graham ha detto a Sophie in modo da farsi sentire da tutti (lui compreso): «È patetica!». Poi sono scoppiate a ridere.

3. Ho dato fuoco a Josie che è anche amica sua.

Riflettendo su questi punti, mi sono chiesta come facessi ad avere due amici.

«Brendan, i capelli di Josie stavano andando a fuoco» ha sbottato Sophie imbronciata.

«Rilassati» ha detto lui sollevando un attimo lo sguardo dal telefonino. «È stato forte.»

Detto questo, è tornato a giocherellare con il cellulare.

Tutta l'aula attendeva in silenzio la reazione di Sophie.

È diventata rossa di rabbia, poi mi ha riservato un ultimo drammatico sospiro e mi ha voltato le spalle per raggiungere il proprio banco.

A qualcuno, dal fondo della classe, è sfuggita una risata nasale di derisione.

Poteva essere Connor. Con mio grande sollievo, Sophie non ha dato segno di aver sentito: si è sistemata sulla sedia e ha tirato fuori il suo astuccio peloso rosa confetto, proprio mentre il prof Avery entrava in classe con il suo tè chiedendoci di andare a pagina cinquantasei.

Ero così presa a ripensare al momento in cui Brendan Dakers mi aveva difeso (o quasi) che praticamente non ho sentito la campanella.

Solo quando ho visto la gente uscire dalla classe mi sono resa conto che era ora di andare alla lezione successiva, così mi sono messa a raccogliere tutta la mia roba in fretta e furia.

Il fatto che Brendan trovasse divertente l'idea di Josie bruciacchiata non significava che Sophie avrebbe lasciato correre con me. Quando mi sono alzata, l'ho urtata per sbaglio.

«Urgh!» ha esclamato lei, probabilmente schifata dal contatto con me.

Poi ha scosso il capo, si è ravviata i capelli perfetti ed è volata verso Brendan che, a differenza mia, era stato chiaramente perdonato per l'uscita di poco prima. Io ho finito di raccogliere la mia roba per andarmene.

«Su con il morale, signorina Huntley» mi ha incoraggiato allegro il prof Avery, interrompendo un attimo la pulizia della lavagna per guardarmi. «Ti farai nuovi amici, vedrai. Può volerci un po' per trovare la propria strada. Mi ricordo che io non ho avuto amici fino alla fine delle medie.»

«Oh, be'» mi sono fermata sulla porta, «grazie, ma qualche nuovo amico ce l'ho già.»

«Davvero?» ha domandato lui apparentemente sorpreso. «Splendido!»

A quel punto ha ripreso a cancellare la lavagna.

A volte vorrei essere un'eremita. Non solo non devono avere a che fare con la gente in generale, ma di solito sono molto saggi. Però era una cosa a cui potevo solo aspirare…

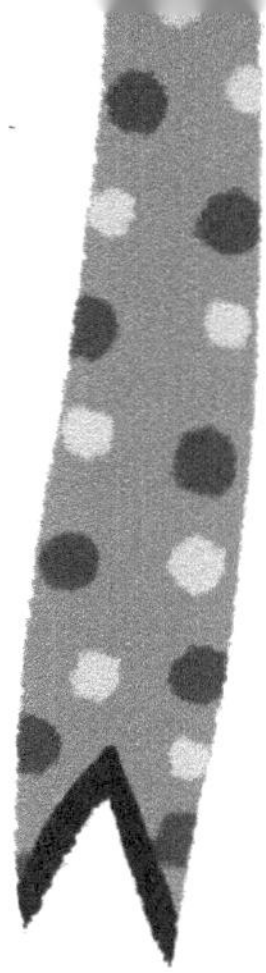

Capitolo 5

IL BALLO SCOLASTICO MI STRESSA. E non perché NON avrò un appuntamento.

Il problema è che i balli scolastici evidenziano i dettami di una società dominante in cui la generazione giovanile è costretta a trovare un partner adeguato alla propria condizione sociale con cui passare una serata, ma anziché basarsi su una compatibilità intellettuale o personale, ci si basa unicamente sull'attrazione ottica.

I balli scolastici sono un pilastro dell'ideologia dominante in cui viviamo, che soddisfa unicamente gli interessi di un'élite privilegiata, di una casta studentesca che esercita la propria superiorità e la propria influenza intrinseca, mantenendo in questo modo lo status quo dell'attuale contesto sociale scolastico.

OK, VA BENE, è perché non troverò mai qualcuno con cui andare al ballo.

Da quando è iniziato il trimestre, non fanno altro che parlare di questo Ballo dei Beati, che si terrà alla fine del trimestre primaverile. È per gli studenti dal nono all'undicesimo anno e quindi è una specie di versione in piccolo del ballo dell'ultimo biennio delle superiori.

«Cosa diavolo è il Ballo dei Beati?» ho domandato a Jess dopo aver intercettato per la terza volta in un giorno qualcuno nei bagni parlottare su chi sarebbe stato eletto per il comitato.

Jess è scoppiata a ridere. «È il ballo, imbranata!»

«Significa "benedetto" o "fortunato" in latino, Anna» ha spiegato gentilmente Danny dando uno spintone a Jess.

Era tipico di lui, sempre a ricordare a Jess di essere un po' più paziente. Una volta gli avevo detto che secondo me era una delle persone più cortesi che avessi mai incontrato. «E i tuoi capelli lo confermano» avevo sorriso.

«Eh?» Lui si era portato automaticamente una mano ai folti riccioli biondi, che sono un vero capolavoro.

«È una tua caratteristica intrinseca, Danny» avevo detto come dato di fatto. «I tuoi capelli riflettono la tua gentilezza e la tua natura rassicurante.»

Il che non era poi una bella cosa. A quanto pare ai ragazzi non piace essere considerati gentili e rassicuranti. Danny, come mi aveva fatto sapere Jess appena lui se n'era andato via stizzito, era stanco di essere "quello gentile" che le ragazze vogliono solo come amico.

Il giorno dopo il commento sui suoi riccioli, mi ero affrettata a cercare di rimediare. «Danny! Sembri molto rude oggi» gli avevo detto appena era entrato in classe. «Credo sia il modo in cui porti lo zaino sulle spalle.» Ignorando la risatina soffocata di Jess accanto a me, avevo anche insistito. «Davvero, c'è qualcosa di molto virile nel modo in cui lo tieni.»

Lui era parso sorpreso (ma ho notato che da quella volta ha preso a portare sempre lo zaino su una sola spalla).

«Si usava chiamarlo ballo di fine trimestre primaverile degli anni inferiori» aveva proseguito Danny. «La nostra vecchia preside ha scelto quel nome perché, come ci ricordava sempre, quelli di prima e seconda liceo, qui, sono molto fortunati ad avere un ballo quando le altre scuole hanno solo quello dell'ultimo anno.»

«Ha dovuto dargli un nome latino per farlo sembrare noioso e educativo.» Jess aveva sfoggiato un sorriso a trentadue denti.

«A me suona divertente.»

«Non proprio» aveva obiettato lei scrollando le spalle. «È solo una scusa per quelle come Sophie Parker per mettersi in mostra.»

«Oh, ma dai!» Danny si era messo a ridere. «Lo scorso anno ti sei divertita.»

«Il massimo è stato quando sei caduto in mezzo alla pista da ballo.»

«Non sono caduto» aveva protestato Danny, arrossendo vistosamente. «Stavo facendo il verme.»

«Ci sei andato con una… ragazza?» avevo chiesto timidamente, fingendo che non mi importasse.

«Molte persone lo fanno. Danny e io ci siamo andati insieme» aveva sospirato Jess. «Anche se ho finto di non conoscerlo quando è caduto.»

«Ti ho detto che stavo facendo il passo del verme.»

«Non sembrava un verme. Sembrava che fossi caduto facendoti male all'anca, o roba simile.»

Ho passato tutte le vacanze primaverili a preoccuparmi

per il ballo. Se Jess e Danny ci fossero andati di nuovo insieme, con chi sarei andata io? Non avrebbero gradito una reggimoccolo.

E poi, ora che ho appiccato il fuoco a una ragazza, le mie possibilità di essere invitata al ballo sono diminuite drasticamente, ne sono certa.

Ho preso in considerazione l'idea di mettere un farfallino a Cane e di buttarla sul ridere, ma alla fine ho deciso di andare sul sicuro: se proprio devo andare a quel ballo con qualcuno, probabilmente sarà umano.

Sophie Parker e Josie Graham sono le rappresentanti del nostro anno nel comitato organizzativo, ovviamente. Ciò significa che devono sacrificare alcune pause pranzo per starsene dietro un tavolo a vendere i biglietti della lotteria cercando di racimolare i soldi da destinare alle spese per il ballo stesso. Il premio della lotteria è un tirocinio di due settimane durante le vacanze pasquali con la madre di Brendan, che è una fotografa professionista.

«Anche tuo padre avrebbe dovuto offrire uno stage» ha commentato Jess, vedendo Sophie e Josie ridacchiare con altre due bellone del nostro anno che stavano acquistando biglietti a iosa. «Così li avrebbero comprati tutti, non solo le principessine della scuola.»

Mi è venuto da ridere. «Guarda che esageri. Non credo che qualcuno in questa scuola sia interessato ai carri armati.»

«Però lui intervista continuamente gente famosa.»

«A quanto pare.» Mi sono stretta nelle spalle. «Ma la maggior parte del tempo se ne sta seduto a casa inveendo contro il blocco dello scrittore, oppure con la fronte appoggiata al muro. Dice che lo aiuta a pensare. Ci può stare per delle mezz'ore intere. Una volta l'ho fatto anche io per vedere cosa sarebbe successo, ma non mi è venuta nessuna ispirazione. Siamo solo rimasti lì in silenzio, con le teste contro la parete, finché non mi è venuta fame e l'ho lasciato solo. Non credo che un tirocinio da lui sarebbe una buona idea.»

«Sono così imbarazzanti.» Jess ha scosso la testa mentre Josie tirava fuori uno specchietto per ammirarsi. «Scommetto che Sophie ha già comprato metà dei biglietti. L'idea di avere a che fare con la famiglia di Brendan sembra l'unica cosa di cui le importi, perché dello stage non potrebbe fregarle di meno.»

«Perché non prendi un biglietto anche tu? Sei brava come fotografa.»

Lei è scoppiata a ridere. «Sì, con la fotocamera del telefono. Non penso che conti.»

«Ma dai, costa solo una sterlina. E se vinci scommetto che farai degli scatti fighissimi. Sarebbe fantastico!»

Non mentivo. Jess è brava come fotografa; appesa al muro di casa sua ha una foto incorniciata con la quale ha vinto un concorso quando era più piccola. Inoltre ha senso artistico: sua madre mi ha mostrato alcuni dipinti che ha realizzato.

Mi sono assicurata che papà nascondesse i miei pietosi tentativi di modellare la ceramica quando Jess è venuta la prima volta da me, anche se in genere li mette in bella mostra sulla mensola del caminetto. Non si tratta di orgoglio paterno; è che gli piace prendermi in giro: sfottermi è sempre un ottimo inizio per una conversazione. Ma non mi lamento. Il mio pettirosso natalizio è praticamente un ammasso di argilla con un cerchio rosso al centro.

Jess ha sospirato. «Anna, non cercano gente come me.

Sono sicura che la mamma di Brendan sarà molto più felice con qualcuno come Sophie, che penderà dalle sue labbra e sarà perfetta nella parte.»

«Tu saresti perfetta nella parte» ho ribattuto. «Dai, se non ne compri uno, lo farò io per te.»

Alla fine ha ceduto alla mia insistenza e ci siamo dirette verso il tavolo. Sophie ci ha visto avvicinarci e ha dato a Josie una gomitata nelle costole, poi si sono scambiate qualche battuta incupendosi. «Che cosa vuoi?» ha sibilato incrociando le braccia.

«Mi spiace tanto per quanto è successo a chimica, Josie» ho farfugliato sentendomi malissimo. «Se c'è qualcosa che posso fare...»

«Personalmente» mi ha interrotta allegra Jess, «penso che i capelli ti stiano molto meglio con questo nuovo taglio, Josie.»

«Non credere che basti a sistemare le cose» ha ribattuto rabbiosamente Sophie inclinando la testa.

«Già.» Josie ha messo il broncio, seguendo come sempre la Regina Sophie. «Non puoi più fare nulla adesso.»

«Grandioso, sono felice che tutto sia risolto» ha detto Jess con fermezza. «Ora vorrei comprare un biglietto della lotteria, per favore.»

Sophie ha spalancato la bocca. «Tu. *Tu* vorresti comprare un biglietto della lotteria.»

«Sì, uno, per favore.»

«Ma» ha ridacchiato Josie squadrando Jess dalla testa ai piedi «a te chiaramente non importa... di come appaiono le cose.»

Jess ha cominciato ad arrossire.

«Non sono sicura che questa sia la tua strada, Jess» ha

detto Sophie in tono di finto rammarico. Poi si è stretta nelle spalle e ha aggiunto: «Al posto tuo non lo prenderei, questo biglietto. Si tratta di fotografia professionale».

Jess ha abbassato lo sguardo mortificata. Non so cosa mi abbia preso, ma all'improvviso le parole mi sono uscite di bocca.

«Dieci biglietti, per favore.»

Di colpo mi fissavano tutte basite. «Sì, dieci» ho ripetuto in tono più stridulo di quanto volessi. Poi ho infilato la mano nel mio borsellino e ho tirato fuori i soldi.

Sophie ha sbuffato e Josie ha seguito il suo esempio, ma si era formata una coda dietro di me. Josie ha guardato Sophie in attesa di istruzioni. Sophie ha serrato le labbra e ha fatto un cenno con la testa, al che Josie ha preso i soldi in malo modo allungandomi i biglietti sul tavolo.

Mi sono allontanata trionfante, con il cuore che mi batteva all'impazzata.

«Be', non si sa mai.» Jess ha sorriso mentre le passavo i biglietti e mi ha dato un colpetto con il gomito in segno di riconoscenza. «Grazie.»

Seduta nell'aula di francese nel tardo pomeriggio, non riuscivo a smettere di pensare al Ballo dei Beati. Che cosa sarebbe accaduto se non mi avessero permesso di entrare perché non avevo un cavaliere? O anche peggio, che cosa sarebbe accaduto se mi avessero lasciato entrare, ma poi fossero stati tutti in coppia e io l'UNICA a non danzare?!

Che cosa avrei fatto se tutti avessero iniziato a prendermi in giro perché ero patetica? CHE COSA SAREBBE SUCCESSO SE DAVVERO MI FOSSI PRESENTATA CON CANE COME ACCOMPAGNATORE?

Era un'emergenza: ci voleva uno scambio di bigliettini con Jess.

Ciao, posso farti una domanda?

Anna, sei pazza a passare bigliettini nell'ora di francese?! La Brockley ci becca! È furba, sai? Fa tiro con l'arco nel tempo libero.

È importante.

Ok, allora chiedi.

Usciresti con me?

Cosa?

Se fossi un ragazzo, usciresti con me?

Questa domanda mi mette a disagio.

No dai. Ho bisogno di saperlo.

Be', non lo so. Probabilmente no.

COSA?
PERCHÉ NO?

Per l'ossessione che hai per il tuo cane. È carino e tutto, ma tu esageri.

Parlo troppo di Cane?

Sì. Ma forse non poi così tanto con i ragazzi, quindi loro potrebbero anche non sapere della tua ossessione, il che è positivo. Potresti tenerlo nascosto finché non ti sposi e poi BOOM. Tirare fuori la verità sulla tua stranezza.

Oh. Ok.

Perché ti preoccupa tanto non avere un appuntamento? È solo un ballo. Chi se ne frega?

Non è solo un ballo. Ne parlano tutti. E siamo solo a inizio trimestre. Andrà sempre peggio.

Nemmeno io ho un appuntamento.

Hai Danny. E comunque hai DECISO tu di non avere un vero cavaliere.
Scommetto che qualsiasi ragazzo del nostro anno farebbe di tutto per accompagnarti al Ballo dei Beati.

Anche tu hai Danny. Ci andremo insieme come trio.

E per i lenti?

Per i lenti?

Non possiamo ballarli in tre!

Perché no?

PERCHÉ sembrerebbe strano. Come puoi pensare di farlo?

Potremmo prenderci per mano e ondeggiare insieme.

Come una specie di setta religiosa? Non penso starebbe bene.

Potremmo anche cantilenare.

Secondo me mi stai prendendo in giro. Non so se te ne sei accorta, ma io sono seria.

Perché ti arrovelli tanto su cose stupide come questa? È un BALLO, solo le persone come Sophie se ne preoccupano così.

Guarda che quelle come Sophie non si arrovellano per queste cose. Non ne hanno bisogno. Lei non va in ansia per avere un appuntamento. Scommetto che andrà al ballo con Brendan Dakers.

Si dice in giro che lui non gliel'abbia ancora chiesto. In ogni caso, dimenticati della Regina Sophie. Perché non vieni al ballo con Cane?

Cosa?! Sei ridicola. È ovvio che non prenderò nemmeno in considerazione di venire al Ballo dei Beati con Cane.

Hai pensato di mettergli un farfallino, non è vero?

Questa conversazione non ha alcun senso. Smettila di passarmi bigliettini, per piacere. La signorina Brockley si sta avvicinando e io sono già in punizione per l'intero trimestre.

Secondo me ci sono un sacco di persone là fuori che uscirebbero con te.

Davvero? Lo pensi sul serio?

Lezione numero uno su come fare nuove amicizie e trovare qualcuno che ti inviti al ballo: tiratela. Davvero.

Ricevuto. Devo appuntarmelo?

Ti stavo prendendo in giro.

Oh. Dovresti essere più chiara su cose del genere.

Ho intenzione di andarmene adesso.

Ok! Possiamo chiacchierare dopo le lezioni.

Sei in punizione, zuccona. Mandami una mail quando sei a casa. Oh, e... Anna?

Sì?

L'unico motivo per cui non riesci a trovare qualcuno che venga al ballo con te è perché nessuno in questa scuola è alla tua altezza.

Mi stai di nuovo prendendo in giro?

No.

Come posso saperlo?

Chiedendomelo. Ti ho appena detto che non ti sto prendendo in giro.

È una cosa molto bella quella che mi hai detto. Davvero carina. Quel genere di cose che direbbe la tua migliore amica. Tu non le dici mai!

Non essere imbarazzante.

Mi terrò questo bigliettino per sempre.

Non farlo.

Ho intenzione di appiccicarlo nel mio diario. Non ho un diario ma ho intenzione di comprarne uno SOPRATTUTTO per attaccarci questo foglietto. E disegnarci dei cuori intorno.

Piantala.

E poi un giorno lo trasformerò in un enorme poster e lo incornicerò.

Credo che ne saresti capace. Lasciami stare ora. Non ti passerò più bigliettini.

Ti porgo i miei saluti, Jess! Sei un'amica vera e meravigliosa che crede in me. Diffonderò la tua gentilezza in lungo e in largo. Hai portato speranza e amore a un'anima tormentata. Dio benedica te e il tuo popolo.

Ti detesto fermamente.

Capitolo 6

OBIETTIVI DI VITA DI ANNA HUNTLEY
Lista corredata da commenti personali redatta durante un giorno di punizione scolastica.
Trimestre di primavera 2015

1. Essere una persona migliore. Cercherò di essere più gentile con gli altri. Anche con papà (persino quando diventa fastidioso). Inizierò a fare cose carine come parlare con gli sconosciuti in metropolitana o roba simile. Chiederò come è stata la loro giornata o quali sono le loro ambizioni nella vita. Cercherò di farlo senza sembrare pazza come la donna sull'autobus 45, che urla "ciao" a tutti quelli che salgono spaventandoli a morte. Sono sicura che in realtà lo faccia solo per essere gentile.

2. Andare in Africa a distribuire riso. Sono stata fortunata nella vita ad avere una famiglia

meravigliosa (anche se sono spesso noiosi) e amici meravigliosi (anche se sono soltanto due). Pertanto, è giusto che io ricambi dando qualcosa al mondo. Sono certa che ci sia sempre bisogno di persone disposte ad andare in Africa a fare opere buone come distribuire il riso. Nota personale: fare una ricerca online sugli enti di beneficenza che organizzano viaggi per fare opere buone come distribuire il riso.

«Cosa stai scrivendo?»

Ho aggrottato la fronte. Qualcosa mi diceva che Connor Lawrence tentava di sbirciare ciò che stavo scrivendo da quando avevo preso la penna in mano. Era arrivato con comodo, in ritardo, nell'aula in cui si svolgono i doposcuola punitivi (come poteva arrivare in ritardo a una punizione?!) e si era seduto accanto a me senza preoccuparsi di togliersi l'auricolare del telefono.

«Lieto che tu sia dei nostri, Connor.» Il prof Kenton non sembrava particolarmente infastidito dal suo atteggiamento.

«Non sto scrivendo niente» ho bisbigliato coprendo il mio blocco per gli appunti.

«Sembra una lista.»

«Non è una lista.»

«Vedo che è una lista.»

«Bene. È una lista.»

«Una lista di cosa?»

«Sei sempre così ficcanaso?» ho domandato cercando di non sembrare troppo sulla difensiva ma allo stesso tempo di esternare che volevo essere lasciata in pace. Dopo tutto, era per colpa di Connor, con il suo intervento davanti a tutta la classe, se Sophie era ancora più irritata nei miei confronti.

«Mi interessa» ha risposto compiaciuto.

«Non è niente di importante.»

«Cosa dice lì in alto?»

«Dice che ti stai mettendo nei guai.»

«Divertente.»

A quel punto abbiamo guardato il prof Kenton, ma aveva la testa ciondolante e gli occhi chiusi. E russava leggermente.

Connor ha sorriso. «Siamo salvi, credo.»

Gli ho lanciato uno sguardo da "argomento chiuso" e sono tornata alla mia lista.

3. Procurarsi un appuntamento per il Ballo dei Beati. L'ideale sarebbe Brendan Dakers ma chiaramente, a questo punto, chiunque sarebbe già un buon risultato. Ci saranno più possibilità che ciò accada se realizzerò il punto 1. Brendan Dakers non sembra interessato a qualcuno che non sia gentile e premuroso. Anche lui probabilmente sarebbe colpito da qualcuno con talenti degni di nota (vedi punto 5 più in basso) o da qualcuno che non sia un disastro e che parli di cose interessanti (ad esempio, un recente viaggio in Africa a distribuire riso ai bisognosi).

4. Incontrare il DIO dei fumetti Stan Lee e ispirargliene uno fantastico con protagonista una ragazza che tiene Londra al sicuro dal male incombente. Se questo dovesse mai accadere, sarò felice per il resto dei miei giorni senza mai lamentarmi di niente. Prometto di non dire nulla di imbarazzante all'uomo che ha creato alcuni dei migliori personaggi al mondo. Nota personale: chiedergli di rendermi un supereroe dei fumetti conta come imbarazzante? Conferire con Jess.

5. Imparare a ballare l'hip hop. Un'abilità indispensabile nella vita. Per impressionare intensamente chiunque, ovunque. Utile per tirarti fuori da situazioni imbarazzanti o tristi. Il tuo amico è appena stato scaricato? Sfodera il passo dell'uomo-che-corre! Hai perso i compiti a casa? Aspetta un attimo, fammi fare l'uomo-che-corre! Detesti la tua vita? È così per tutti! Fai l'uomo-che-corre!

6. Salvare la vita a qualcuno. Preferibilmente sulla terraferma e non in mare perché odio le alghe e anche le meduse.

«Aspetta, tu sai chi è Stan Lee?»

Ho girato la testa di scatto. «Ehi!»

«Che c'è? Non lo stavi nascondendo molto bene.» Connor si è stretto nelle spalle. «Dai, lasciami dare un'occhiata.»

«Non volevo che tu lo vedessi» mi sono lamentata io. «Ti piacerebbe se sbirciassi quello che stai facendo tu?»

«Sentiti libera.» E ha fatto scivolare il suo blocco lungo il banco verso di me. «Magari apprezzeresti.»

Ho lanciato uno sguardo alla pagina aperta e me la

sono trascinata subito vicino, guardando poi in basso, imbarazzata.

Il blocco era pieno di schizzi fumettistici. «Li hai fatti tu? Sono fantastici.»

«Grazie. Sto pensando di creare una mia *graphic novel* un giorno. Approvo il punto quattro. Personalmente ho sempre pensato che Batman sia la migliore creazione di tutti i tempi.» Ha ripreso il suo blocco.

«Ma per favore, Batman? Lui è incredibile, sì, ma la Marvel ha UN SACCO di eroi molto più fighi. Guarda l'Uomo Ragno, ad esempio.»

Lui ha sollevato un sopracciglio. «Non ho intenzione di prendere sul serio una simile affermazione fatta da una che ha messo nella propria lista "imparare l'hip hop" prima di "salvare la vita a qualcuno".»

«Chi ha detto che sono in ordine di importanza?» Prima che vedesse il punto 3, ho posizionato protettivamente un braccio attorno al mio blocco e ho cambiato argomento. «Chi sarebbe il tuo supereroe?»

«Scusa?»

«Nel tuo fumetto.»

«Sto aspettando l'ispirazione» ha sorriso lui. «Ma probabilmente sono io.»

«Che originale.»

«Mi sarei dovuto presentare con un superpotere.» Sembrava pensieroso. «Il tuo quale sarebbe?»

«Sarebbe pazzesco controllare le cose con la mente come Jean Grey in X-Men» ho risposto. «Prima che fosse travolta dalla forza di Fenice e diventasse malvagia, ovvio.»

«Già» ha concordato Connor.

«E poi» ho aggiunto notando che cercava di sbirciare sotto il mio braccio per leggere di nuovo cosa avevo scritto «controllare le cose con la forza della mente mi permetterebbe di IMPEDIRTI DI GUARDARE LA MIA LISTA!»

Il prof Kenton ha emesso un grugnito spostandosi sulla sedia. Ho socchiuso gli occhi, fissando Connor, e mi sono rimessa al lavoro.

7. Superare la paura dei piccioni. Ugh, quel loro sbattere le ali... Sta diventando veramente difficile vivere a Londra se hai questa fobia.

8. Inventare qualcosa di utile per l'umanità. Così sarò ricordata come una persona valida e caritatevole al tempo stesso. Tipo la mente che ha inventato l'aceto balsamico spray, grazie al quale non si rischia mai di versarne troppo e rovinare l'insalata.

«Che ne pensi di un elmetto piccione-deflettore?»

«Prego?»

Connor si stava sporgendo dalla sedia con una biro in bocca. «Questo soddisferebbe i punti 7 e 8.»

«No, non lo farebbe. Indossare un elmetto deflettore non curerebbe la mia paura dei piccioni. Li terrebbe solo lontano da me» ho sospirato. «Non credere che non ci avessi già pensato.»

9. Avere il mio nome inciso su un trofeo. È improbabile che possa essere per un evento sportivo, quindi devo pensare fuori dagli schemi una volta tanto. Si intitolano trofei alle persone che distribuiscono il riso in Africa? (Nota personale: fare ricerche in proposito.)

10. Insegnare a Cane a dare il cinque alto. Gli ci sono voluti dieci mesi per imparare che il suo nome era Cane. Quindi questo è probabilmente il più ambizioso obiettivo di tutta la lista.

Quando il doposcuola punitivo è finalmente terminato, ho riposto la mia lista al sicuro nella borsa e ho lasciato la classe insieme agli altri dirigendomi verso l'uscita, pronta per la libertà.

«Ehi, Uomo-Ragnetta!» Connor mi si è avvicinato improvvisamente. «Finito la tua lista? Quand'è che il mondo sarà testimone dell'avvento dell'hip hop? Fremo di trepidazione.»

Ho sbuffato. «Uh. Mai? Dimenticati della lista: è PRIVATA.»

«Ok, ok.» Ha sorriso mentre mi apriva la porta e io gli passavo davanti. «Guarda che non otterrai i tuoi sensi di ragno piroettando come Wonder Woman.»

«Mi sta bene» ho brontolato scendendo le scale. «Solo perché ammiro le capacità di Spider-Man, non significa che…»

«Che sai tutto di fumetti? Non ti affannare: non è così.»

«Ehi!» Ho allungato il braccio per fermarlo appena fuori dal cancello. «Non insultare la mia conoscenza fumettistica. Posso sfidarti sulla Marvel o DC in qualunque momento.»

«Se lo dici tu» ha sorriso a trentadue denti.

«Bene» ho risposto stizzita io superando il cancello per andarmene. «A domani, allora.»

«Ehi, Anna. Solo perché tu lo sappia, a proposito del punto 3 della tua lista personale, che comunque non ho visto, dovresti avere standard più alti sulla persona con cui uscire.»

Sono rimasta a bocca aperta.

«Ma come ho detto» ha continuato lui sistemandosi lo zaino sulla spalla con un sorriso malizioso, «io non l'ho letta. Ci vediamo domani, Uomo-Ragnetta.»

Detto questo, si è avviato lungo la strada lasciandomi lì impalata con la bocca ancora aperta.

Nota personale: smettere di buttare giù liste.

Da: jess.delby@zingmail.co.uk
A: anna_huntley@zingmail.co.uk
Oggetto: Dai

Sei già a casa? Sono annoiata.

Com'era a scuola? Non posso credere che tu abbia fatto una cosa così egoista come incendiare qualcuno. Ora hai il doposcuola punitivo e io non ho nessuno con cui distrarmi da questo vocabolario di francese.

Danny è snervante. Non risponde volutamente alle mie mail per costringermi a fare i compiti.

J x

@

Da: anna_huntley@zingmail.co.uk
A: jess.delby@zingmail.co.uk
Oggetto: Re: Dai

Ehi, sono a casa!

Senti questa: papà ha portato Cane dal veterinario per il controllo annuale oggi. E sai cos'ha sentenziato la cosiddetta veterinaria? Che Cane è "in salute". Ci credi?! Sono tentata di andare al suo studio e dirgliene quattro.

Hai cenato, a proposito?

Con affetto, io me xxx

@

Da: jess.delby@zingmail.co.uk

A: anna_huntley@zingmail.co.uk

Oggetto: R: Re: Dai

Non ho capito bene. Essere sani non è una bella cosa per un cane?

Ho cenato, sì. Sei piena di domande interessanti.

C'erano gli spaghetti.

Fai ciò che vuoi di questa informazione.

J x

@

Da: anna_huntley@zingmail.co.uk

A: jess.delby@zingmail.co.uk

Oggetto: Povero Cane

Certo che è una bella cosa per un cane essere sano, Jess, ma non è carino per una sconosciuta definire Cane "in salute". Hai capito adesso?

In realtà stavo per chiederti se ti andava di venire a cena qui, almeno mi salvi se a papà viene la bella idea di tenermi una conferenza sulle api o roba simile.

Tutto qua.

Con affetto, io me xxx

@

Da: jess.delby@zingmail.co.uk
A: anna_huntley@zingmail.co.uk
Oggetto: Re: Povero Cane

No, non ho capito nemmeno adesso. Nessuno ci riuscirebbe. Non ha alcun senso.

Molto gentile da parte tua, vuoi che venga lo stesso da te? Potrei distrarre tuo padre con domande sulle armi militari.

J x

@

Da: anna_huntley@zingmail.co.uk
A: jess.delby@zingmail.co.uk
Oggetto: R: Re: Povero Cane

Era chiaramente un riferimento alla stazza del cane.

Con affetto, io me xxx

@

Da: jess.delby@zingmail.co.uk
A: anna_huntley@zingmail.co.uk
Oggetto: Sei pazza

Ancora una volta. È una cosa positiva. Che lui sia sano.

Vengo da te?

J x

@

Da: anna_huntley@zingmail.co.uk
A: jess.delby@zingmail.co.uk
Oggetto: Re: Sei pazza

Aspetta. Meglio che tu non venga.

Papà vuole che mi disconnetta. Vuole "avere un colloquio"

su qualcosa di "molto importante". Si è comportato in modo strano negli ultimi tempi.

Comunque torno on line fra circa mezz'ora e ti aggiorno.

Con affetto, io me xxx

@

Da: jess.delby@zingmail.co.uk

A: anna_huntley@zingmail.co.uk

Oggetto: Lasciamo perdere

Spero che tutto sia ok. Fammi sapere.

J x

@

Da: jess.delby@zingmail.co.uk

A: anna_huntley@zingmail.co.uk

Oggetto: Ci sei?

Ehi, Anna... mi chiedevo cosa avesse da dirti tuo padre. Sono passate un paio d'ore, quindi volevo solo controllare che fosse tutto a posto.

Tra l'altro, sto davvero morendo di noia. Ma perché ci sono così tanti vocaboli in francese? E comunque se andassimo in Francia non ci servirebbe saperli tutti, no? Avremmo solo bisogno di dire "croissant" e "non" per cavarcela.

Allora perché sto imparando la traduzione francese di "corna"?

Quando andrò in Francia parlerò di corna secondo te? La nostra scuola è strana.

J x

@

Da: jess.delby@zingmail.co.uk

A: anna_huntley@zingmail.co.uk

Oggetto: (nessun oggetto)

Ancora io! È passato un bel po'... Che succede? Tutto bene con tuo padre?

Sono preoccupata.

J x

@

Da: jess.delby@zingmail.co.uk

A: anna_huntley@zingmail.co.uk

Oggetto: (nessun oggetto)

Non ho avuto notizie per tutta la notte. È successo qualcosa, vero?

J x

Capitolo 7

PAPÀ HA COMPLETAMENTE PERSO LA TESTA.

Sapevo che qualcosa non andava già stamattina presto perché era sfuggente. Non riuscivo a immaginare cosa potesse preoccuparlo tanto, così gli ho chiesto se la signora Trott si fosse infilata di nuovo nel nostro bidone della spazzatura.

La signora Trott è la nostra vicina di casa e quando ci siamo trasferiti qui ha mostrato un certo interesse per papà. Purtroppo ha un viso inquietante e mio padre non ha mai ricambiato le sue avances amorose. Per questo lei è diventata molto attenta alla nostra raccolta differenziata, cosa che a me sembra un tentativo ammirevole di incontrare casualmente papà il più spesso possibile.

Un giorno sono tornata a casa e ho trovato mio padre in preda a un crollo nervoso. È venuto fuori che, siccome lui non ha rispettato le istruzioni della Trott sulla raccolta differenziata, in un impeto, lei si è infilata nel nostro bidone. Così, quando lui ha portato fuori la spazzatura e ha aperto il coperchio, si è trovato davanti il suo viso inquietante che lo fissava.

Secondo i testimoni, papà ha "lanciato un urlo impressionante" e poi è caduto all'indietro sulle borse della spazzatura.

La Trott, secondo quanto mi è stato detto, è uscita dal bidone come se niente fosse esclamando: «Ricicla, stupido», poi gli ha lanciato un ultimo sguardo penetrante da sopra la spalla.

Papà da allora ricicla meticolosamente.

«No, stavolta non era nel nostro bidone» mi ha risposto quasi in preda al panico. «Perché? Sono stato così attento!»

«Calmati, papà» ho detto nel tono più rassicurante che mi è venuto. «La signora Trott è molto soddisfatta della tua opera di riciclaggio, ultimamente.» Lui sembrava più calmo ora. «Ma perché ti comporti così? Mi stai spaventando.»

«Non mi comporto in nessun modo» ha ribattuto sulla difensiva mettendosi a riordinare il tavolino del telefono. L'ho osservato per un attimo, poi però mi annoiavo, allora mi sono stretta nelle spalle e l'ho lasciato essere anormale per conto suo.

Alla fine, quando è venuto in salotto e mi ha fatto spegnere il portatile, ero sollevata perché avrei potuto finalmente scoprire cosa stesse succedendo.

Si è seduto accanto a me e ha fatto un respiro profondo. «Ho chiesto alla mia... ehm... fidanzata di venire qui stasera per conoscerti... Spero che per te vada bene.»

«Oh giusto! Uhm, sì, naturalmente, per me va bene.»

«Prima però voglio spiegarti una cosa.»

Mi ha lanciato un'occhiata buffa.

«Questa fidanzata è... unica.» Si è interrotto e ha unito le mani allungandosi un po' in avanti. «È speciale.»

«Ok, papà, ho capito. Questa è diversa. Non ti preoccupare:

mi comporterò al meglio. Ti prometto che non le racconterò di quando hai fatto arrabbiare quello struzzo.»

«È gentile da parte tua, ma in realtà non è proprio quello che intendevo dire.»

«Ok» ho detto alzando gli occhi al cielo. Ma certo! «È perché lei è molto giovane, non è vero? Se è per quello, non devi preoccuparti. I tuoi capelli sono ben messi per la tua età. A meno che lei non sia tipo poco più che ventenne. In quel caso mi dispiace, ma avreste bisogno entrambi di rivalutare le vostre vite.»

«No, guarda, ha la mia età, è tutto a posto. È solo che...» Si è lasciato sfuggire un sospiro prima di concludere: «Anna, la mia ragazza è Helena Montaine».

Ho sbattuto le palpebre.

«Helena Montaine» ho ripetuto piano.

«Come... l'attrice» ha confermato lui guardandomi intensamente.

«Come la famosa attrice.»

«Sì.»

«Come la famosa attrice vincitrice di due premi Oscar.»

«Sì.»

«Esci con Helena Montaine, l'attrice?»

«Sì.»

«Helena Montaine, la famosa attrice, esce con mio padre?»

«Sì.»

«È uno scherzo?»

«No.»

«Non sei in combutta con Jess?»

«No. Sono serio.»

«No, perché questo è il genere di cose che farebbe lei.»

«Non sono in combutta con Jessica.»

«Esci con Helena Montaine, l'attrice che è sempre sui giornali.»

«Sì.»

«Quella famosa.»

«Sì.»

Sono rimasta seduta lì in silenzio. Non ero sicura di come elaborare quelle informazioni. Voglio dire, non che papà non sia uscito con gente famosa prima d'ora. È uscito con un personaggio politico molto in vista per un po', e qualche volta anche con una modella che aveva intervistato.

Non che qualcuno di loro mi abbia mai presa in considerazione, naturalmente. Sono l'essere meno glamour che abbiano mai visto, a parte Cane, forse. Ma anche lui può sembrare molto cool dopo una buona spazzolata.

Invece Helena Montaine è roba di prima classe per quanto è famosa. Davvero molto. È sempre sulle copertine di tutte quelle riviste patinate che papà non vuole farmi leggere perché "incoraggiano più richieste di eyeliner" da parte mia. (Ha davvero bisogno di uscire di più.)

Helena di recente è stata la testimonial di alcuni prodotti per la pelle in tv. Presente la pubblicità dove corre sulla spiaggia con un vestito bianco e fluente e poi si tocca il viso perché è così morbido e senza rughe?

«Tutto a posto, Anna?» Papà sembrava davvero preoccupato: mi ha persino preso la mano.

«Uh» ho detto cercando di scacciare dalla mente l'immagine di Helena che si toccava il volto dicendo: "Così setoso, così te".

«Ascolta, è importante che tu sappia quanto lei sia

normale. Ero nervoso quando l'ho intervistata perché ero convinto che fosse una diva. Ma è davvero alla mano e con i piedi per terra.»

«Giusto» ho detto intontita.

«Devi pensare che stai per incontrare la ragazza di papà e non Helena Montaine. Appena la conoscerai ti dimenticherai subito tutte quelle stranezze da personaggio famoso, te lo giuro. Ha un modo di fare che ti mette perfettamente a tuo agio.»

«L'hai intervistata. È così che vi siete incontrati?»

«Sì. Per completare l'intervista l'ho dovuta vedere più volte perché aveva un calendario fittissimo di appuntamenti. Ma ogni volta che la incontravo era come se fossimo vecchi amici. Abbiamo legato subito. Dopo che ho scritto il pezzo, le ho chiesto se le sarebbe piaciuto andare a bere qualcosa insieme e così...» Ha fatto una pausa stringendosi nelle spalle. «È iniziato tutto da lì.»

«E ora sei il suo... fidanzato?»

«Sì.»

«Sa del libro sui carri armati?»

«Sì.»

«E vuole ancora uscire con te? Helena Montaine, la famosa attrice, sta uscendo con mio papà, l'autore di un libro sui carri armati.»

«Ho fatto molto di più nella mia vita che scrivere un libro sui carri armati. Ma non è questo il punto.»

«Sto per incontrare Helena Montaine.»

«Sì. È difficile da digerire, ma sarà qui a minuti e vedrai tu stessa quanto è meravigliosa. Ho invitato anche Marianne... Sai che Helena ha una figlia? L'ho incontrata un paio di volte. È molto carina, Anna, davvero una ragazza adorabile. Abbiamo pensato che sarebbe stato un bene per voi conoscervi. Marianne ha diciannove anni, quindi non c'è molta differenza di età tra voi. So che te la caverai brillantemente. Lei è un po' capricciosa, ma solo per fare scena, penso.»

Papà poteva anche avere ancora tutti i capelli in testa, ma di sicuro si era perso qualche neurone per strada. Marianne Montaine e io saremmo andate d'accordo? ERA IMPAZZITO? Stava parlando della figlia di una star del cinema, che non lavorava nemmeno, ma era così bella e glamour da essere invitata a ogni evento importante. Io al massimo avrei potuto recitare tutte le battute del *Signore degli Anelli*, ricreando le scene della scalata del Monte Fato insieme al mio labrador. Lei ha una pagina dedicata su Wikipedia. A me invece era perfino capitato che si scordassero di inserirmi nel registro di classe a inizio anno. LA MIA STESSA SCUOLA NON SI RICORDAVA DI ME.

È suonato il campanello. Ho guardato papà. Lui ha guardato me. Le mie palpebre hanno avuto uno spasmo.

«Anna...» si è raccomandato.

Ho simulato innocenza.

Poi, senza preavviso, in un attimo sono balzata in piedi.

Papà era chiaramente preparato ed è balzato in piedi insieme a me.

La gara era iniziata.

Sono corsa a tutta velocità verso le scale e lui mi ha inseguito. Nonostante mi fossi lanciata salendo due gradini alla volta, si è allungato afferrandomi al volo la caviglia destra. Sono caduta di piatto sulle scale, cercando di trascinarmi disperatamente su mentre scuotevo la gamba destra con insistenza nella speranza di divincolarmi dalla sua presa ferrea.

«Anastasia Huntley! Smettila... subito!» ha ordinato a denti stretti.

«Tu... smettila... adesso!» ho ribattuto io, tentando di aggrapparmi alla ringhiera per opporre maggior resistenza. Mi sono dimenata per fargli perdere la presa, ma ha tenuto duro, determinato a uscire vittorioso da quel corpo a corpo.

È riuscito a farmi scivolare giù a poco a poco e, con un ultimo strattone di caviglia, mi sono ritrovata al piano terra, dopo che il mio mento aveva sbattuto su ogni singolo scalino. Papà mi si è seduto accanto e si è appoggiato al muro, senza fiato.

Il campanello è suonato di nuovo. Al che si è alzato in piedi, voltandosi verso di me, mentre io mi giravo sulla schiena.

«Bene, le faccio accomodare» ha annunciato. Poi mi ha mostrato il pollice in su ed è andato ad aprire.

Ero ancora lì sulle scale, in una contorta quanto goffa posizione modello stella marina, quando Helena e Marianne Montaine sono piombate in casa accolte dal caldo benvenuto di mio padre. Sembravano un po' sorprese quando mi sono tirata su dandomi una sommaria sistemata.

«Ehm» ha iniziato papà lanciandomi uno sguardo. «Questa è mia figlia Anna.»

«Ciao.» Ho annuito e ho fatto un inchino.

UN INCHINO.

Papà ha chiuso gli occhi esasperato. Marianne Montaine ha guardato la madre in preda allo sconcerto più totale.

Helena Montaine ha guardato papà, poi ha mosso un

passo avanti ricambiando il mio inchino. «È meraviglioso conoscerti, Anna.»

«Andiamo tutti in salotto?» ha proposto papà ridendo nervosamente.

È stato davvero surreale. Mi sono ritrovata nella mia sala, rigida come uno stoccafisso, con Helena e Marianne Montaine. E ho capito una cosa: non c'è come avere una star del cinema di Hollywood e una It Girl di fronte per capire quanto sia inaccettabile interagire ogni giorno con la società sembrando soltanto te stessa.

Helena era esattamente come una stella del cinema dovrebbe essere. Alta ed elegante, con un tailleur pantalone bianco impreziosito da una grossa collana d'oro e orecchini coordinati. Quei prodotti per il viso dovevano essere portentosi, perché la sua pelle era luminosa più che mai quando mi ha rivolto il suo sorriso scintillante.

Marianne ha gli stessi lineamenti delicati della madre, grandi occhi azzurri, la bocca leggermente carnosa e dei capelli castani lucidissimi. Nel suo miniabito blu con una giacca di pelle, gli occhiali da sole sulla testa, gli stivali da motociclista e un sacco di eyeliner nero, incarnava in ogni centimetro la figlia di una rock star.

Il che, per inciso, era vero, visto che il primo marito di Helena, e padre della sua unica figlia, era il membro di un gruppo rock degli anni Settanta.

Era impossibile equivocare il modo in cui mi ha squadrata da capo a piedi appena mi ha vista.

Volevo morire. Non avrei mai e poi mai perdonato papà per quello che aveva fatto. Poteva almeno darmi un momento per cercare di sistemarmi i capelli prima del loro arrivo.

Però forse ha pensato che, se non ero riuscita a renderli presentabili in quattordici anni, dieci minuti di preavviso non avrebbero fatto alcuna differenza.

«Che delizia avervi qui tutte e due, Helena e Marianne» ha esclamato mio padre battendo le mani.

«Che delizia essere qui» ha replicato Helena sorridendogli con quei suoi denti bianchissimi e impeccabili.

Poi ha sospinto delicatamente la figlia, che finalmente ha parlato.

«Grazie per averci invitate» ha detto guardando papà. Lui ha guardato me.

Non sono sicura di cosa si aspettasse. Forse sperava che seguissi l'esempio dicendo a mia volta che "delizia" fosse averle come ospiti. Per sua sfortuna il mio cervello non funzionava del tutto.

«Il mio mento di solito non è così rosso» ho iniziato infatti.

Mi hanno fissata tutti e tre.

«Sì» ho continuato, visto che nessuno parlava. «Ho avuto un incidente sulle scale.»

Per un attimo ho pensato di lanciarmi in una spiegazione, ma ho deciso che non avevo niente altro da aggiungere, quindi mi sono limitata ad annuire lentamente. Papà ha aperto la bocca come per commentare, ma deve averci ripensato perché l'ha richiusa.

«Bene, sono così felice che siamo state presentate» ha detto allegramente Helena, passando il braccio attorno alla vita di papà.

Strano. Strano. Strano. Una star del cinema aveva appena abbracciato mio padre.

Helena ha ridacchiato e io ho notato Marianne socchiudere gli occhi guardandola con sospetto.

«Penso sia arrivato il momento di dirlo, Nick» ha continuato Helena con entusiasmo, mentre guardava papà sbattendo le ciglia.

«Sì» ha risposto lui in tono solenne prendendole la mano.

Le ha preso la mano. Mio PAPÀ ha preso la mano a HELENA MONTAINE, una donna che ha il proprio nome inciso in una STELLA sulla Hollywood Walk of Fame. E lei non si stava ribellando. Come se fosse una COSA NORMALE.

Mio padre, che durante una vacanza in Portogallo aveva indossato calzoncini da bagno con stampati degli elefanti che sorseggiavano mojito, ora stava tenendo la mano a Helena Montaine.

NIENTE AVEVA PIÙ SENSO.

Lui si è schiarito la voce. «Marianne e Anna, dobbiamo dirvi una cosa.»

Marianne ha lanciato uno sguardo fugace nella mia direzione.

Ridacchiando come un ragazzino, mio padre ha chinato la testa per guardare Helena, che si è girata verso di lui con le lacrime agli occhi.

«Vogliamo sappiate che ci sposeremo» ha annunciato lei raggiante. «Ci sposeremo!»

Capitolo 8

«HAI UN ASPETTO ORRIBILE!»

Jess e Danny mi osservavano mentre me ne stavo seduta in un angolo del campo da hockey su prato.

«Che cosa è successo?! Perché siamo qui? Tu odi lo sport!» Jess si è catapultata accanto a me.

«Prima di tutto, stai bene?» ha domandato Danny lanciando a Jess un'occhiata di ammonimento. È difficile nascondere il proprio stato d'animo a Danny, soprattutto quando ti guarda in quel modo così serio come mi stava guardando in quel momento. Forse ha a che fare con i suoi riccioli angelici ma, da qualunque cosa dipenda, Danny sembra sempre molto affidabile.

«Sto bene» ho sospirato drammaticamente mentre strappavo un ciuffetto d'erba.

Jess ha schioccato le labbra con impazienza e io le ho fatto una smorfia per aver rovinato l'enfasi del momento.

«Siamo qui perché ogni persona normale, a eccezione di te, Jess, odia l'hockey, quindi non starebbe mai volontariamente in questo posto e io non voglio che nessun altro senta cosa sto per dire.»

«Anna, cosa può essere di tanto orribile? Hai fracassato di nuovo una lumaca?» Ha incrociato le braccia.

«Guarda che quella lumaca è sbucata dal nulla! E avevamo promesso di non parlarne più.»

«Va bene, allora, qual è il problema?»

Ho fatto un respiro profondo e gliel'ho detto.

«Helena Montaine?!» ha sussultato Jess. «È pazzesco!»

Io ho annuito.

«Marianne Montaine era a casa tua?» Danny è rimasto a bocca aperta.

«Sì.»

«Uao.» Sembrava intontito.

«Pulisciti la saliva dal mento, Danny» l'ha preso in giro Jess prima di girarsi verso di me scuotendo la testa incredula. «Che cosa hai fatto quando hanno annunciato il loro fidanzamento?»

Marianne e io eravamo rimaste impalate in un silenzio sbalordito.

Helena e papà ci guardavano spostando alternativamente lo sguardo da me a lei, in attesa di una reazione positiva, ma io ero incapace di parlare.

Poi Marianne aveva sbottato: «Non di nuovo!».

«Ora, Marianne» aveva detto Helena alzando la mano, «so che è uno choc, ma sei ingiusta.»

«Ehm, non proprio» aveva sbuffato lei guardando incredula sua madre. «Da quanto tempo vi conoscete?»

«Posso capire che sia una cosa difficile da digerire» aveva mormorato Helena. «Ma noi ci amiamo sul serio.»

Marianne l'aveva guardata esasperata. «Ho detto solo due parole ad Anna… figuriamoci a suo padre! Non puoi fare quella normale e farmi conoscere qualcuno prima di sposarlo? È come con Rodney, ci risiamo.»

Il regista Rodney Jenson, l'uomo al quale probabilmente Marianne si riferiva, è stato il secondo marito di Helena. Si erano conosciuti durante le riprese e sposati dopo essere usciti insieme per un anno. Era finita nel giro di tre mesi, quando lui aveva iniziato una relazione con la protagonista del suo nuovo film.

O almeno, questo era ciò che avevano scritto i giornali.

«Non è come allora» aveva ribattuto Helena facendosi improvvisamente serissima.

«Perché ti butti sempre a capofitto nelle cose?» aveva incalzato Marianne.

«Non mi butto sempre a capofitto nelle cose» aveva risposto Helena con una voce strana. «Né io né Nick siamo dei giovincelli, cara, non mi sono mai sentita così prima d'ora, e comunque non mi sembra giusto da parte tua, ecco.»

Marianne si era lasciata sfuggire un "AH!" a voce alta e si era gettata i capelli setosi oltre la spalla con stizza. Papà e Helena si erano girati ansiosi verso di me. Io stavo cercando qualcosa di appropriato da dire, o qualcosa da fare che non fosse correre per la stanza gridando: "CHE CAVOLO…? SONO COSÌ CONFUSA, VOGLIO SOLO NASCONDERMI SOTTO IL MIO PIUMONE PER RIPRENDERMI UN ATTIMO. ODIO TUTTI".

Dato che probabilmente non era un'opzione accettabile e Marianne aveva già esternato il proprio disaccordo sdegnoso ma luminoso, avevo deciso di intraprendere il cammino della sensibilità e della maturità.

Nonostante l'annuncio choc e il mio mento che ancora bruciava, ci tenevo a dare l'impressione di essere normale.

«Sediamoci tutti e parliamone da adulti» avevo detto nel modo in cui immaginavo l'avrebbe fatto qualcuno sensibile e maturo, muovendo un passo verso il divano.

Purtroppo avevo calcolato male le distanze ed ero finita a sedermi sul tavolino. Avevo barcollato aggrappandomi alla lampada per ritrovare l'equilibrio ma mi si erano impigliati i piedi da qualche parte. Cadendo, avevo trascinato la lampada con me in un fragore assordante.

«Fammi capire bene» mi ha interrotto Danny a quel punto della mia dolorosa ricostruzione. «Sei caduta. Di schiena. Spalmandoti a terra. Di fronte a Helena e Marianne Montaine.»

Ho annuito gravemente.

«E poi che è successo?» ha chiesto Jess, rapita dal racconto.

«È andata peggio» ho sospirato.

Helena e papà si erano precipitati ad aiutarmi. L'avevano fatta più grave di quel che fosse costringendomi a sedermi sulla poltrona e chiedendomi se il braccio mi facesse male. Marianne si era scusata ed era uscita a prendere una boccata d'aria. Poco prima di andarsene, mi aveva riservato uno sguardo che poteva essere solo di incredulità. Incredulità, immagino, di fronte al fatto che io e lei saremmo ben presto diventate membri della stessa famiglia.

Papà nel frattempo era andato a preparare un po' di tè e Helena si era seduta sul divano accanto a me.

Non riuscivo a fare altro che guardarla sotto choc.

«Anna, stai bene?» mi aveva chiesto lei alla fine. «Mi fai sentire un pochino a disagio.»

Non volevo dire che stavo bene perché non era vero, ma non volevo neppure che la famosa attrice seduta sul mio divano si sentisse a disagio. Così mi ero messa a fissare la lampada che avevo fatto cadere anziché fissare lei.

Dopo una vita, papà era tornato con il vassoio del tè.

Anche Marianne era rientrata unendosi al silenzio che permeava la stanza. Aveva i capelli un po' più spettinati, come se ci avesse passato le mani un sacco di volte, e sembrava irritata quando, sedendosi, aveva lanciato alla madre uno sguardo gelido.

Helena doveva esserci abituata perché non aveva nemmeno battuto ciglio.

Purtroppo Marianne rientrando non aveva chiuso bene la porta e Cane era evaso.

Ignaro della fuga di Cane, papà aveva provato a sistemare un po' le cose. Senza riuscirci. «Penso che saremo tutti molto felici insieme.»

Marianne e io l'avevamo guardato.

«Non vedo l'ora che ci conosciamo meglio» aveva aggiunto con un sorriso raggiante, quasi maniacale.

Marianne e io avevamo continuato a fissarlo. Gli occhi cominciavano a darmi fastidio a furia di fissare lui e Helena.

«Sarà fantastico!» aveva squittito papà.

«Infatti!» aveva rincarato la dose Helena con entusiasmo, guardando la figlia.

«Certo che sì!»

«È una follia» le aveva sibilato Marianne.

Al che era calato di nuovo un lungo silenzio. Io stavo racimolando il coraggio per dire qualcosa che assomigliasse a delle congratulazioni, giusto per alleggerire l'atmosfera, ma Cane aveva pensato che quello fosse un ottimo momento per tornare dalla sua avventura solitaria e mostrare il frutto delle sue imprese.

Così era trotterellato in salotto con un piccione vivo in bocca. Le ali del volatile gli sbatacchiavano sul muso mentre lui presentava orgoglioso la sua preda a Marianne.

Alla vista di un labrador con un piccione in bocca, Marianne aveva urlato con tutto il fiato che aveva in corpo.

Di rimando si era messa a strillare pure Helena, che si era anche gettata al riparo sul divano.

Papà, nella sua infinita saggezza, era balzato in piedi ordinando a Cane di lasciare la preda.

E Cane, per la prima volta nella sua vita, aveva fatto proprio come gli era stato chiesto lasciando andare il suo regalo per noi.

Il piccione aveva iniziato immediatamente a svolazzare in un gran frullio di penne che cadevano ovunque, soprattutto sulla testa di Marianne. Lei aveva continuato a gridare e, tentando di portarsi fuori dalla sua linea di volo, si era addirittura gettata dal divano, per poi atterrare sul pavimento.

Helena si era appiattita fra i cuscini mentre il piccione volava istericamente per la stanza, disorientato, tentando di fuggire da tutto quel rumore e dalla confusione, mentre papà lo inseguiva cercando di indirizzarlo verso la porta. In realtà tutto quell'agitarsi non era di aiuto, anzi probabilmente peggiorava le cose. Il piccione, inseguito da un pazzo che agitava selvaggiamente le braccia, si era sollevato a mezz'aria sopra il divano diretto verso il bagno. Marianne aveva urlato orripilata rendendosi conto che il suo giubbino in pelle era stato bersagliato da un'enorme spruzzata di escrementi d'uccello biancastri.

Cane aveva contribuito ad aumentare ulteriormente la confusione correndo assieme a papà in giro per il soggiorno e abbaiando al piccione. Poi però, in preda alla crescente eccitazione, aveva cominciato ad afferrarsi la coda con la bocca abbaiando euforico.

In un primo momento, io mi ero lanciata dietro il divano, poi ero strisciata frettolosamente verso la porta, rotolando lungo il corridoio fino al ripostiglio. Era proprio come essere in una scena di *Die Hard*, solo che al posto di Bruce Willis c'ero io e al posto dei proiettili c'era la cacca di piccione.

La voce di Helena aveva sovrastato le urla di mio padre prima che improvvisamente tutto tornasse tranquillo. Io avevo appoggiato un orecchio alla porta. Il piccione doveva essersi spostato avvicinandosi al mio nascondiglio.

E SE FOSSE STATO LÌ IN AGGUATO FUORI DAL RIPOSTIGLIO?

Avevo teso le orecchie per sentire se si fosse messo a tubare. Invece avevo udito un colpo secco alla porta e una voce chiamarmi angosciata. «Anna?»

Era Helena. E io ero giunta alla conclusione che cercasse aiuto.

«Tieni, prendi questo come arma» avevo urlato drammaticamente, aprendo appena la porta per passarle la bocchetta dell'aspirapolvere, che avevo lanciato in corridoio. Poi mi ero barricata di nuovo dentro sbattendo la porta.

«Il piccione se n'è andato.»

A quel punto ero strisciata fuori. Papà aveva chiuso Cane in cucina e Helena aveva fatto un respiro profondo prima di annunciare che sarebbe stato meglio per lei tornarsene a casa.

Marianne non si vedeva da nessuna parte, ma siccome la nostra porta di casa era spalancata, avevo pensato che si fosse precipitata fuori dopo la fuga del piccione.

Helena aveva sussurrato qualcosa a mio padre, mi aveva salutata con un sorriso dolce e se ne era andata.

Alla fine del mio racconto, Danny ha cercato qualcosa di positivo da dire. «Questa sì che è… una serata notevole.»

«Ma poi hai parlato con tuo padre quando se ne sono andate?» ha chiesto Jess a occhi sgranati.

«No, sono andata subito a letto. Gli ho detto che non volevo parlargli.»

«E questa mattina?» ha voluto sapere Danny allontanandosi i capelli dagli occhi.

«No. Penso di essere ancora sotto choc.»

«Uao» ha commentato Jess. «Non mi aspettavo una cosa simile.»

«Nemmeno io.»

«Questo significa che stai per diventare famosa? Come lo è Marianne?» ha domandato di nuovo Jess con la fronte corrugata.

«No!» ho esclamato io mentre mi si stringeva la gola.

«Ma potresti suscitare una certa attenzione!» ha fatto notare Danny, appioppandomi un'imbarazzante pacca sul ginocchio. «Ci prenderemo cura di te, comunque.»

«Certo» ha convenuto Jess. «Forse il modo migliore di prendere questa cosa è pensare solo al fatto che tuo padre sta per sposarsi. Con una che a volte recita per lavoro. E che è famosa per questo. E che ha una figlia famosa per andare alle feste. E che sono entrambe molto fotografate.» Jess sembrava essersi confusa da sola con quello che stava dicendo e si è zittita.

Siamo rimasti lì seduti senza parlare fino a quando non è suonata la campanella. A quel punto Danny si è alzato e mi ha allungato la mano per aiutarmi a tirarmi su. «Sai cosa penso?» ha detto. «Penso che tutto questo potrebbe rivelarsi davvero fantastico.»

«Eh?»

«Dico davvero, Anna, non credo che questa situazione sia brutta come sembra. Hai sempre detto che ti sarebbe piaciuto avere un fratello o una sorella.»

«Cavolo» ho sbuffato. «Ma non una FAMOSA che indossa giacche di pelle. Mi sono sempre immaginata con una sorella che conosceva tutte le battute degli stessi film che conosco io, e quindi avremmo potuto recitarne i pezzi migliori, e poi un giorno avremmo creato insieme il nostro fumetto su due sorelle che salvano Londra dalla distruzione. Sai, qualcuno con cui mangiare la Nutella direttamente dal barattolo mentre guardi i film.» Mi sono stretta nelle spalle. «Roba normale fra sorelle.»

Jess e Danny si sono scambiati un'occhiata.

«Sapete cosa intendo» ho sospirato. «Tutto questo invece è disastroso. Marianne e io siamo agli antipodi. Lei probabilmente non ha nemmeno visto *Il Signore degli Anelli*, figurarsi se ha ricreato la scena del Monte Fato.»

«Bene, prima che tu decida che questa è la cosa peggiore che ti potesse capitare, vediamo cosa succede. Quando vi incontrerete di nuovo?» ha domandato Danny.

«Andremo a cena da Helena stasera.» Ho deglutito nervosamente. «Sarà divertente.»

«Non preoccuparti» mi ha rassicurata Jess cercando (senza riuscirci) di sembrare allegra. «Sono sicura che andrà tutto bene.»

Non capisco perché tutti continuino a mentirmi in questo modo.

Capitolo 9

Da: rebecca.blythe@bouncemail.co.uk
A: anna_huntley@zingmail.co.uk
Oggetto: Ciao tesoro!

So che abbiamo già parlato al telefono oggi ed è stato bellissimo, ma volevo solo controllare che tu stessi bene. Sembravi un po' tesa. Sei ancora preoccupata per aver dato fuoco a quella sciocca ragazzina?

Sei proprio apprensiva. Hai preso da tuo padre, sai? Io non mi sono mai preoccupata così tanto alla tua età. Ricordo che a quattordici anni mi sono iscritta a un gruppo di danza interpretativa. È il genere di cosa che sarebbe perfetta per te!

Con amore, mamma xxxx

@

Da: anna_huntley@zingmail.co.uk
A: rebecca.blythe@bouncemail.co.uk
Oggetto: Mamma

Va tutto bene. Davvero.

Danza interpretativa? Passo, grazie. Sembro già abbastanza sfigata così. La danza interpretativa sarebbe una sentenza di morte a livello sociale.

Fra l'altro dovresti sapere che l'ho accennato a papà e lui ha detto che non hai mai fatto danza interpretativa in tutta la tua vita. Ha detto che forse ti riferivi al periodo in cui giravi l'Inghilterra danzando balli folk.

Spero sappiate entrambi quale trauma sia essere incastrata nell'adolescenza, e grazie ai miei genitori non ho dubbi che sarò in terapia fino a ottant'anni.

Quindi grazie.

Con affetto, io me xxx

Stavo pensando di aggiungere:"PS: Giusto perché tu lo sappia, papà è fidanzato con Helena Montaine. Eh già, proprio la famosa attrice. Buffo, no?", ma poi ho lasciato che se la sbrigasse direttamente lui. Sono certa che mamma ne sarà felice, eccetera, nonostante lui abbia messo la sua unica figlia in questa posizione senza nemmeno dirle che usciva con un personaggio pubblico.

Sì, papà doveva arrangiarsi ad affrontare la sua ira.

Comunque avevo questioni più urgenti di cui occuparmi. Ecco una domanda che non avrei mai pensato di pormi: cosa mettersi per andare a cena a casa di una star del cinema?

«Anna» mio padre stava urlando sul pianerottolo, «faremo tardi! Scegli qualcosa. Mettiti qualcosa di casual. Vuoi che venga ad aiutarti?»

Io ho chiuso la porta. Rumorosamente.

Dopo aver passato in rassegna un sacco di vestiti, ho optato per i jeans neri e una bella camicetta che mi ha portato mia madre dalla Francia nel tentativo di farmi apparire più alla moda. Poi mi sono guardata allo specchio sospirando. Perché non potevo sembrare un po' più come Marianne? Scherzi a parte, come faceva a essere sempre così perfetta? I suoi capelli erano pieni e soffici, nemmeno avesse dietro un parrucchiere invisibile.

Mentre mi guardavo depressa allo specchio, sentivo papà fare un frustrato avanti e indietro sul pianerottolo oltre la mia porta, borbottando a Cane qualcosa sulla disorganizzazione femminile.

Quando ho fatto capolino, mi ha guardato a malapena con un unico commento: «Adorabile». Poi ha aggiunto: «In macchina. Subito. È maleducazione fare aspettare le persone».

L'ho ignorato per tutto il tragitto per essere sicura che capisse che non gli avrei reso le cose facili. Anche se Danny avesse avuto ragione, e tutto alla fine fosse andato per il meglio, e Marianne si fosse rivelata la sorella che non avevo mai avuto, ci sono modi più adatti per fare accettare alla propria figlia una situazione simile. E io ero decisa a non permettere a papà di passarla liscia. Non ancora.

Abbiamo imboccato un vialetto di ghiaia dal quale si vedeva una bella casa ergersi dinanzi a noi. Improvvisamente mi sono sentita MOLTO nervosa.

Helena ha spalancato la porta restando lì con le braccia aperte e un enorme sorriso. «Benvenuti!» ha esclamato appena abbiamo chiuso gli sportelli dirigendoci verso di lei. «Anna, sono così felice che tu sia qui.»

Indossava un abito arancione molto fluttuante, con maniche svolazzanti che la facevano sembrare alata ogni volta che allargava le braccia. Tipo pipistrello o roba simile, ma arancione.

Mi ha trascinato in un abbraccio, poi ha abbracciato papà stampandogli un enorme bacio sulle labbra. BLEAH.

Perché gli adulti pensano che sia accettabile fare queste cose davanti ai figli?

Helena ci ha fatto strada in un atrio di marmo. Era enorme, spazioso, molto moderno: esattamente il tipo di posto nel quale ci si aspetta che viva una star del cinema. Appese alle pareti c'erano locandine incorniciate dei film più classici, in nessuno dei quali aveva recitato Helena, ma molti erano autografati dai protagonisti o dal regista.

C'erano due grandi piante in vaso su entrambi i lati della scalinata, che parevano palme nane, e la scala aveva gradini di vetro e balaustre bianche.

Era esattamente la casa che avrei immaginato per un'attrice come Helena Montaine. Ho deglutito.

Non appena Helena si è prodigata a offrirci dei drink, Marianne è comparsa da una delle porte laterali. Indossava jeans a vita alta con una camicia a scacchi infilata dentro e il suo punto vita sembrava minuscolo. Inoltre, nonostante fosse a casa propria, portava ugualmente alti tacchi neri e un'infinità di braccialetti.

Oh cavolo. Ma chi si mette così in tiro per starsene a casa? A quanto pareva le It Girl lo facevano.

Non era un buon inizio di serata. E poi io non mi sarei mai potuta agghindare in quel modo con Cane attorno. I suoi peli sono ovunque e una volta ha mangiato un braccialetto, regalo della mamma dalla Tanzania, che avevo scordato sul tavolino.

«Ciao» ha detto facendo un breve cenno del capo nella nostra direzione.

«Ciao, Marianne, come va?» ha cinguettato papà, di nuovo lanciandosi troppo.

«Ciao» ho mormorato io aggiungendo un imbarazzante saluto con la mano.

A essere onesti non c'era bisogno di salutare con la mano. Non sono sicura del perché avessi fatto una cosa così bizzarra. Di certo non avevo alleggerito l'atmosfera. Però penso fosse meglio di: "Ehilà, compagna".

Helena ha insistito per farci fare un giro della casa dopo aver istruito una riluttante Marianne a preparare altri drink. Ci ha mostrato le cinque camere da letto (due utilizzate, due libere e una per quando Helena si sentiva "pensierosa" e voleva uno spazio diverso). Mi ha lasciato gironzolare anche per gli enormi bagni e nelle cabine armadio, dove ho potuto ammirare la sua vasta collezione di borse e occhiali da sole.

«Cosa c'è lì?» ho domandato indicando una porta al piano di sotto, dopo aver visto cucina, studio e soggiorno.

«Oh, quella è la sala cinema» ha risposto Helena sorridendo.

«Hai una sala cinema?» ho chiesto meravigliata.

«Ovvio» ha ridacchiato indicandosi. «Stella del cinema.»

«Anna adora i film, non è vero, Anna?» ha detto papà superentusiasta, sperando chiaramente che quel dettaglio cambiasse tutto. «Puoi venire qui e vederti i film sul grande schermo. Non sarebbe grandioso?»

Io l'ho ignorato.

Dopo il tour, alcune chiacchiere su come me la cavassi a scuola e qualche sbadigliosa idea di mio padre su un libro al quale stava lavorando, Helena ci ha invitati nella sala da pranzo per la cena.

«Spero siate affamati» ha detto su di giri.

Ragazzi, ce l'aveva proprio messa tutta. Non avevo mai visto tanto sushi in vita mia. Il tavolo era disseminato di vassoi enormi e piatti con ogni tipo di sushi si possa immaginare: combinazioni differenti di rotolini maki e temaki, edamame, involtini primavera, teriyaki. Stavamo per divorare l'intero cast della *Sirenetta*.

Poi ho notato come era stato apparecchiato. Non c'erano coltelli né forchette, solo bacchette. Lasciate che vi dica una cosa a proposito di quelli che come me sono dotati di scarsa coordinazione: per noi le bacchette sono IL MALE.

«Ma è fantastico, Helena» ha esclamato mio padre raggiante mentre prendeva posto. Poi ha guardato me speranzoso.

«Già» ho abbozzato nel tentativo di dissimulare il panico, «fantastico.»

Ho cercato di ignorare quello che sembrava un grugnito dal posto di Marianne. Helena invece le ha scoccato un'occhiataccia.

Ecco le ragioni per cui non si deve mai mangiare sushi a casa di una star:

1. Le bacchette richiedono IMPEGNO. Ero esausta e traumatizzata dal fatto che ogni boccone mi cadeva; allora lo tagliuzzavo facendo un pasticcio e finivo per usare le dita, di nascosto, spargendo riso su tutto il loro bel pavimento lustro.

2. Ogni volta che una ragazza fa cadere un pezzo di sushi, mentre si impegna a portarlo dal vassoio al piatto

con le temibili bacchette, il padre riderà senza dubbio di lei troppo forte e troppo a disagio. E se ci fosse una It Girl nella stessa stanza, Marianne Montaine ad esempio, invece di ridere con il vostro squilibrato genitore, vi guarderà in modo grave, come se le facesse orrore pensare che state per diventare parte della stessa famiglia, ma fosse troppo educata per mostrarlo apertamente.

3. Alla fine una smette di sforzarsi e non mangia niente perché è troppo stressante farlo, così torna a casa affamata e si riduce a mangiare la Nutella dal barattolo con un cucchiaino.

«Perché non andate di sopra a conoscervi meglio?» ha suggerito Helena, che sembrava comprendere le mie difficoltà.

Marianne si è rabbuiata mentre io inghiottivo così velocemente il wasabi che la testa mi è sembrata lì lì per esplodere.

«D'accordo» ha detto Marianne. Ma sembrava leggermente nel panico.

In circostanze normali mi sarei sentita insultata da tutta questa cosa ma, ancora senza fiato a causa del wasabi che mi incendiava il cervello, non riuscivo a capire cosa passasse per la mente di Marianne. Non c'erano stati momenti della serata in cui era stata davvero maleducata o scortese. Aveva risposto educatamente a ogni ansioso tentativo di papà di intavolare una discussione e mi aveva guardata con genuino interesse quando lui aveva detto che presto ci sarebbe stato un ballo alla mia scuola.

Non era sembrata molto colpita dalla mia risposta: «Già, non ho ancora un cavaliere. Forse sarò costretta a ballare con un palloncino per la seconda volta. Ha ha ha». Infatti non aveva commentato.

Era chiaro che Marianne Montaine e io non avevamo molto in comune. La sola cosa che condividevamo era l'indignazione nei confronti dei nostri genitori single e irresponsabili.

«Che bella idea, Helena!» ha incalzato papà guardandomi.

Si stava appellando al mio lato indulgente, ne sono certa.

Ho ricambiato la sua occhiata.

«Potremmo anche... conoscerci meglio qui» ho suggerito poi, tendendo una mano a Marianne per uscire da quella situazione.

«Proprio una bella idea!» ha esclamato Helena ignorandomi. «Perché non mostri ad Anna la tua collezione di scarpe? Marianne ha una collezione fantastica!»

«Devo proprio?» ha mormorato lei tesa.

«Anna l'adorerà!» ha annunciato papà.

«Ah sì?»

«Andate, ci pensiamo io e Nick a sparecchiare.» Helena si è alzata iniziando a prendere i piatti.

Anche Marianne si è alzata e, senza guardarmi, si è diretta lentamente fuori dalla sala da pranzo. Io l'ho seguita controvoglia mentre Helena e papà mi fissavano osservando il loro piano entrare in azione.

Mi sono ritrovata, nell'imbarazzo più totale, accanto al letto di Marianne mentre lei entrava nella cabina armadio. Ho raccomandato a me stessa di mantenere la mente aperta sul futuro rapporto che avremmo avuto come sorellastre.

«Queste sono il mio vanto e la mia gioia, immagino» ha

cominciato lei, mostrandomi un paio di scarpe con il tacco più alto che avessi mai visto.

La mia mente aperta si è chiusa di nuovo. Come poteva camminarci senza inciampare? Alcune persone fanno fatica a evitare tali imbarazzi anche con le scarpe basse...

«Sono... stupende» ho detto. È calato il silenzio. «Uhm... tu... metti sempre scarpe con il tacco ai piedi?»

«Sì. Il più delle volte. E sempre ai piedi.» Marianne sembrava disperata ed è tornata a studiare la propria collezione, forse troppo intensamente. Mi sono guardata attorno in cerca di ispirazione.

«Dev'essere forte avere una mamma attrice» ho azzardato. «Avrai visto girare un sacco di film.»

«Non proprio.» Lei ha alzato le spalle, come se avessi detto qualcosa che un essere umano normale non avrebbe mai detto. «Non mi piace così tanto il cinema.»

L'ho guardata sbattendo le palpebre. Stava prendendo una borsa dalla mensola in alto. «Aspetta un attimo.» Non ci potevo credere. «Non ti piace guardare i film?»

«A volte, immagino.»

«Voglio dire, tua madre ha recitato in alcuni classici» ho mormorato, ancora incredula per la scoperta.

«Sì, suppongo di sì.» Lei ha inclinato la testa. «Però è roba che non fa per me.»

«Come mai?»

«Be', mio padre non c'era mai. E la mamma era sempre a girare qualche film. Se mi metto a vederne uno, mi sento piuttosto sola. A chi piacerebbe sentirsi così?»

«Eh, già. A nessuno.» Ho abbassato gli occhi sul pavimento.

«Uscire e parlare con le persone, o andare agli eventi e alle feste sono cose che mi fanno sentire meno...» Marianne stava cominciando a parlare animatamente, scaldandosi su quella che avrebbe potuto essere la nostra prima conversazione normale senza rendersi nemmeno conto di avermi retrocessa ai ranghi di perdente completa. «Be', hai capito cosa intendo.»

«Oh sì» ho mormorato io pur non sapendo niente di celebrità e feste. «Capisco perfettamente.»

Lei mi ha guardato scettica.

«Be', ne so qualcosa di sentirsi soli, comunque. Essendo anche io figlia unica.»

Marianne ha annuito. Ce ne siamo rimaste sedute in silenzio per un momento, entrambe perse nei nostri pensieri.

«Bene» ho detto alla fine, sollevata che avessimo trovato almeno un piccolissimo punto in comune. «È stato un bel momento.»

«Già. Questa cosa mi pare un po' affrettata. Tuo padre e mia madre.»

«Sì, lo so. Almeno tu non devi affrontare il fatto di avere a che fare per la prima volta con persone famose. Perché tu e Helena siete delle celebrità. Insomma, è strano perché io di solito vedo le vostre foto sulle riviste o leggo di voi sui giornali. E ora siete qui di persona e stiamo per diventare una... famiglia.»

A Marianne è sfuggita una smorfia alla parola "famiglia", poi si è lasciata crollare sul letto di schiena. «Spero solo che funzioni tutto.» E ha emesso un lungo sospiro drammatico.

Io ho preso una sua foto che la ritraeva con un gruppo di ragazze splendide, durante una serata fuori. Alcune avevano un bicchiere di champagne, altre tenevano le mani sui fianchi, tutte in perfetta posa per lo scatto. Ho subito pensato al ritratto di Cane con il cappello da cowboy incorniciato sulla mia scrivania. Ho rimesso la foto a posto, sentendomi sprofondare. Come avrebbe potuto funzionare tutto?

«Anche io. E a dire il vero penso di non essermene veramente resa conto, ancora.» Ho tamburellato nervosamente le dita sulla scrivania.

«Non preoccuparti» ha risposto Marianne tranquilla fissando il soffitto. «Succederà.»

E così è stato. Prima di quanto mi aspettassi.

Capitolo 10

È STATO CANE A FARMI BECCARE.

Ce ne stavamo rintanati al sicuro nel ripostiglio, nascosti dietro l'aspirapolvere. Mi stavo autoconsolando da un quarto d'ora, dopo i tempestosi eventi della serata precedente. Papà si stava comportando da idiota cercando di avere un dialogo con me attraverso la porta chiusa della mia camera all'oscuro del fatto che fossi da tutt'altra parte.

Gli stava bene. Grazie a lui ero una perdente. Sì, grazie, papà, per avere distrutto le mie speranze di avere una vita normale.

Se non fosse stato per lui e il suo francamente sconsiderato fidanzamento con una famosa attrice, il mio sabato mattina sarebbe stato più piacevole. Mi sarei alzata, mi sarei infilata la vestaglia, avrei salutato il mio fino-a-poco-prima-fedele labrador color biscotto, mangiato pane e pancetta, e trascorso il resto della giornata godendomi la vita.

Invece mi sono alzata, ho messo la vestaglia, ho salutato il mio labrador traditore e sono andata in cucina, trovando papà in piedi in un angolo, con le braccia conserte e i capelli arruffati: aveva appena rinvenuto il suo cofanetto di *West Wing* masticato da Cane.

«Ciao, papà, troppo whisky ieri sera?» ho ridacchiato afferrando le pinze da cucina per servirmi il bacon, attenta a non mettere il piatto troppo vicino al muso di Cane. Aveva appoggiato il suo nasone di labrador sul bordo del tavolo e guardava da un'altra parte, facendo l'innocentino. Ma se pensava di ingannarmi si sbagliava.

Papà ha scosso il capo allungando con cautela il quotidiano verso di me.

In prima pagina c'era una foto di Helena a una recente première e il titolo diceva: *Il fidanzamento di Helena: buona la terza!*

L'articolo iniziava con una bella introduzione del nuovo fidanzamento con il "rinomato giornalista Nick Huntley", continuava con i dettagli sul modo in cui si erano conosciuti e, stando alle fonti, parlava dell'intenzione della coppia di "unire le due famiglie".

Ma non finiva lì. Oh no. Il giornalista aveva pensato bene di pubblicare un trafiletto dedicato a Marianne e alla "figlia adolescente di Nick, Anastasia", che definiva entrambe "entusiaste" del fidanzamento.

Entusiaste? ENTUSIASTE? Ma chi era quello?

Ho sollevato lo sguardo su papà. A giudicare dalla sua espressione c'era dell'altro.

Ho continuato a leggere avvertendo una strana sensazione alla pancia.

C'era un pezzo più piccolo, qualche pagina più avanti, corredato di una MIA foto, mentre passeggiavo ignara per la strada in jeans e camicetta con Cane che mi trotterellava accanto,scattata dopo la cena a casa di Helena.ERO TUTTA SPORCA DI SALSA DI SOIA.

Sul serio. Un piccolo riquadro nell'angolo dell'articolo era completamente dedicato a me. Il titolo era: *La nuova It Girl di Inghilterra?*

Di Nancy Rose – *The Daily Post*

Ora che Helena Montaine sta per sposarsi di nuovo, tutti gli occhi saranno puntati su Anastasia Huntley, la quasi-figliastra. Mentre Marianne non è nuova alle luci dei riflettori, la sua neo sorellina pare optare per un approccio più rilassato, scegliendo un abbigliamento semplice - e casualmente "trasandato" - per portare il proprio cane a spasso.

«Anastasia non è avvezza alla notorietà e probabilmente è molto timida» dice il terapista interno del nostro giornale. «Si può solo sperare che la sua influenza sia di esempio per Marianne e non il contrario.»

Marianne Montaine è ben nota sulla scena delle feste mondane ed è stata spesso accusata di essere un cattivo esempio per le giovani.

«Anastasia non è così» spiega una fonte vicina alla famiglia. «Non segue la moda, non ama le feste né gli eventi sociali. Ma dal momento che è molto giovane, le imminenti seconde nozze del padre con una persona tanto famosa sono state uno choc per lei, che è comunque pronta ad accogliere la cosa con entusiasmo.»

Dunque ora la domanda è: la signorina Huntley potrebbe diventare un nuovo genere di It Girl?

Dobbiamo solo aspettare e vedere…

Io una It Girl? AVEVO LA SALSA DI SOIA ADDOSSO! E la prova era su un QUOTIDIANO NAZIONALE!

Era terribile. Dentro di me, sapevo che prima o poi la notizia sarebbe apparsa sui giornali, che sarebbe stato imbarazzante. Ma non mi ero resa conto che si sarebbero focalizzati su di me. Credevo che l'attenzione sarebbe stata tutta sul mio imbarazzante padre troppo-innamorato-per-la-sua-età e su Helena. Ora non potevo più nemmeno farmi vedere a scuola: già immaginavo quanto avrebbero riso Sophie e Josie all'idea che la Perdente del nostro anno fosse stata sui giornali in quel modo.

Perché Helena aveva fatto una cena a base di sushi e salsa di soia? PERCHÉ? Perché non un piatto facile-da-mangiare come il pollo? No, troppo bello: vai di sushi e SALSA DI SOIA.

D'ora in poi mi terrò alla larga dalla salsa di soia. È la peggiore di tutte le salse.

«Papà, c'è solo una cosa che possiamo fare. E penso tu sappia quale.» Ho sospinto via il giornale tamburellando con le dita mentre lui mi guardava attentamente. «Sto pensando all'Italia. È soleggiata e c'è un sacco di formaggio. È tutto ciò che ci serve: partiamo dalle cose semplici.»

«Anna» ha sospirato lui. Sembrava esasperato, il che era ingiusto nei miei confronti: se c'era una che poteva sembrare esasperata ero io. «Di cosa stai parlando?»

«Papà, dobbiamo lasciare il paese. E non suggerire la Svezia. So cosa pensi di quei panini alla cannella, ma dobbiamo essere pratici: la Svezia sarebbe troppo costosa.»

«Anna, basta.» Papà ha sollevato una mano. «Non lasceremo il paese. So che è difficile ma dobbiamo affrontarlo.

L'avrebbero scoperto prima o poi e forse è meglio che sia uscito tutto subito. Niente più segreti.»

«Ti aspetti che io rimanga a Londra? Sei impazzito?»

Sembrava sconcertato. «E perché sarei pazzo ad aspettarmi che tu rimanga a Londra?»

«Papà, non so cosa stai pensando esattamente ora. So che hai preso il limoncello dopo il caffè da Helena e forse ti ha dato alla testa. Ma non puoi non capire che mi hai rovinato la vita.»

«Penso che tu sia un po' melodrammatica, Anastasia.»

«Ecco un'altra cosa. Il mio nome intero, papà: hanno usato Anastasia! La gente a scuola ora ci andrà a nozze a prendermi in giro anche per questo!»

«Hai un nome meraviglioso» ha sospirato lui. «Penso che tu stia esagerando.»

L'ho guardato in cagnesco. «Papà! È tutta colpa tua. Chiunque leggerà quella roba saprà che sono una sfigata che non si sa vestire! Questa è la cosa peggiore che mi sia mai capitata ed è successa a causa tua!»

Ho girato sui tacchi andandomene via.

Poi sono tornata indietro a prendere la pancetta.

Ma POI sono uscita di nuovo, con Cane al seguito, sbattendo la porta, ignorando mio padre che mi chiamava dicendomi di tornare lì per parlarne.

Parlarne! Ah! Assolutamente no. Sapevo che si aspettava di vedermi chiudere in camera mia, così ho optato astutamente per il ripostiglio delle scope, portando Cane con me, ovvio. È stato un po' fastidioso perché Cane ha continuato a mettermi il sedere sotto il naso finché non l'ho tranquillizzato dandogli metà della mia pancetta e una grattatina sulla pancia.

Così eccomi nel ripostiglio a riflettere sulla faccenda, con il mio fedele compagno di avventure, mentre sentivo papà parlare con nessuno attraverso la porta della mia stanza.

Non sapevo davvero cosa volesse dire essere una It Girl. Sapevo solo che Marianne lo era. E che la scuola sarebbe presto diventata un enorme incubo. E non sarei mai più potuta uscire di casa. Mai più.

A meno di non sottopormi a un radicale intervento di chirurgia facciale.

Proprio mentre pensavo a quali caratteristiche avrei potuto adottare con la chirurgia, Cane ha egoisticamente deciso di averne abbastanza di tutte le attenzioni che gli stavo riservando e si è precipitato fuori dal ripostiglio per andare a caccia di altra pancetta.

«Anna?» ha detto papà non appena ha sentito Cane aprire di botto la porta.

Ero così stressata e confusa, soprattutto ora che Cane aveva disertato e papà stava scendendo le scale! Speravo solo che si sentisse un po' sciocco, ma ho deciso che la cosa migliore da fare era restare in posizione di sicurezza.

«Anna, cosa diamine stai facendo sul pavimento? Sei di nuovo in posizione di sicurezza?»

«La posizione di sicurezza è molto calmante. E tu non dovresti entrare così qua dentro, papà! Devi bussare.»

«Questo è un ripostiglio, non la tua stanza. Perché mai dovrei bussare alla porta del ripostiglio?»

«Francamente, papà» ho sospirato, «non dovrei essere io a insegnarti queste cose. Vattene.»

«Dobbiamo parlare» ha insistito lui, accucciandosi.

«No, non dobbiamo.»

«Sì, dobbiamo.»

«Va bene! Resterò qui per sempre.»

«Oh, davvero?»

«Vattene!»

«Starai nel ripostiglio delle scope per sempre.»

«Proprio tu, fra tutti, non dovresti deridere le scelte di vita degli altri.»

«Anna. Te ne stai stesa in posizione di sicurezza in un ripostiglio.»

«Mi spiace, ma cosa vuoi da me? TU stai per sposare un'attrice superfamosa ROVINANDOMI la vita.»

«Mi spiace per tutto questo, Anna, davvero. Dopo un po' ti ignoreranno. È solo la prima ondata di notizie e, se manterrai un profilo basso e sarai noiosa, ti lasceranno in pace.»

«Giusto, va bene, grazie del suggerimento, papà. Puoi andare ora.»

Lui ha sospirato profondamente, si è passato una mano fra i capelli e mi ha guardato in silenzio per alcuni minuti prima di trarre l'ovvia conclusione che i suoi tentativi sarebbero stati infruttuosi. Al che ha alzato le mani iniziando a richiudere la porta.

«Oh, e papà» l'ho interrotto io, «dovresti cominciare a cercare altre scuole nel circondario perché non se ne parla che torni alla mia. Forse dovremmo prendere in considerazione l'istruzione a domicilio.»

«Anna, tu non lascerai la scuola per questo.»

«Tu non capisci!» ho urlato tirandomi su a sedere. «Papà, non sono una studentessa popolare, va bene? Sono una sfigata, una perdente, usa quello che ti pare. L'ultima ruota del carro. Quell'articolo dice che sono una It Girl. Sul serio, una

It Girl. Alla mia scuola, sono l'ultima persona che potrebbe essere una It Girl. Non vengo mai invitata ai balli o a qualsiasi altra iniziativa interessante. Hai idea di quante persone mi prenderebbero in giro per questo? Probabilmente in questo momento stanno ridendo tutti insieme a crepapelle, mentre disegnano dei baffi sulla mia foto!»

«Stai diventando ridicola. Prima cosa, potresti essere benissimo una It Girl se lo volessi. Potresti cambiare l'idea comune di It Girl tramutandola in una ragazza che ha buoni voti e che non va alle feste alla moda, ma se ne sta a casa a vedere vecchi film classici con il padre.»

Anche se lui mi deride apertamente? Ma che ci faccio su questo pianeta?

Ho fatto un bel respiro. «Papà» ho detto poi raddrizzandomi davanti a lui per girarmi verso le scale. «Ho deciso di liberare lo sgabuzzino e di rifugiarmi nella mia stanza. Ti chiedo rispettosamente di non disturbarmi. Mi dedicherò a scrivere quello che probabilmente diventerà un trattato di fama mondiale sull'agghiacciante quanto inquietante fase adolescenziale alla quale mi hai sottoposta. Oppure mi cimenterò in una profonda riflessione su come fuggire a Bora Bora e trascorrere il resto della mia vita a curare le tartarughe marine ferite. Buona giornata.»

Lui ha borbottato qualcosa sottovoce mentre io correvo su per le scale per poi volare a infilarmi sotto il piumone.

«Salve, sono Anna. Lasciate un messaggio, grazie, ciao.»
BEEP
«Anna? Sono la mamma. Sono stata al telefono con tuo padre per tutta la mattina e mi ha detto che non gli vuoi parlare.

Guarda, so che sembra tremendo adesso ma andrà tutto bene, tesoro, davvero. Naturalmente ho intenzione di uccidere tuo padre per conto tuo quando lo vedrò. C'è una serie di articoli sui giornali inglesi in cui vengo accusata di avere una relazione con un anziano deputato. Sfortunatamente non è vero, ma ne ho ricavato una valanga di lavoro. Vedi? Potrebbe essere una benedizione sotto mentite spoglie. Chiamami quando ti senti pronta, sono sempre qui per te. Ti voglio tanto bene, tesoro, ciao.»

«Salve, sono Anna. Lasciate un messaggio, grazie, ciao.»
BEEP
«Anna, sono Jess. Ho cercato di contattarti per tutto il giorno. Guarda, non va così male, sinceramente. Sembra non se ne siano nemmeno accorti (non tanto, almeno) che ti eri versata la cena addosso. Fai un salto da me, ti va? Oppure, se vuoi, veniamo noi da te. Danny ha un esperimento nuovo di pacca da provare. Qualcosa che ha a che fare con i palloncini e la salsa per l'insalata. In ogni caso, sembra interessante. Forse ti farà svagare un po'. Richiamami!»

«Salve, sono Anna. Lasciate un messaggio, grazie, ciao.»
BEEP
«Ehilà, Anna, sono Danny. Spero tu stia bene. Comunque non me la cavo per niente con i messaggi vocali. Non so mai che dire. Ah. Va bene. Ciao.»

«Salve, sono Anna. Lasciate un messaggio, grazie, ciao.»
BEEP
«Di nuovo Jess. Va bene, lo ammetto, ho provato a farti chiamare da Danny per vedere se il suo tono rassicurante riusciva

a trascinarti fuori dall'isolamento. Purtroppo si è capito che con i messaggi fa pena. Dai, risparmiagli l'onta di essere preso in giro per il resto della sua vita. Guarda, so che probabilmente sei stesa a letto a pensare cose strane tipo trasferirti a Bora Bora o roba del genere, ma magari trascorrere un po' di tempo normale con i tuoi amici ti aiuterebbe. Siamo qui per te.»

«Salve, avete chiamato il numero di Nick Huntley. Per favore lasciate il vostro nome, numero di telefono e messaggio. Sarete richiamati al più presto. Grazie.»
B E E P
«Papà, sono io. Ora come ora non voglio ancora parlarti o uscire dalla mia stanza, quindi se potessi lasciarmi il pranzo fuori dalla porta sarebbe grandioso. Grazie.»

«Salve, avete chiamato il numero di Nick Huntley. Per favore lasciate il vostro nome, numero di telefono e messaggio. Sarete richiamati al più presto. Grazie.»
B E E P
«Oh, fra l'altro, in caso avessi preparato quella pasta con il sugo al mascarpone, e a giudicare dall'odore che viene dalla cucina è così, potresti accertarti che nella mia non ci siano olive? Se le hai già messe, puoi toglierle? E farlo attentamente? L'ultima volta ne hai lasciata una dentro, e io sfortunatamente le odio, infatti era schifosa.»

«Salve, avete chiamato il numero di Nick Huntley. Per favore lasciate il vostro nome, numero di telefono e messaggio. Sarete richiamati al più presto. Grazie.»
B E E P

«Dovevi immaginare che sentissi i tuoi commenti mentre ascoltavi i messaggi in segreteria e sappi che non ho apprezzato il tuo tono, anche se parlavi da solo. Smettila di bussare alla mia porta o la romperai. Ci ho messo davanti la cassettiera. Penso anche di essermi stirata un muscolo per farlo, ed è tutta colpa tua perché se mi avessi lasciato mettere una serratura non sarei dovuta ricorrere a misure così drastiche. Se vuoi comunicare con me, lasciami un messaggio in segreteria dal momento che non voglio parlarti di persona. Ecco perché metto giù quando mi telefoni. Per ora apprezzerei che mi lasciassi solo un messaggio in segreteria.»

«Salve, sono Anna. Lasciate un messaggio, grazie, ciao.»
* B E E P *
«Anastasia Huntley, se mi lasci un altro messaggio in segreteria inizierò a scocciarmi veramente. Ho capito che sei turbata ma cerchiamo di comportarci da persone mature. Ti lascerò da sola per darti spazio e poi verrai a parlarmi quando sarai pronta. Dovrai uscire prima o poi e dovrai sicuramente farlo per andare a scuola. Spero che non sarai infantile almeno su questo.»

«Salve, avete chiamato il numero di Nick Huntley. Per favore lasciate il vostro nome, numero di telefono e messaggio. Sarete richiamati al più presto. Grazie.»
* B E E P *
«Non voglio più discuterne. Lascia la pasta e vattene. E, scusami, ma non sono infantile. Ho capito che dovrò tornare nella fossa dei leoni, cioè a scuola. Abbi fede in tua figlia. Cosa credi, che mi faccia male apposta o roba simile per non andarci? Papà, non sono una bambina.»

Capitolo 11

E VA BENE, ho cercato di farmi del male volutamente per evitare la scuola. Ma è molto più difficile di quanto si possa pensare. In più io ho una soglia del dolore molto bassa.

Aveva un senso pensare che se mi fossi fatta male mortalmente non sarei dovuta andare a scuola lunedì, evitando di conseguenza le prese in giro che di certo mi aspettavano. E così domenica ho provato a buttarmi giù dal letto più volte nella speranza di rompermi un braccio, ma primo faceva troppo male, e secondo il tonfo ricorrente deve aver messo in allarme papà, che è venuto su a scuotere la porta per capire cosa stesse succedendo.

«Tutto bene, papà» l'ho rassicurato innocentemente. Ho anche spostato la cassettiera facendo capolino dalla porta. «Ma visto che ormai sei qua, volevo chiederti una cosa. Dove tieni il martello?»

Ovviamente scherzavo, ma non l'ha presa bene e ha preteso di restare a lavorare in camera mia con il portatile per il resto del giorno, così poteva "tenermi d'occhio". Ho cercato di liberarmi di lui mettendo la musica a palla e ballandogli intorno, nella speranza che facesse marcia indietro e se ne tornasse nel suo studio. Invece papà prima ha iniziato a digitare furiosamente, poi ha strappato via il cavo delle casse, presa compresa, lanciandolo fuori dalla finestra.

Anche Cane è stato danneggiato da tutta questa situazione, perché non ha potuto fare la sua passeggiata domenicale. Era così afflitto di non poter inseguire scoiattoli, le sue nemesi mortali, che ha cercato di infilarsi nella lavatrice in segno di protesta. Fortunatamente papà l'ha tirato fuori quando aveva dentro solo la testa e le zampe anteriori.

Parecchi fotografi sono rimasti in agguato fuori dalla nostra porta di casa per tutto il sabato e la domenica, ma lunedì mattina ce n'erano solo un paio. D'altra parte il giardino di Helena era apparentemente gremito di paparazzi. E anche lei aveva deciso che la cosa migliore da fare era tenere un profilo basso.

Marianne, però, si era rifiutata di lasciare che la pubblica rivelazione dell'improvviso fidanzamento la tenesse lontana dalla propria vita sociale. Domenica sono state pubblicate on line parecchie sue foto mentre entrava in un locale nel centro di Londra. In tutte le immagini sfoggiava un sorrisone e un'aria molto rilassata; in qualche occasione salutava persino i fotografi. Come ci riusciva? Come può qualcuno apparire così favoloso in queste circostanze? E come poteva starle così bene quel cappello di feltro?

Dopo aver visto le foto, mi sono intrufolata di nascosto nella stanza di mio padre e ho provato uno dei suoi cappelli, dello stesso genere, solo per vedere se avrei potuto indossare qualcosa di simile lunedì, quando avrei dovuto affrontare la stampa. Purtroppo non mi donava come a Marianne. Sembravo una piccola gangster. Ho rimesso il cappello di feltro al suo posto.

E così anche i paparazzi più determinati, che insistevano a sostare davanti a casa nostra, lunedì mattina non hanno potuto fotografare niente di particolarmente eccitante, solo la noiosa vecchia me che se ne andava a scuola in uniforme accompagnata da papà e dal suo protettivo braccio attorno alle spalle. Ho cercato di ignorare le loro domande urlate, tipo: «Anna! Come ti senti riguardo all'imminente matrimonio di tuo padre?», o: «Anna, sarai in grado di far fronte a tutta questa notorietà?».

Quando abbiamo raggiunto l'ingresso della scuola, quella mattina, papà mi ha rifilato il suo bizzarro discorso motivazionale che pareva preso da un film di guerra, parlandomi di fortificare il carattere, di come gli Huntley si siano sempre dimostrati forti nell'affrontare le difficoltà e bla bla bla. Non stavo davvero ascoltando. Invece fissavo l'edificio pensando a svariati modi di scappare, o di non entrarci.

Papà mi stava alle costole, però. È rimasto seduto in auto finché non sono entrata assicurandosi così che non andassi nella direzione opposta, che naturalmente era il mio piano B, quello successivo a farmi male.

Sotto il suo sguardo da falco, ho salito la scalinata d'ingresso a testa bassa, scoprendo che se la piegavo a sufficienza i capelli mi coprivano tutta la faccia. In quel modo, magari, la gente non mi avrebbe notato; magari potevo passare per una studentessa qualsiasi.

Questa soluzione comunque aveva una pecca: non vedevo dove andavo. Appena entrata, ho tentato di essere rapidissima, indovinando più o meno la direzione da prendere per arrivare al mio armadietto. All'inizio ha funzionato alla perfezione, nessuno guardava verso di me mentre attraversavo il gregge. Ma poi sono andata a sbattere contro un pilastro.

I miei libri si sono sparpagliati ovunque e io sono andata giù come un sasso. Si sono girati tutti per vedere da dove provenisse il trambusto e hanno iniziato subito a bisbigliare, indicandomi. Qualcuno ha ridacchiato mentre me ne stavo lì a terra con gli occhi serrati, pregando di essere inghiottita da un buco nero.

Alla fine ho percepito una presenza accanto a me, che mi guardava. "Ti prego, fa' che sia Jess, o Danny; ti prego, Jess o Danny" ho supplicato mentalmente, tenendo gli occhi ancora ben chiusi.

«Stai bene?»

Non erano né Jess né Danny. "Per favore, fa' che non sia chi penso che sia."

Ho sbattuto le palpebre trovandomi davanti gli occhi nocciola intenso di Brendan Dakers. «Ehilà, Anna, tutto bene?» E mi ha teso la mano.

Io ho chiuso di nuovo gli occhi.

«Anna?»

Ho sollevato solo una palpebra, giusto per controllare, poi l'ho richiusa immediatamente. Sì, era davvero Brendan Dakers. «Ci stanno guardando tutti?»

«Uhm...» ha esitato. «Sì.»

«Ah.»

«Non è così grave.»

«Stai mentendo.» Ho aperto gli occhi.

«No, davvero» ha sorriso. «Capita sempre anche a me. Quel pilastro è un pericolo.»

«Puoi dire a tutti di smettere di fissarmi? A te danno retta.»

Brendan si è messo a ridere. «Dai, lascia che ti aiuti.»

Gli ho preso la mano in uno stato di stordimento e lui mi ha tirato in piedi. Non mi aspettavo che mi parlasse di nuovo, infatti stavo per andarmene ricominciando la mia camminata a testa bassa.

«Sei diretta al tuo armadietto?»

«Ehm, sì. È là. Sai, dove ci sono... tutti gli altri armadietti.»

Seriamente. COS'È CHE NON FUNZIONA NEL MIO CERVELLO?

«Giusto, fantastico. Sto andando anche io dalla stessa parte» ha sorriso invitandomi a camminargli accanto con un cenno. Era la mia occasione di dire qualcosa di sagace e divertente. Invece gli sono trotterellata dietro con la bocca aperta (mentre tutti ci guardavano).

«Cavolo, la gente di questa scuola è così insulsa» ha sospirato scuotendo la testa, mentre un gruppetto di ragazze che bisbigliava a voce alta ci passava accanto. Sono arrossite disperdendosi subito. «Ignorali tutti» mi ha suggerito di nuovo Brendan.

Quando abbiamo raggiunto il mio armadietto, mi ha salutato. «Ci vediamo in giro, Anna.»

Sono rimasta in stato di choc per almeno due minuti a guardarlo allontanarsi lungo il corridoio, poi mi sono resa conto che se non avessi smesso di fissarlo sarei passata per una stalker.

Brendan Dakers mi aveva parlato. AVEVA PARLATO A ME! Era stato gentile. Ho passato tutta la mattinata imbambolata a riflettere su quanto era successo. Alla fine ho concluso che il motivo per cui Brendan Dakers mi aveva notato, e quindi parlato, poteva essere uno dei seguenti:

1. Mi aveva scambiato per qualcun'altra più popolare. Poi, quando si era accorto che ero invece una delle più nerd e non voleva socializzare con me, era troppo tardi per tirarsi indietro, quindi ha portato avanti la conversazione comunque (improbabile perché mi aveva trovato con il sedere per terra).
2. Aveva mangiato dei crostacei avariati o roba simile e stava male. Chiaramente disorientato, gli avevo fatto pena perché ero caduta.
3. Era un fan di Marianne (che non casca a terra di chiappe) e voleva che gliela presentassi.
4. Era davvero una persona gentile?
5. Magari pensava che fossi ormai una It Girl.

I punti 3 e 4 sembravano i più probabili. Ho chiesto a Jess e Danny la loro opinione durante il pranzo non appena abbiamo preso posto al solito tavolo, tentando disperatamente di ignorare le occhiate di tutti quelli che ci stavano attorno.

«Magari stava solo cercando di essere umano.» Danny ha fatto spallucce, cincischiando con la ratatouille che aveva nel piatto. «Anche le persone come Brendan Dakers possono essere gentili.»

«Ma allora perché se ne va in giro con Sophie Parker e Josie Graham?» ha chiesto Jess guardando verso il loro tavolo con gli occhi a fessura.

«Ha preso le mie difese quella volta in classe, quando

Sophie mi stava dando addosso per aver appiccato il fuoco a Josie» le ho fatto notare io.

«Ha detto che era stato divertente» ha sottolineato Jess. «Non stava esattamente combattendo per te. Non so, sembra un po' strano che decida di rivolgerti la parola proprio ora che sei apparsa sui giornali.»

«Magari è solo perché sono andata a sbattere contro un pilastro davanti a lui. Se fosse successo a un'altra l'avrebbe aiutata comunque, no?»

«Può essere.» Jess si è stretta nelle spalle. «Non che Brendan Dakers sia orribile. È solo che non perde tempo con persone come te. Forse ti ha scambiato per un'altra all'inizio?»

Ho annuito. «Già, l'ho pensato anche io.»

«Io credo che vi stiate arrovellando troppo» ha mormorato Danny esasperato. «Ha importanza?»

«Uhm... sì?» abbiamo risposto in coro Jess e io.

«Non capita tutti i giorni che il più bello e il più popolare della scuola mi parli, Danny» ho sospirato. «In qualsiasi altro momento ne sarei stata felice, ma purtroppo mio padre mi ha rovinato la vita, quindi eventi come Brendan Dakers che mi parla vengono oscurati dalla possibilità che tutti se la ridano alla notizia dei giornali che potrei essere la prossima celebrità da paparazzare. Scommetto che Sophie e Josie mi umilieranno da un momento all'altro.»

«Senti, Anna» è intervenuta Jess, «prima di tutto, l'Ape Regina e la sua malvagia tirapiedi devono solo provarci. Se la vedranno con me.»

«Già, e anche con me!» ha aggiunto Danny. «Che c'è?!» ha chiesto poi, in risposta allo sguardo di commiserazione di Jess.

Io gli ho regalato quello che speravo fosse un sorriso di sostegno morale.

«E in secondo luogo» ha proseguito Jess «non è poi così male. Essere una It Girl potrebbe essere forte. Non è vero, Danny?»

«Per favore, non chiamarmi It Girl» ho protestato io appoggiando la testa sulle braccia.

«Sì, è... uhm... grandioso» ha mugugnato Danny fra un boccone e l'altro mentre guardava Jess perplesso. «Già, pensa a tutte le cose belle che comporterà.»

«Tipo?» ho borbottato senza nemmeno alzare la testa.

«Uhm...» ha iniziato Danny, frugando il soffitto in cerca di ispirazione.

«Be', probabilmente avrai un sacco di roba gratis» l'ha interrotto Jess dandogli una gomitata. «Le celebrità hanno sempre roba gratis. Abiti, scarpe, accessori.»

«Potresti dire cose importanti alla stampa!» ha aggiunto disperatamente Danny. «Potresti parlare a favore di chi è in difficoltà portando all'attenzione dei media qualche iniziativa caritatevole.»

«Tipo andare in Africa a distribuire riso?» ho chiesto sollevando il capo.

«Uhm, certo.» Danny mi ha lanciato un'occhiata strana. «Sono sicuro che qualche associazione caritatevole... vada in Africa a distribuire riso.»

«Danny» ha sospirato Jess, «focalizziamoci sulle cose importanti. Sugli eventi ai quali sarà invitata. Première, gran gala, inaugurazioni, sfilate di moda. Sono i vantaggi migliori di essere una vip.»

«Oh no» ho piagnucolato tornando ad appoggiare la

testa sulle braccia. «Dovrò imparare a camminare come una persona normale.»

«Sì» ha affermato Danny solennemente. «Proprio così.»

«Oh!» ha sussultato Jess, mentre mi afferrava le braccia e mi scuoteva per obbligarmi a guardarla. «Se ti daranno i biglietti per gli On The Rox, mi devi invitare. Marianne ha sicuramente qualcosa in ballo con il loro cantante. L'ho letto on line qualche settimana fa.»

«*On* che cosa?»

«On The Rox! Sono il mio gruppo preferito. Adesso che diventi la sorella di Marianne avrai sicuramente dei biglietti gratis.»

«Sorellastra» l'ho corretta.

«Anna, che importa? Ti prego, promettimi che mi ci porterai, se avrai i biglietti per gli On The Rox. Faresti di me la persona più felice del mondo.»

«Promesso.» Ho riso quando lei ha sollevato i pugni in aria in segno di vittoria. «Io però credo di non averli mai sentiti».

«Naturalmente non li hai mai sentiti. Ma li adorerai.» Jess ha annuito solennemente con un sorrisone. «Chiedi a Marianne: ti racconterà qualcosa di loro. È fantastico perché lei può uscire con delle rock star. E ora potrai farlo anche tu!»

Ho sbuffato. «Non credo, comunque.»

«Be', se continui a sbuffare così di sicuro no.» Jess ha alzato le sopracciglia guardandomi. «Scommetto che conoscerai un sacco di persone incredibilmente interessanti. Dovremo lavorare sulle tue capacità di conversazione. Devi imparare a non parlare troppo di Cane e dei fumetti Marvin in presenza di gente famosa.»

«Marvel. Non Marvin. Davvero, chi è questo Marvin?»

Prima che Jess potesse rispondere siamo state interrotte da due persone, che sono entrate rapidamente nel nostro campo visivo avvicinandosi al tavolo. Ho alzato gli occhi e mi sono ritrovata davanti Sophie e Josie, che mi guardavano sorridendo. Mi sono raddrizzata di scatto, pronta ad affrontare la loro offensiva ridicolizzante.

«Ciao, Anna, scusa se ti disturbiamo a pranzo» ha iniziato Sophie.

Jess le guardava così male: ho pensato che le sue onde mentali "andate via" le avrebbero scaraventate giù dai loro tacchi-troppo-alti-per-la-scuola.

«Volevo solo dirti che abbiamo letto di tuo padre sui giornali. È fantastico.»

«Ah sì?» ho risposto guardinga.

«Già, davvero fantastico. Comunque, mio zio si è risposato qualche anno fa, quindi so come ti senti.»

«Non è proprio la stessa cosa» ha borbottato Jess squartando un pomodoro con la forchetta.

Sophie l'ha ignorata. «Se hai bisogno di parlare di qualsiasi cosa, magari consigli sulla moda o... tagli di capelli.» Ha lanciato un'occhiata alla mia testa con distacco.

Sapevo che, essendo stata appoggiata sulle mie braccia per la maggior parte del pranzo, probabilmente avevo il segno dell'orologio sulla fronte o roba del genere.

«Sophie ha parlato un sacco con la mamma di Brendan di queste cose» ha detto autorevolmente Josie. «Quindi sentiti libera di farci tutte le domande che vuoi.»

«Che generose!» Jess ha sorriso angelica verso di loro, come un serpente prima di inghiottire un topo.

«Uhm, sì, grazie» ho risposto io, cercando di dare una gomitata a Jess.

«E ascolta, Anna.» Josie ha fatto un profondo respiro. «Sai la cosa del fuoco. È già dimenticata. So che è stato un incidente. E poi sei stata parecchio sotto stress. So che non è facile stare attorno a gente come Helena e Marianne, quando chiaramente non si è... be', sì, interessati a quel genere di cose.»

«Giusto. Grazie.»

«Bene, ci si vede più tardi allora» ha detto Sophie. Evidentemente era molto scioccata da quanto interessante e carismatica fossi diventata ora che ero stata sui giornali. A quel punto, apparentemente soddisfatte, sono uscite entrambe dalla mensa.

«Uao.» Danny ha scosso la testa ed è tornato alla sua ratatouille.

«Sono così strane» ha riso Jess.

«Lo sono tutti oggi. Forse hanno mangiato crostacei anche loro.»

«Cosa c'entrano i crostacei? Lo sai che li odio. L'Ape Regina e la sua scagnozza sono ovviamente interessate alla nuova celebrità» ha concluso Jess. «Forse Sophie immagina che fare la carina con te ora aumenti le sue possibilità di essere al centro dell'attenzione.»

«Dici? Io credevo che volessero solo essere gentili.»

«Non penso» ha obiettato Jess. «Secondo te, Danny?»

Danny ha finito di bere l'acqua e ha sbattuto il bicchiere sul tavolo. «Le ragazze sono strane.» A quel punto ha ripreso a masticare la ratatouille.

«Grazie per questa perla di saggezza, Daniel» ha sospirato

Jess. «Sei geniale nei consigli come lo sei con i messaggi in segreteria.»

«Ti dico la verità, Anna.» Danny mi ha guardato serio. «Penso che dovrai iniziare a prepararti a parecchi cambiamenti.»

Jess ha annuito in segno di assenso. Io ho lanciato uno sguardo agli altri studenti che mi osservavano incuriositi. Ho sussultato, rendendomi conto che Danny aveva ragione come sempre. C'erano grandi cambiamenti in arrivo.

E non avevo la più pallida idea di come affrontarli.

Capitolo 12

DIECI RAGIONI per cui non è divertente essere sui giornali:

1. All'improvviso la gente comincia a guardarti PARECCHIO. Il che significa che non puoi essere te stessa.

2. Mentre ti concentri sul non essere te stessa, fai cose imbarazzanti tipo andare a sbattere contro i pilastri, oppure perdere di botto ogni capacità espressiva quando il ragazzo più popolare della scuola ti parla.

3. Puoi ritrovarti a passare gli intervalli nascosta nel ripostiglio degli oggetti di scena dell'aula di arte drammatica. Questo noioso isolamento ti porta lentamente a perderti e ti induce ad avere conversazioni con un finto covone di grano a dimensione umana, utilizzato per l'ultima rappresentazione scolastica del *Mago di Oz*.

4. La gente si aspetta che tu non faccia cose stupide mentre le fai a prescindere. E ride di te.

5. Ci sono fotografi fuori dalla scuola in attesa che tu faccia cose stupide.

6. Nelle ore extrascolastiche, la gente non smette mai di

chiederti perché sei sui giornali. Risultato: in classe parlano tutti e fanno arrabbiare il responsabile dei doposcuola punitivi, il prof Kenton.

7. Il prof finisce per versarsi il caffè sulla camicia bianca mentre urla, al che ti rivolge uno sguardo malevolo come se fosse tutta colpa tua.

8. Alla fine della detenzione punitiva qualcuno ti chiede un autografo da vendere su eBay.

9. Quando dici di no ti chiamano "guastafeste".

10. Molto probabilmente perderai i due unici amici che hai a causa delle scemate che inizi a fare, tipo metterti a parlare con un oggetto di scena. Ti ritroverai così indegnamente abbandonata alla tua solitudine, con un labrador color biscotto disposto a tradirti per un po' di pancetta.

Non ho mai pensato che sarei stata contenta del doposcuola punitivo, ma era bello starsene lontani dalla mia famiglia disfunzionale per un'ora in più al giorno. Certo, era molto fastidioso quando qualcuno come Joe Winton del terzo anno continuava a chiedermi il numero di Marianne Montaine (sì, Joe, perché una famosa It Girl non vede l'ora di uscire con uno di quindici anni che è attualmente in punizione a scuola per aver tirato giù i pantaloni a un compagno mentre cantava *I Vow to Thee My Country*). Era fastidioso anche per tutti quelli che mi chiedevano come mai, dal momento che ero una celebrità, nessuno mi sistemasse i capelli.

Ma quando finalmente in classe calava il silenzio, era bello avere qualche compito fatto. Non che Connor mi lasciasse in pace.

«Divertente» aveva detto, appoggiandosi allo schienale

della sedia mentre mangiucchiava la biro. «Non mi ricordo di aver visto "Diventare la nuova It Girl inglese" sulla tua lista delle ambizioni...»

«Infatti non c'era» avevo sospirato lasciandomi cadere sulla sedia accanto a lui.

«Ehi, Anastasia.»

Sapevo che il mio nome per intero mi avrebbe perseguitata prima o poi.

Max era un amico di Connor al quale venivano appioppati spesso i doposcuola punitivi. «Sì, Maximilian?»

«Se avessi mai bisogno di qualcuno che venga con te a quelle feste con gente famosa, dove ci sono supermodelle e attrici che cercano qualcuno che le faccia divertire, sono quello giusto.» Mi aveva fatto anche l'occhiolino.

«Uao, Max, grazie. È un'offerta irresistibile.»

Connor aveva grugnito.

«Già, le donne me lo dicono spesso» aveva risposto Max sorridendo.

«Sua madre» era intervenuto Connor sottovoce. E io, per la prima volta da quando era uscito quell'articolo, mi ero messa a ridere di gusto.

«Era proprio quello che volevo, Uomo-Ragnetta. È bello vederti ridere.» Mi aveva allungato il suo blocco degli schizzi. «Ora, tornando alle cose importanti, cosa ne pensi di questo nuovo personaggio su cui sto lavorando? Non so, forse sembra troppo ovvio? Pensi che dovrei togliergli un po' di muscoli?»

Insomma, il doposcuola era la mia ora di normalità spirituale supervisionata dal prof Kenton. E presto è diventata anche la mia parte preferita della giornata.

Fuori da lì andava tutto storto. Non solo la scuola era diventata un'imbarazzante dimostrazione di quanto non fossi una It Girl, ma papà ormai era anche paranoico sul lasciarmi a casa da sola, preoccupato che qualche canaglia della stampa potesse avventarsi su di me. Le cose ci stavano sfuggendo di mano. Iniziavo a sentirmi come Frodo nel *Signore degli Anelli*, quando Sam non voleva lasciarlo solo. Ma invece di essere in missione per restituire un anello, io dovevo conservare i miei due unici amici, che a scuola mi vedevano continuamente oggetto di scherno e fuori non mi vedevano affatto. E invece di avere al seguito uno hobbit ottimista, che fortunatamente era anche un cuoco eccellente, io avevo un vecchio brontolone che insisteva a dire cose strane come "Che mondo è mai questo" ogni cinque minuti (e continuava a mettere le olive nel sugo della pasta).

Dovevo fare qualcosa.

Era mercoledì pomeriggio. La scuola era finita presto perché il doposcuola era saltato: a Kenton era venuta l'influenza e nessuno aveva potuto sostituirlo all'ultimo momento. Fuori c'era il sole, Cane era in fermento e, pur sapendo di non poter contare sulla mia ora di punizione/rifugio spirituale a scuola, io ero relativamente di buon umore.

Jess e Danny erano entrambi impegnati, così avevo deciso di approfittare della bella giornata per portare Cane a spasso. Avevo preso le sue palline da tennis e mi ero avviata quando all'improvviso papà mi si è parato davanti, sulla soglia, con aria sospettosa.

Ma come fanno i genitori a sapere sempre quando stai per fare qualcosa che non dovresti?

«Andiamo a farci un giro?» ha chiesto con noncuranza.

«*Cane e io* andiamo a farci un giro» ho risposto fermamente. «Quando smetterà di correre per la casa.»

Cane, avendo visto che avevo in mano le sue vecchie palline da tennis mangiucchiate, era partito subito in quarta per mostrare la sua gioia.

«Vengo con te.»

«No, papà, non venire. Mi stai soffocando» ho sospirato. «Non voglio iniziare a drogarti il tè solo per riuscire a starmene un po' da sola.»

Lui mi ha rivolto un'occhiata buffa.

«Fossi in te non sottovaluterei tua figlia» ho affermato infilandomi il mazzo di chiavi in tasca.

«E i paparazzi? Sai che potrebbero essere là fuori.»

«Non ce ne sono. Ho controllato dalla finestra. Penso che si siano rotti di fare sempre le stesse foto di me che vado a scuola e che torno a casa. Anche i giornalisti più fantasiosi non possono farci granché con quelle.»

«Non mi piace che tu esca da sola» ha insistito.

«Non ci metterò molto. Vado solo nel parchetto di fronte. Mi porterò il cellulare. Cane sarà con me. Posso sempre aizzarlo contro i rappresentanti della stampa. Gli dirò che sono scoiattoli sotto mentite spoglie.»

Papà ha sospirato stancamente. «Bene. Ma voglio che porti una cosa con te, non si sa mai.» Ed è corso al piano di sopra.

«Cioè?» gli ho gridato dietro. «Spero che non sia la tua vecchia mazza da cricket autografata da quel tizio di cui nessuno ha mai sentito parlare!»

Mentre papà stava frugando al piano di sopra, io sono riuscita a bloccare Cane. Ho catturato la sua attenzione e gli ho ordinato di sedersi, ma lui ha deciso di dare una craniata al tavolino del telefono e l'ho lasciato fare.

Papà è tornato giù con in mano una cosa che sembrava un pezzo di legno scavato al centro. «Ecco» ha detto porgendomelo. «È un richiamo per le anatre che usavo quando andavo a caccia. Metti caso.»

«*Metti caso cosa?*» ho domandato sbalordita. Mio padre aveva chiaramente perso la testa. «Vuoi dire che magari un'anatra ha un'emergenza e ha bisogno di richiamare la propria famiglia?»

«Non scherzare, Anna. Mettitelo in tasca, potrebbe tornarti utile per colpire qualcuno alla testa. Difesa personale.»

«Papà, te lo dico gentilmente. Credo che tu debba sederti e riflettere sulla tua salute mentale. Non puoi aspettarti che io usi questa cosa come arma d'assalto. Adesso vado.» Mi sono messa il richiamo in tasca, giusto per essere condiscendente, poi ho fatto uscire Cane. O meglio, Cane mi ha trascinata fuori. Mi sono girata un attimo e ho visto che papà stava sbirciando da dietro le tende.

Francamente, con un padre come il mio, chi potrebbe essere normale?

Non ero al parco da molto quando ho sentito qualcuno chiamarmi per nome. Mi sono voltata aspettandomi di vedere un paparazzo che non aveva ancora capito quanto fossi noiosa. Invece era Brendan Dakers, nella sua divisa da football, perfetto come sempre. E stava venendo da me.

«Ehi» mi ha detto raggiungendomi mentre si toglieva i capelli dagli occhi. «Mi sembrava che fossi tu.»

«Oh. Eh già. Sono proprio io. Che me ne sto qua. Sola con il mio cane.»

"BUONA QUESTA,ANNA. Per favore, Dio, fammi diventare più spigliata con i ragazzi prima della vecchiaia altrimenti resterò sola per l'eternità."

«Sì, lo vedo.» Lui ha sorriso a Cane. «Come va? Non abbiamo più avuto modo di parlare come si deve a scuola.»

«È tutto ok. Mio padre si sta stranendo, ma niente di più.»

«Già, anche mio padre era strano quando si è risposato.» Brendan ha roteato gli occhi. «Si comportava come se avesse la metà dei suoi anni. Era terribile.»

«Già.»

La conversazione ha subìto una leggera battuta d'arresto, così mi sono sforzata di trovare qualcosa di interessante da dire, mentre immagino che Brendan si sforzasse di trovare un modo per non doversi intrattenere ulteriormente con me.

«Il tuo cane sa fare qualche giochino?» ha chiesto infine lui, guardando Cane, seduto perfettamente immobile a fissare la palla che stringevo in mano. Proprio come aveva fatto per tutta la conversazione fino a quel punto.

«Praticamente solo il riporto. Vuoi lanciargliela?» ho domandato.

Brendan ha guardato la palla da tennis bavosa e semidistrutta. L'ho osservato bene e non sembrava molto entusiasta di toccarla, ma alla fine l'ha presa comunque in mano. Poi, con molto più vigore di quanto mi aspettassi, l'ha scagliata nella vicina macchia di cespugli. Cane si è lanciato subito all'inseguimento tuffando la testa nella vegetazione.

«Uao» ho esclamato. «Tiro impressionante.»

«Forse un po' troppo lontano. Riesce a tornare indietro?» ha domandato lui preoccupato.

«Chi, Cane? Per favore. Ha un sistema di navigazione incredibile. E il riporto è praticamente il suo unico talento. Tornerà prima che tu te ne accorga» l'ho rassicurato fiduciosa.

Cinque minuti più tardi, eravamo ancora in piedi in silenzio in attesa che tornasse. Ero un po' in ansia ma non volevo darlo a vedere. Brendan mi stava accanto apprensivo. Non so perché ma non riuscivo a trovare nulla da dire. Di solito con Jess e Danny la conversazione scorreva da sola, ma con loro non dovevo cercare di dire qualcosa di interessante per forza. Probabilmente Brendan rimpiangeva di essere stato così educato da venire a salutarmi, il che mi faceva sentire ancora più a disagio.

«Tornerà presto» ho ripetuto, forse per la decima volta.

E siamo rimasti ancora lì, sempre in silenzio. Mi sono infilata una mano in tasca e ho trovato il richiamo per le anatre.

«Questo potrebbe funzionare!» ho esclamato tirandolo fuori.

«Che diavolo è quello?»

«Ci soffi dentro ed emette il verso dell'anatra. Fa *quack*. Si usa per chiamarle.»

Ho deciso di dargli una dimostrazione emettendo un paio di sonori *quack*, finché Brendan non ha alzato una mano e io mi sono fermata.

«Perché hai quella roba con te?»

«Uhm, è per difesa personale.»

Lui mi ha fissato.

«Praticamente...»

Ma proprio mentre stavo per lanciarmi in una spiegazione

raffazzonata sul mio pazzo padre e sul richiamo per anatre abbiamo sentito un fruscio dalla zona in cui era scomparso Cane. Brendan mi ha guardato speranzoso e Cane è emerso vittoriosamente dai cespugli tornando verso di noi. Avrei gioito, ma era difficile vedendo cosa il mio labrador stringeva fra le fauci.

Aveva recuperato da qualche parte un cesto da picnic.

Brendan e io ci siamo scambiati uno sguardo.

«Non mi sembra quello che gli ho lanciato» ha detto lui, confuso.

Prima che potessi rispondere, dai cespugli è emerso anche un uomo. Era rosso di rabbia e stava inseguendo Cane, ovviamente sordo ai richiami di quell'estraneo che gli chiedeva di fermarsi.

Il cestino era un regalo per me, infatti me lo ha depositato ai piedi.

«Il vostro animale mi ha rovinato il picnic!» ha urlato indignato l'uomo.

«Mi dispiace!» Mi sono chinata per prendere il cestino e restituirglielo, evitando di guardare Brendan. Ero mortificata.

Ma Cane non aveva intenzione di mollare facilmente. Non dopo aver fatto tanta fatica a recuperare quella chicca. Scocciato per la mia mancanza di entusiasmo di fronte al suo dono, ha pensato bene di punirmi sollevando la zampa posteriore per fare pipì sul cesto.

Mi sono coperta la bocca con una mano, orripilata. Brendan ha fatto un passo indietro e il proprietario del cesto si è irrigidito. Tutti stavamo guardando Cane finire il suo lavoro mostrandosi estremamente soddisfatto di sé.

Ma perché tutte a me?

Da: jess.delby@zingmail.co.uk
A: anna_huntley@zingmail.co.uk
Oggetto: Niente male
Sicura che Brendan non l'abbia trovato divertente?
J x

@

Da: anna_huntley@zingmail.co.uk
A: jess.delby@zingmail.co.uk
Oggetto: Re: Niente male
Sì.
Con affetto, io me xxx

@

Da: jess.delby@zingmail.co.uk
A: anna_huntley@zingmail.co.uk
Oggetto: R: Re: Niente male
Be', allora non ha senso dell'umorismo. È esilarante.
J x

@

Da: anna_huntley@zingmail.co.uk
A: jess.delby@zingmail.co.uk
Oggetto: Ah ah
Esilarante non è come lo descriverei io. E sicuramente non è nemmeno come lo descriverebbe papà. Quel cesto era stato acquistato da Fortnum & Mason. Sai quanto costerà ripagarlo?

Brendan magari lo sta già dicendo a tutti, così avranno altro su cui prendermi in giro. Come se non bastasse il solito.

Cosa succede se i giornali vengono a conoscenza di questa storia? L'uomo del cestino potrebbe venderla alla stampa!

Capitano tutte a me.

Con affetto, io me xxx

@

Da: jess.delby@zingmail.co.uk

A: anna_huntley@zingmail.co.uk

Oggetto: Re: Ah ah

Non c'è bisogno di preoccuparsi, sei una It Girl in questi giorni, ricordi? Nessuno ti prenderà in giro.

Anche se Cane potrebbe aver compromesso la possibilità che Brendan Dakers si renda conto di essere innamorato di te.

I giornali non si curano di un cane che fa pipì su un cestino da picnic. Saranno troppo occupati con cose importanti come le notizie dalle zone di guerra, o quale figlio di celebrità è meglio vestito.

J x

@

Da: anna_huntley@zingmail.co.uk

A: jess.delby@zingmail.co.uk

Oggetto: R: Re: Ah ah

Spero che tu abbia ragione. Altrimenti tu e Danny dovrete affrontare la triste realtà di essere amici della più grande fonte di imbarazzo di sempre.

Non ti ho ancora raccontato la parte dello starnazzo.

Forse avrei dovuto cercare di parlare con Brendan e chiedergli di non dirlo a nessuno. Così non mi preoccuperei dei giornali e di cosa potrebbero venire a sapere persone come

Sophie e Josie! Devo parlargli domani prima della scuola. Potrei convincerlo. Potrei offrirgli di incontrare Marianne in cambio? Forse così non dirà nulla. E poi magari gli piacerei di più se gli facessi incontrare Marianne, no? Sono sicura che a lei non dispiacerebbe. L'altro giorno ha dato a Cane una pacca sulla testa. È sicuramente un buon segno.

Con affetto, io me xxx

@

Da: jess.delby@zingmail.co.uk
A: anna_huntley@zingmail.co.uk
Oggetto: Calmati

Eh?

Senti, non credo che se Brendan lo dicesse in giro sarebbe un grosso problema. Chi se ne frega di cosa pensano Sophie, Josie o chiunque altro?

In secondo luogo, non devi preoccuparti di me e Danny, Anna. Non ci turbano cose come il tuo cane che fa pipì su un cesto da picnic.

Comunque cosa intendi con "la parte dello starnazzo"?

J x

@

Da: anna_huntley@zingmail.co.uk
A: jess.delby@zingmail.co.uk
Oggetto: Re: Calmati

Ehm... niente. Dimentica quello che ho scritto.

Con affetto, io me xxx

@

Da: jess.delby@zingmail.co.uk
A: anna_huntley@zingmail.co.uk
Oggetto: R: Re: Calmati

Che cosa intendi con "la parte sullo starnazzo"?!

J x

@

Da: anna_huntley@zingmail.co.uk
A: jess.delby@zingmail.co.uk
Oggetto: NIENTE

Non è interessante.

Be', dunque. Forse ho emesso degli starnazzi di fronte a Brendan con un richiamo per anatre. Tutto qui.

Con affetto, io me xxx

@

Da: jess.delby@zingmail.co.uk
A: anna_huntley@zingmail.co.uk
Oggetto: (nessun oggetto)

Non ho parole.

J x

@

Da: anna_huntley@zingmail.co.uk
A: jess.delby@zingmail.co.uk
Oggetto: Re: (nessun oggetto)

Odio la mia vita.

Con affetto, io me xxx

Capitolo 13

NON ERO CERTA che Brendan non avesse raccontato in giro la storia del cesto da picnic. Ho continuato ad angosciarmi in attesa che qualcuno a scuola facesse un commento in proposito ed ero assolutamente sicura che la cosa stesse per uscire anche sui giornali. Potevo immaginarmi già i titoli: *LO SCOMBINATO CANE DELLA IT GIRL URINA SUL CESTO DA PICNIC.*

Tuttavia erano trascorsi alcuni giorni e non era stata pubblicata nemmeno una parola. Forse l'uomo del cesto non si era reso conto di chi fossi. O forse a risolvere la cosa erano stati l'enorme bottiglia di champagne e il cesto regalo che mio padre gli aveva fatto recapitare. Comunque fosse, ero salva dalla vergogna nazionale.

Ero più preoccupata per la scuola. Prima erano tutti tipo: "Anastasia chi? Non è una principessa russa? No, non credo che sia una di questa scuola. Oh già! La tipa che ha dato fuoco a qualcuno... giusto?".

Ma ora, grazie all'imminente matrimonio di papà con

l'attrice più famosa del mondo, l'umiliazione è come minimo decuplicata.

Avrei dovuto optare davvero per l'istruzione a domicilio, anche a costo di passare le mie giornate piangendo al ricordo dei miei due preziosi amici di un tempo. Nessuno mi avrebbe confortata naturalmente. A parte Cane. Che, a pensarci bene, è il motivo principale per cui non ho mai avuto amici.

E così aspettavo che qualcuno a scuola mi sfottesse, aspettavo che sussurrassero nei corridoi iniziando a ridacchiare, o che mi ignorassero del tutto.

Ma non è successo.

Quello che è successo è molto più strano. Nessuno ha detto niente per tutta la settimana. Nemmeno Brendan. Tutti si comportavano normalmente. E a proposito di Brendan... mi ha anche salutato quando l'ho incrociato nel corridoio, senza dirmi, nemmeno una volta, di tenermi almeno a cinque metri di distanza.

«Cosa ti aspettavi?» ha ridacchiato Jess quando le ho raccontato quanto fossi confusa. «Che Brendan dicesse a tutti che il tuo cane ha pisciato su un cesto da picnic davanti a lui e che nessuno volesse più esserti amico?»

Eh sì.

«Non è così grave» ha aggiunto Jess sistemandosi lo zaino. «Non come dare fuoco a qualcuno. AH AH.»

Ma la cosa più strana è stata che, al termine della settimana, Sophie mi ha preso da parte alla fontanella. Non ne ero granché felice perché trovo le fontanelle particolarmente stressanti, soprattutto se il getto ha un arco poco pronunciato. L'acqua esce così fiaccamente che devi mettere le labbra a pesce per riuscire a bere. Ed era esattamente quello che stavo facendo quando la ragazza più popolare dell'anno ha deciso di parlarmi.

Ero così sorpresa di trovarmela davanti che inavvertitamente mi sono spruzzata. Lei se n'è accorta e si è irrigidita, come se non fosse più sicura di volermi parlare.

«Ciao, Anna» ha esordito poi con voce squillante mentre tentavo di asciugarmi. «Perché non ti siedi con noi oggi a pranzo?»

Io mi sono guardata attorno in caso ci fosse un'altra Anna in coda dietro di me. Non volevo collezionare l'ennesima figuraccia. «Dici a me?»

«Sì» ha sorriso. «Sarebbe carino recuperare.»

Ho pensato che fosse una cosa bizzarra da dire, visto che Sophie e io non avevamo mai parlato prima, quindi avremmo dovuto recuperare le nostre vite intere, sin dalla nascita.

«Brendan ci ha detto di averti visto la settimana scorsa al parco con il tuo cane» ha continuato lei. Io mi sono irrigidita, pronta a un'eventuale presa in giro. «Hai un labrador, vero? Adoro i cani. Mi piacerebbe conoscerlo. Brendan ha detto che è carino.»

L'ho guardata confusa. «Oh. Già, sarebbe fantastico. Devi conoscerlo assolutamente.»

«Ottimo. Bene, allora ci si vede a pranzo.» A quel punto si è voltata facendo ondeggiare i capelli e si è avviata lungo il corridoio, mentre la sua gonna frusciava a ritmo con il ticchettio delle scarpe.

All'inizio ero stordita, ma poi a francese ho capito: non solo Brendan era stato così carino da non raccontare com'era andata al parco, ma il semplice fatto di aver detto di avermi incontrato aveva spinto Sophie Parker a interessarsi a me. Era necessario uno scambio di bigliettini fra me e Jess.

Indovina un po'?

Odio questo giochino.

Quale giochino?

Il gioco dell'indovinare.

Come puoi odiarlo?

Perché è noioso. Dimmi quello che vuoi dire e basta.

Tecnicamente non è un gioco. Direi più un modo per dare enfasi a una rivelazione.

Perché non dire subito la rivelazione?

Ti perderesti la gioia di indovinare.

BENE. Ricominciamo.

Indovina un po'?

Non ne ho idea, Anna. Cosa?

Sophie Parker vuole che mi sieda accanto a lei a pranzo.

Lei cosa? È strano! Ti ha parlato?

Alla fontanella.

Deve essere stato terribile per te. Ti sei spruzzata? Schizzi sempre dappertutto. Devi ricordarti di chiudere la bocca all'ultimo sorso.

Non mi sono spruzzata.

Menti, ne sono certa. Ma dimmi come è andata.

Ha detto che Brendan le ha detto di avermi incontrato al parco e che pensava che Cane fosse carino. E poi di unirmi a loro a pranzo.

Uao, è strano. Pensi che DOVREMMO pranzare con loro?

Sarebbe un po' scortese non farlo. Mi è venuta a cercare apposta per chiedermelo. Non pensi che dovremmo? Secondo me è assurdo chiedere formalmente a qualcuno, a scuola, di sedersi a pranzo insieme. Nemmeno fosse una specie di reginetta che elargisce inviti.

Vuoi dire che non è la reginetta della scuola?

No, non direi che Sophie Parker faccia parte della nobiltà scolastica. Anche se probabilmente le piace credere di sì. Secondo me dovremmo accettare l'invito. C'è QUALCHE persona interessante in quel gruppo. E visto che è venerdì possiamo gettare la prudenza al vento.

Yuppi!

Cosa ti ho detto riguardo al fare la splendida?

Scusa. Già, certo, comunque ci sediamo con loro ugualmente. Questo è splendido di per sé.
Ce la farai un giorno, continua a provarci.

Durante la pausa pranzo, in mensa ci guardavano tutti. Le persone come Brendan devono esserci abituate immagino, a essere popolari e in bella vista, intendo. Ho sistemato nervosamente il mio vassoio accanto a quello di Sophie mentre Jess e Danny si sono seduti di fronte a noi. James Tyndale stava raccontando qualcosa. Brendan mi ha sorriso facendomi arrossire, poi è tornato a concentrarsi su James.

«Quella era la cosa divertente, credo. Era come se non ci fossi mai stato. Una coincidenza pazzesca…»

«Anna, come ti sembra Marianne Montaine?» ha domandato Josie ad alta voce interrompendo la frase.

Si sono voltati tutti verso di me.

«Uhm, già, è carina. Non l'ho vista molto ma sembra favolosa.» Ho cercato di tenermi sul vago, sperando che nessuno sondasse i dettagli della mia diversità da Marianne.

«Pensi che andrai sul set con Helena?» si è informata avidamente Sophie.

«Non so. Forse, almeno spero. Sarebbe fantastico vedere cosa succede dietro le telecamere.»

«Già, sarebbe forte» ha concordato Brendan giocherellando con la palla da cricket che aveva in mano. «Parteciperai a eventi esclusivi.»

«Andrai a tutte le sue prime?» ha ansimato Josie eccitata. «Sono così invidiosa. Conoscerai un sacco di personaggi famosi. DEVI assolutamente uscire con qualche ragazzo di una boy band.»

«Perché dovrebbe farlo?» ha chiesto Brendan roteando gli occhi.

«Perché» ha spiegato Josie con fare autoritario «è quello che fanno le It Girl.»

«Non sono una It Girl» ho puntualizzato subito io. «Non so perché i giornali continuino a dirlo. È solo per via di Marianne. Io non ho fatto nulla di diverso dal solito.»

«Eccetto un sacco di cene con una famosissima attrice che sta per diventare la tua matrigna» ha sottolineato Jess con un sorriso.

Ho ricambiato il sorriso. «Già, a parte quello.»

«Secondo me non devi uscire con un membro di una band» ha affermato Brendan guardandomi per un istante.

C'è stata una pausa e Sophie ha riso, tesa. «Cosa c'entri tu, Brendan? Mica puoi dirle cosa deve fare.»

«È solo che non sarebbe da te, Anna» ha ribattuto lui continuando a guardarmi. Poi si è girato verso i ragazzi all'altra estremità del tavolo. «James, finisci di raccontare: sono curioso di sapere come va a finire.»

Danny ha inarcato le sopracciglia lanciandomi un'occhiata significativa dal momento che ero rimasta a bocca aperta.

Cos'era successo? Ho deciso di non soffermarmi troppo a pensare al commento di Brendan. No. Proprio per niente.

Naturalmente era impossibile e ci ho pensato ogni secondo per il resto del giorno.

Anche in punizione ero distratta.

«Pensi ai tuoi nuovi amici, Uomo-Ragnetta?» ha domandato Connor all'improvviso, strappandomi dal mio sogno a occhi aperti su Brendan Dakers che mi accompagnava a una prima.

«Perché?»

«Perché è la prima volta che dico qualcosa di controverso su Spider-Man e non reagisci. Mi stavo chiedendo se l'espansione della tua cerchia sociale abbia a che fare con la tua scarsa attenzione di oggi. Qual era l'argomento a pranzo? Mi è sempre interessato sapere di cosa parlano.»

«Non ti ho visto in mensa. Dove eri seduto?»

«Non mi sorprende: sembravi concentrata sulla tua tavolata.»

«Sono simpatici.» Mi sono stretta nelle spalle, certa che Connor non aspettasse altro che un'occasione per fare una battuta. «Saresti potuto venire anche tu.»

«AH!» ha sbottato lui. E io l'ho guardato aggrottando la fronte. Sapevo cosa sottintendeva, avevo detto una cosa stupida. La popolazione studentesca era già in fermento perché Danny, Jess e io ci eravamo seduti accanto a Brendan e all'Ape Regina. Se si fosse aggiunto anche Connor, l'intera scuola sarebbe andata fuori di testa.

«Diffiderei di quel gruppo se fossi in te» ha detto stizzito girando una pagina del suo blocco. «Brendan, Sophie e quei ragazzi pensano di essere migliori degli altri. E non lo sono affatto.»

«Grazie per la tua opinione» ho risposto secca.

«Volevo solo dire che tu sei intelligente, Anna. E loro non lo capiranno.»

Ho sollevato lo sguardo. Non mi aveva chiamato spesso Anna negli ultimi giorni.

«Dovresti sapere che Brendan ha detto qualcosa del genere proprio oggi.»

«Davvero?» Connor ha ridacchiato. «Be', spero lo intenda davvero.»

Che maleducato! Gli ho lanciato un'occhiata severa e ho ricominciato a evidenziare i miei appunti di chimica. Non so perché i suoi commenti mi pungano tanto. Connor Lawrence è di certo un esperto in questo genere di cose. E poi non ha mai parlato con quei ragazzi, quindi non sa nemmeno come siano veramente.

Tuttavia ero arrabbiata con lui ora. Il fatto che stessi stringendo nuove amicizie a scuola poteva essere solo positivo. Forse per la prima volta venivo considerata popolare e divertente e mi sentivo bene. Non avevo nessuna intenzione di lasciare che persone come Connor Lawrence, che non aveva idea di cosa stesse parlando, mi rovinasse quella sensazione.

«Ciao! Sono Anna. Lasciate un messaggio. Ok, ciao!»

BEEP

«Ciao, Anna. Sono Sophie. So che probabilmente hai già programmi per il fine settimana, ma se fossi libera potresti venire con noi al parco, sabato. Ci saranno tutti. Sarebbe bello se ci fossi anche tu. E puoi portare il tuo cane, magari. Buona serata.»

Capitolo 14

MARIANNE MI HA GUARDATO CONFUSA.

«Cosa hai detto?»

Io ho sospirato appoggiando il mio cocktail analcolico al succo di mela.

«Come fai a piacere a un ragazzo?» ho ripetuto lentamente.

Marianne ha sbattuto le palpebre e Helena ha ridacchiato. Papà si è appoggiato allo schienale della sedia sollevando le sopracciglia (ma l'ho ignorato risoluta). Non so perché sembrassero tutti così sorpresi. Era una domanda sensata da rivolgere a un'icona glamour.

Eravamo in un ristorante sfarzoso di Londra, il preferito di Helena.

Non ero entusiasta all'idea di un'altra cena con loro; sembrava che non facessimo altro che cenare.

Stavo anche per finire gli argomenti di conversazione con Marianne: dopo tutto c'è un limite alle cose da dire per commentare il proprio pasto. Ormai non mi veniva niente altro dopo tutta la sfilza di: «Uao, è delizioso!», «Il mio è squisito!», «Il tuo è succulento come il mio?», «Questo budino è fantastico», «Si sente che è fresco».

Avevo suggerito a papà di fare tutti qualcosa insieme, tipo un'attività ludica come Laser Quest o roba simile. Ma lui aveva masticato la penna che stringeva in mano mormorando: «È un po' presto, Anna. Non sono sicuro che siamo pronti per Laser Quest».

Così ci stavamo dedicando a una nuova cena costosa e vagamente imbarazzante.

In realtà come cena non era affatto male: la mia bistecca con patatine era eccezionale. Cane sarebbe schiattato di invidia. Un po' come sospettavo stesse facendo Marianne, che piluccava un'insalata insulsa. Non volendo distrarla con le mie scelte alimentari di qualità superiore, ho pensato di insistere sulla mia domanda, mentre inzuppavo una patatina nel ketchup.

«Dico davvero: ho bisogno di sapere. Ho quattordici anni e non so nemmeno da che parte iniziare con queste cose. E non voglio parlarne con papà.»

«Ehi, e perché no?» ha protestato lui. «Sarei di grande aiuto, solo che non mi hai mai chiesto nulla.»

«Oh, davvero? Allora, dimmi... come attiri i ragazzi che ti piacciono?» ho domandato apposta.

«Dovresti cucinare loro una bistecca» ha risposto orgoglioso indicando il mio piatto.

«Cucinare una bistecca?» ho sospirato. «Papà, ti aspetti che a scuola offra una bistecca al ragazzo più popolare del mio anno? Lui mi crede già una sfigata. Non voglio sembrargli anche fuori di testa.»

«È il ragazzo più popolare del tuo anno?» ha chiesto Marianne tranquilla. Avevo suscitato il suo interesse.

«Sì» ho risposto afferrando il mio coltello da carne. «Lo so. Non mi noterà mai. Ma mi chiedevo se avessi qualche suggerimento. Tu e Helena sembrate le persone più adatte a cui domandare.»

«Be'» ha sorriso Helena portandosi una mano al cuore, «sono lusingata, devo dire. Ho diversi suggerimenti per conquistare chi suscita il tuo affetto. Vuoi che te ne sveli qualcuno?»

«Mi piacerebbe moltissimo» ho annuito tagliuzzando la mia bistecca cotta a puntino.

Marianne ha emesso un sospiro profondo. «Ci siamo» ha detto sottovoce, mentre sua madre si lanciava in un monologo sull'arte di attrarre gli uomini. Non sono sicura, ma credo che Marianne abbia incrociato il mio sguardo per un attimo con l'accenno di un sorriso.

Conta.

Consigli di Helena Montaine su come piacere a un ragazzo:

1. Per prima cosa, bisogna essere favolose. Ai ragazzi non piacciono quelle che sembrano appena cadute dal letto e non se ne preoccupano. NON VA di certo.

2. Capelli. Devono essere sempre puliti. Il look capello unto è per tentativi estremi che di solito falliscono.

3. Unghie. Mangiucchiate? Assolutamente no, i ragazzi non vogliono baciare una ragazza che non si prende cura di sé. Una spennellata di colore, una rifinitura e voilà! Il ragazzo è tuo.

4. Abbigliamento. È un'espressione della tua personalità, quindi indossa ciò che vuoi. Però buchi, graffi o strappi, a

meno che non siano volutamente creati da uno stilista, sono inaccettabili. Da scartare.

5. Ora che sei favolosa, concentriamoci su cosa dici: attirali con l'ingegno e con il fascino.

6. Complimentati con loro TUTTO IL TEMPO. A me di un uomo piace sottolineare la mascolinità. Ad esempio, insisto che apra una finestra bloccata, o il coperchio di un barattolo e poi, appena riesce vittorioso nell'intento, lo guardo ammirata dicendogli quanto è forte.

8. Mostra la tua bravura senza essere presuntuosa, anzi mostrati molto modesta in proposito. Se riesci, convinci i tuoi amici a sottolineare i tuoi talenti e, quando lo fanno, arrossisci dicendo che stanno esagerando. Ma sappiamo tutti che non è così.

9. Ridi, ma sempre in modo delicato e femminile. Una risata troppo genuina è da contadini.

10. Storielle: l'umorismo è fondamentale, ma non essere mai oggetto di scherno.

11. Finché non avrai un anello al dito, non mangiare cibo troppo volgare in sua presenza, come un burrito o un hamburger. Ricorda, tu sei elegante e femminile, superiore a lui in ogni modo.

«Che succede se hai dato fuoco a qualcuno e il tuo cane ha fatto pipì su un cestino da picnic sotto i suoi occhi?» ho domandato quando Helena ha finito il suo elenco. «Ipoteticamente, ovvio.»

«Se davvero gli piaci, cose del genere non lo turberanno» ha detto papà incoraggiante. «Chi è questo ragazzo?»

«Fermo, papà. Non parlerò di questo con te.»

Lui sembrava offeso. «Perché no?»

«Perché sei mio padre e sarebbe strano.»

«Marianne, hai qualche altro consiglio per Anna? Hai sempre un sacco di ragazzi che ti girano intorno.» Helena ha sorriso alla figlia, che stava sollevando cautamente una foglia di insalata.

Lei ha roteato gli occhi. «Non è vero, mami.»

«È così. Sta solo facendo la modesta. Chi è quel ragazzo in quella band che è pazzo di te? Quello in quel gruppo che suona musica ad alto volume. Gli In The Rox, giusto?

«On The Rox! E no, non è pazzo di me.» Marianne è arrossita.

«Li conosco» ho detto drizzandomi a sedere. «La mia migliore amica, Jess, li adora.»

Marianne ha annuito. «Già, sono bravi.» Il suo telefono ha emesso un *bip*, al che ha frugato nella borsa e si è messa a leggere il messaggio.

«Allora, non hai intenzione di dire ad Anna come hai attirato la sua attenzione?» Helena ha aggrottato la fronte mentre Marianne continuava a digitare sul telefono.

«Non serve» sono intervenuta io. Intanto Marianne ha lanciato alla madre uno sguardo d'avvertimento. «È stata una domanda sciocca. E inutile, tanto non mi fila nessuno. E di certo non lo farà questo tipo. E poi gli piace la ragazza più popolare della scuola, il che è logico visto che è stupenda.»

«Sciocchezze» ha affermato Helena. «Sono certa che tu abbia centinaia di qualità migliori delle sue.»

«No, sul serio. Non le ho» ho sospirato. «Lei è un cigno magnifico e aggraziato; io una salamandra goffa.»

«Non preoccuparti, tesoro» ha detto papà dandomi un

colpetto di conforto sulla mano. «Sono sempre stato molto appassionato di salamandre. Mi ricordo di averne trovata una in uno stagno da ragazzo. L'ho chiamata Harold.»

Confortante.

Da: marianne@montaines.co.uk

A: anna_huntley@zingmail.co.uk

Oggetto: Ciao

Ciao Anna, spero non ti dispiaccia se ti scrivo una mail.

Ho ripensato alla cena. Scusa se ti sono sembrata scortese quando hai chiesto il mio consiglio sui ragazzi. Era un po' strano parlarne di fronte ai nostri genitori, non credi...? Comunque ho pensato di dirtelo via mail.

Ho sempre creduto che, se mi sento bene, risulto più rilassata e sicura con i ragazzi. Quindi, se ti senti carina il resto viene da sé. E non preoccuparti se lui è popolare e tu non ti ci senti affatto. Se è un tipo ok, tutta quella roba non gli importa e ti noterà comunque.

Ora devo salutarti. Sono in macchina e sto andando a un dopo-festa di una premiazione.

Marianne x

PS: Vuoi che trovi dei biglietti per te e la tua amica per gli On The Rox?

@

Da: anna_huntley@zingmail.co.uk

A: marianne@montaines.co.uk

Oggetto: Re: Ciao

Ciao Marianne!

Grazie mille per la dritta. Mi piacerebbe da matti portare

Jess a vedere gli On The Rox, grazie. Divertiti al dopo-festa, suona come un vero spasso!

Con affetto, io me xxx

@

Da: jess.delby@zingmail.co.uk

A: anna_huntley@zingmail.co.uk

Oggetto: Ehilà!

Come è andata la cena?

Che fai domani? I miei genitori vogliono andare a questa mostra noiosissima. Mi sembra di aver capito che riguarda parti di animali in decomposizione. Vuoi venire?

J x

@

Da: anna_huntley@zingmail.co.uk

A: jess.delby@zingmail.co.uk

Oggetto: Re: Ehilà

Uao, mi hai fatto proprio venire voglia di andare a questa mostra! A dire il vero, Sophie mi ha lasciato un messaggio che sembra supercasuale per invitarmi con loro al parco domani, così ho pensato di andarci. Tu vuoi venire? Dovrebbe essere meglio di una mostra noiosa, no?

Con affetto, io me xxx

@

Da: jess.delby@zingmail.co.uk

A: anna_huntley@zingmail.co.uk

Oggetto: R: Re: Ehilà!

Ti ha squillato? E ti ha invitata al parco?

Quella ragazza è in missione. Io passo se non ti spiace. L'idea di uscire con Sophie il fine settimana non mi fa impazzire. Sicura di volerci andare?

J x

@

Da: anna_huntley@zingmail.co.uk

A: jess.delby@zingmail.co.uk

Oggetto: R: Re: Ehilà

Perché non dovrei?

SVEGLIA. Ci sarà Brendan. E probabilmente farà qualcosa di figo come fare skateboard o giocare a football. A volte, quando i ragazzi fanno queste cose si levano la maglietta... Sicura di non voler venire?

Con affetto, io me xxx

@

Da: jess.delby@zingmail.co.uk

A: anna_huntley@zingmail.co.uk

Oggetto: Cerca di non sbavare

Ci sono dodici gradi fuori adesso. E c'è vento. E probabilmente lui sarebbe arrestato per atti osceni. Ma attendo il tuo verdetto. Mi chiedo perché Sophie ti abbia invitato. Stai solo attenta, Anna, lo sai com'è.

J x

@

Da: anna_huntley@zingmail.co.uk

A: jess.delby@zingmail.co.uk

Oggetto: Re: Cerca di non sbavare

No, com'è?

Con affetto, io me xxx

@

Da: jess.delby@zingmail.co.uk

A: anna_huntley@zingmail.co.uk

Oggetto: R: Re: Cerca di non sbavare

Le piace essere al centro dell'attenzione. Spero solo che non stia tentando di infilarsi in questa cosa della It Girl. Ora tu conosci gente famosa. Proprio il genere di cose che adora. Stai attenta con loro. Non voglio che qualcuno ti ferisca.

J x

@

Da: anna_huntley@zingmail.co.uk

A: jess.delby@zingmail.co.uk

Oggetto: L'ho capita

D'accordo, saggio Gandalf. Ci starò attenta.

Ma adesso smettila di fare la scontrosa. Ho una notizia che ti tirerà su di morale.

Con affetto, io me xxx

@

Da: jess.delby@zingmail.co.uk

A: anna_huntley@zingmail.co.uk

Oggetto: Re: L'ho capita

Misteriosa. Cosa?

J x

@

Da: anna_huntley@zingmail.co.uk
A: jess.delby@zingmail.co.uk
Oggetto: Inizia a scaldarti
Andrai al concerto degli On The Rox ad aprile.
Con affetto, io me xxx

@

Da: jess.delby@zingmail.co.uk
A: anna_huntley@zingmail.co.uk
Oggetto: Re: Inizia a scaldarti
DAVVERO???? EEEEEEEEEEEEEEEEEEEEEEEEEEEEEE!!!!! È IL GIORNO PIÙ BELLO DELLA MIA VITA!!!

GRAZIE GRAZIE GRAZIE GRAZIE!

Sono stracontenta! Sei una migliore amica grandiosa! Marianne ti ha dato i biglietti?

J x

@

Da: anna_huntley@zingmail.co.uk
A: jess.delby@zingmail.co.uk
Oggetto: R: Re: Inizia a scaldarti
Sapevo che ne saresti stata entusiasta. Sì, è stata lei.

Credo di aver fatto un piccolo passo avanti con lei, sai? Mi ha quasi sorriso. Così ora, oltre ad aver dato una pacchetta sulla testa a Cane, mi ha pure quasi sorriso. E mi ha offerto i biglietti per gli On The Rox, direi che... siamo fondamentalmente migliori amiche.

Con affetto, io me xxx

@

Da: jess.delby@zingmail.co.uk

A: anna_huntley@zingmail.co.uk

Oggetto: R: Re: Inizia a scaldarti

Uhm. Già. Certo. Sono sicura che siate tipo migliori amiche.

J x

@

Da: anna_huntley@zingmail.co.uk

A: jess.delby@zingmail.co.uk

Oggetto: So com'è

Non credere che non abbia percepito il tuo tono sarcastico.

Comunque Marianne mi ha anche dato qualche dritta sui ragazzi. Un vero simbolo di sorellanza.

Secondo te è imbarazzante se in una mail ho usato la parola "spasso"? È ancora di moda, no? La usano tutti.

Con affetto, io xxx

@

Da: jess.delby@zingmail.co.uk

A: anna_huntley@zingmail.co.uk

Oggetto: Re: So com'è

Nessuno usa quella parola. È come quando cercavi di infilare nelle conversazioni la parola "clamore".

Perché ti servono dritte sui ragazzi? Sei così brava in quelle cose.

J x

@

Da: anna_huntley@zingmail.co.uk

A: jess.delby@zingmail.co.uk

Oggetto: R: Re: So com'è

Ancora un po' di sarcasmo e darò i biglietti degli On The Rox a Cane.

Una volta ho messo su *Bohemian Rhapsody* e lui ha ululato così forte e a lungo che il criceto della porta accanto ha avuto un infarto.

Con affetto, io me xxx

@

Da: jess.delby@zingmail.co.uk

A: anna_huntley@zingmail.co.uk

Oggetto: Mi perdoni?

Mi rimangio ciò che ho scritto. L'unica cosa che voglio nella vita sono quei biglietti. Sei la migliore, migliore amica di sempre, grazie!

Solo per sapere, quando ti ho chiamata "migliore amica" nella mail precedente, ti sei alzata per fare un balletto celebrativo?

J x

@

Da: anna_huntley@zingmail.co.uk

A: jess.delby@zingmail.co.uk

Oggetto: Re: Mi perdoni?

No?

Con affetto, io me xxx

@

Da: jess.delby@zingmail.co.uk

A: anna_huntley@zingmail.co.uk

Oggetto: R: Re: Mi perdoni?

Bugiarda. Scommetto che hai fatto il balletto celebrativo e poi sei andata a dirlo a Cane.

Ho indovinato, vero?

J x

@

Da: anna_huntley@zingmail.co.uk

A: jess.delby@zingmail.co.uk

Oggetto: R: Re: Mi perdoni?

COME HAI FATTO?

Capitolo 15

Da: rebecca.blythe@bouncemail.co.uk
A: anna_huntley@zingmail.co.uk
Oggetto: Cammelli

Saluti, mia unica figlia. Non vedo l'ora di vederti alla fine del trimestre. Mi sei mancata! Comunque volevo farti sapere che ti ho venduto a un simpatico individuo per la strabiliante somma di tre cammelli. Ora, so che sembra poco e, in effetti, un mio collega ha contrattato riuscendo a spuntarne sei per la propria figlia, ma i cammelli ai quali mi riferisco io sono allevati molto meglio degli altri, quindi valgono almeno il triplo. Spero che vada tutto bene, tesoro.

Mamma xxx

@

Da: anna_huntley@zingmail.co.uk
A: rebecca.blythe@bouncemail.co.uk
Oggetto: Re: Cammelli

Ciao mamma, grazie per avermi inviato una mail solo

per farmi sapere quanti cammelli valgo. Sto salvando tutte le mail come questa in un file speciale per quando andrò all'università.

Con affetto, io me xxx

@

Da: rebecca.blythe@bouncemail.co.uk

A: anna_huntley@zingmail.co.uk

Oggetto: R: Re: Cammelli

Dai, spettegoliamo... hai già trovato un cavaliere per il ballo?

Scommetto che i ragazzi si stanno facendo in quattro per uscire con te.

Mamma xxx

@

Da: anna_huntley@zingmail.co.uk

A: rebecca.blythe@bouncemail.co.uk

Oggetto: R: Re: Cammelli

Mamma, è di me che stiamo parlando, ricordi? Sembra che tu mi abbia confuso con una ragazza popolare. No, non ho ancora un appuntamento per il ballo. Con chi mai potrei andarci?

Per piacere non suggerirmi Cane.

Con affetto, io me xxx

@

Da: rebecca.blythe@bouncemail.co.uk

A: anna_huntley@zingmail.co.uk

Oggetto: Basta con la negatività

E che mi dici di quel ragazzo adorabile del quale mi hai parlato al telefono? Com'è che si chiamava? Brandy?

Mamma xxx

@

Da: anna_huntley@zingmail.co.uk

A: rebecca.blythe@bouncemail.co.uk

Oggetto: Re: Basta con la negatività

Mamma, Brandy è un LIQUORE. Si chiama Brendan ed è il ragazzo più bello e popolare della scuola. Non mi ci porterà mai.

Con affetto, io me xxx

@

Da: rebecca.blythe@bouncemail.co.uk

A: anna_huntley@zingmail.co.uk

Oggetto: R: Re: Basta con la negatività

Perché no?

Pensavo che mi avessi detto di esserti fatta dei nuovi amici questo trimestre. Quindi sei popolare anche tu.

Ci va con un'altra?

Mamma xxx

@

Da: anna_huntley@zingmail.co.uk

A: rebecca.blythe@bouncemail.co.uk

Oggetto: R: Re: Basta con la negatività

Be', veramente no. Non l'ha ancora chiesto a Sophie al momento, per quanto ne so. Ma sono certa che lo farà. Sarebbe logico per loro andarci insieme.

Ha detto che sono intelligente, ieri. Te lo immagini? Se mai mi portasse al ballo, poi piacerei a tutti... e Jess e Danny sarebbero emozionati per me. Risolverebbe ogni mio problema. Però non succederà mai, mamma.

Grazie comunque.

Con affetto, io me xxx

@

Da: rebecca.blythe@bouncemail.co.uk

A: anna_huntley@zingmail.co.uk

Oggetto: Scusi, signorina

Non ne uscirai facilmente ora, signorinella. Ha detto che sei intelligente. Ai ragazzi piacciono quelle intelligenti. Hanno qualcosa di cui parlare con loro.

Forse il motivo per cui non l'ha ancora chiesto a Sophie è perché vuole chiederlo a TE. Hmm? Ci avevi pensato?

La magia ha funzionato, tesoro... Potrai aver ereditato la natura libresca da tuo padre, ma da me hai preso l'istinto. Una combinazione irresistibile.

Ci vediamo alla fine del trimestre. Ho intenzione di portarti un regalo magnifico... e non preoccuparti, non sarà una tazza come l'ultima volta.

Mamma xxx

@

A: anna_huntley@zingmail.co.uk

Da: rebecca.blythe@bouncemail.co.uk

Oggetto: Re: Scusi, signorina

Mamma. Tanto per chiarire. Mi hai portato IL TESCHIO DI UNA SCIMMIA.

Solo perché aveva un manico incollato sopra, NON lo rende una tazza. Non mi interessa cosa ti abbia detto il tipo della bancarella.

Per favore, non portarmi niente di strano. Quest'anno è già stato abbastanza inquietante.

Con affetto, io me xxx

«Brendan è un tale esibizionista.» Sophie ha ridacchiato alzandosi gli occhiali da sole sulla testa per salutarlo mentre lui guardava nella nostra direzione dopo aver segnato il secondo gol.

Ho stretto la presa sul guinzaglio di Cane, che latrava istericamente fissando il pallone atterrare fra l'erba, accanto ai ragazzi. Quando ero arrivata, Sophie si era lamentata della presenza di Cane senza nemmeno accarezzarlo e Josie l'aveva appena guardato per poi ignorarlo tutto il tempo. Brendan invece lo aveva salutato come un vecchio amico, chinandosi anche a dargli una grattatina.

«Brendan continua a guardare verso di te, Sophie» ha detto Josie sorridendo. «Si sta mettendo in mostra perché ci sei tu.»

«No, non credo» ha ribattuto lei arrossendo.

«Uscite insieme?» ho domandato io cauta.

«Non ancora» ha risposto Josie al posto della sua amica. «È chiaro però che lei gli piace. Pensi che vi vedrete parecchio quando farai lo stage con sua madre nelle vacanze di Pasqua? Secondo te lui la va a trovare in studio?»

«Credevo che lo stage fosse il premio per la lotteria.» Le ho guardate confusa.

«Infatti è così. Solo che Josie è convinta che vincerò io.»

«Be', in effetti hai comprato una ventina di biglietti» ha sogghignato quest'ultima.

«Non è vero!» ha esclamato Sophie lanciandole un'occhiata di disappunto.

Josie le ha fatto un sorriso di intesa, poi è tornata a guardare i ragazzi che correvano. «Non avevo capito che la tua amica Jess fosse interessata alla fotografia» ha detto poco dopo. «O forse è interessata anche lei a Brendan?»

«Non sono interessata a Brendan! Taci, Josie» ha ribattuto Sophie con un sorrisino.

«A Jess comunque non piace Brendan!» ho precisato accarezzando la testona di Cane mentre Sophie mi sorrideva. «Le interessano sul serio quelle cose... fotografia e arte. Uno stage sarebbe perfetto per lei. E ci saprebbe anche fare: è molto creativa.»

«Sono sorpresa che tu non abbia partecipato alla lotteria, Anna» ha detto Josie a quel punto. «Soprattutto visto che hai a che fare con persone come Helena e Marianne. Devono aver lavorato con parecchi fotografi famosi, giusto?»

«Marianne penso di sì, ma non è roba da me. Specialmente le fotografie di moda. Per te e Jess sarebbe diverso.»

«Già, sarebbe forte essere nel mondo della moda» ha detto Sophie arrotolandosi una ciocca attorno al dito. «La madre di Brendan fa un sacco di servizi fotografici. Ne ha realizzato uno per *Vogue*, come sai. Credi che un giorno sarai su riviste come quella, Anna?»

«Non penso proprio! Forse potrei finire nella loro lista di quelle peggio vestite. Per fortuna non sono un soggetto abbastanza interessante per loro» ho riso. Cane ha strattonato il guinzaglio e si è messo ad abbaiare mentre il pallone gli passava accanto.

«Potresti farli interessare a te» ha mormorato Josie dolcemente. «Se iniziassi a vestirti bene e a uscire più spesso con Marianne, intendo. Anche se Jess ne sarebbe gelosa, immagino.»

«Jess? Non credo.»

«Oh, Anna, ma certo che lo sarebbe!» Josie ha ridacchiato come se trovasse divertente la mia ingenuità. «Stai ricevendo un mucchio di attenzioni ultimamente. È sciocco avere così poca fiducia in te stessa. Potresti essere molto carina se ti vestissi meglio.»

«Davvero? Ehm, grazie» ho risposto, sorpresa da quello che poteva sembrare un complimento.

«Assolutamente sì. Potremmo mostrarti come fare!» ha continuato Josie. «Ma Jess non sarebbe contenta se uscissi con noi, vero? Me ne sono accorta a pranzo.»

«Josie, non essere meschina» ha sospirato Sophie. «Sono sicura che Jess è molto felice che Anna stia stringendo nuove amicizie. È bello che tu esca con noi, Anna. È stato davvero divertente conoscerti.»

«Grazie» ho risposto a disagio. I commenti di Josie mi avevano indotta a riflettere su Jess e sulle sue reazioni nei confronti dei cambiamenti che si stavano verificando. La mia amica era molto comprensiva, ma Josie mi aveva messo una pulce nell'orecchio. In effetti, era un po' strano che Jess fosse stata così riluttante all'idea che io venissi al parco con un nuovo gruppo di amici.

La vista di Brendan che si avvicinava saltellando mi ha strappato da quei pensieri foschi.

«Anna» ha detto affannato dalla corsa. «Libera Cane.»

«Non se ne parla» ho riso. «Vi distruggerebbe il pallone.»

«Sta morendo dalla voglia di farsi una corsa. Dai» ha insistito lui. «Sarà divertente.»

Ho guardato le ragazze. Sophie si è stretta nelle spalle. Allora mi sono chinata e ho sganciato il guinzaglio di Cane. Lui si è avventato subito verso il pallone che James stava dribblando.

È schizzato attraverso il campo con la coda e le zampe posteriori che parevano volare, poi ha tentato di afferrare la palla con la bocca, ma quella ovviamente continuava a sfuggirgli, eccitandolo ancora di più. James e gli altri inoltre la allontanavano calciandola via e ridendo, mentre lui continuava imperterrito nell'inseguimento.

A un tratto, è balzato sul pallone in modo così aggressivo da lanciarlo addirittura in porta.

«GOL!» ha gridato James, e tutti si sono precipitati attorno a Cane per celebrare il suo trionfo.

«Hai il cane più buffo del mondo» ha detto Brendan piegato in due dalle risate.

«È abbastanza ridicolo in effetti» ho ridacchiato scuotendo il capo.

«Sono proprio contento che tu sia qui, Anna» ha mormorato lui sfiorandomi il braccio con una mano.

Sono arrossita guardandolo tornare in campo per unirsi agli altri all'inseguimento di Cane, che scorrazzava in giro senza capire bene cosa stesse succedendo. Brendan lo ha preso e ha cominciato a grattargli affettuosamente lo stomaco. Io ho riso lanciando un'occhiata a Sophie e Josie.

Quest'ultima stava fissando attentamente l'amica. E lei guardava Brendan.

Nessuna delle due stava ridendo.

«Sto solo dicendo» ho spiegato per la miliardesima volta «che mi hanno dato i brividi.»

Connor ha posato la penna pensieroso. C'eravamo solo noi due al doposcuola punitivo quel giorno e il prof Kenton era andato a cercare di far funzionare la macchinetta del caffè in sala insegnanti.

«Non capisco» ha detto stringendosi nelle spalle mentre dondolava i piedi che teneva sul banco. «Come fa un gruppo di polli a darti i brividi?»

«Connor, non fingere di non capire cosa intendo. Tutto quel chiocciare… non si sa cosa vogliano…»

«Anche con gli altri animali è così: io non capisco i versi di nessuno di loro.»

«Ma chiocciare è sinistro. Non sai cosa stiano tramando.»

«Cosa potrebbero mai complottare?»

L'ho ignorato. «E poi hanno gli occhi ai lati della testa! Già quello è sbagliato.»

«Se ti fanno impressione, perché sei andata a raccogliere le loro uova?»

«Te l'ho detto. Avevo sette anni e i miei genitori mi hanno praticamente obbligata. Era la fattoria di uno dei loro amici. Ero così intimorita dalle galline che mi sono rifiutata di avvicinarmi per prendere le uova. Papà mi ha detto di smettere di piangere e poi, per dimostrarmi che non erano pericolose, ne ha presa una per portarmela. Ho avuto una specie di crisi. Mia madre allora gli ha lanciato una secchiata d'acqua mentre rientravamo in casa e quello mi ha fatto ridere. Lei sa sempre cosa fare.»

«È forte che i tuoi vadano d'accordo» ha annuito Connor.

«Già, sono contenta come una gallina che ha appena fatto l'uovo.»

Lui mi ha guardato impassibile.

«Oh. Ma dai!» ho esclamato rovesciando la testa all'indietro. «Questa era buona!»

«È vecchia. Già sentita. Trova del nuovo materiale, Uomo-Ragnetta.»

«Be', chiedo umilmente scusa, sceneggiatore di commedie professionista, cercherò di fare meglio la prossima volta.»

Connor ha ridacchiato, poi è tornato ai suoi schizzi. Ho socchiuso gli occhi continuando a osservarlo.

«Quando mi mostrerai i nuovi bozzetti? Non puoi tenerli segreti per sempre.»

«Te lo farò sapere» ha sorriso lui coprendo il suo blocco con le braccia per impedirmi di sbirciare. «Te li farò vedere quando mi mostrerai le tue mosse hip hop.»

Ho sbuffato. «Be', allora mai.»

«Mi sta bene.»

«Ottimo.»

Ho sospirato fingendomi assorta nei miei appunti di chimica. Quando ho guardato di soppiatto nella sua direzione, mi sono accorta che stava ridendo fra sé, mentre muoveva la matita in fondo alla pagina.

Era stranamente rilassante guardarlo disegnare. Ho sempre trovato confortante il suono della matita sulla carta.

Ho letto la prima frase dei miei appunti, pensando che fosse troppo bizzarro continuare a fissare Connor. Era probabile che lui mi avrebbe conficcato la matita negli occhi se avessi continuato.

Sodio + cloro = cloruro di sodio

2Na + Cl2 = 2NaCl

Hmm... «Quando hai intenzione di lasciarmi dare un'occhiatina?»

«Non hai resistito neanche due minuti. Anzi, credo che tu ti sia tenuta addirittura sotto i sessanta secondi.»

«Bene, bene, torno a studiare chimica.»

«Sei ancora alla seconda frase della stessa pagina?» ha chiesto senza nemmeno sollevare lo sguardo.

COSA STAVA DISEGNANDO CHE RICHIEDESSE TUTTA QUELL'ATTENZIONE?! Stavo morendo di curiosità. «Veramente sono al terzo paragrafo.»

«Non dire bugie, Uomo-Ragnetta. So quando menti.»

«Posso chiederti una cosa?» Ho abbassato l'evidenziatore.

Lui ha sospirato. «Non ti lascio guardare il mio lavoro finché non sarà finito.»

«Non volevo chiederti quello» ho ribattuto compiaciuta. «Volevo domandarti perché sei sempre qua in punizione. Non me l'hai mai detto.»

«Nemmeno tu mi hai detto perché sei sempre in punizione.»

«Oh, per piacere. Tutti sanno perché sono qui. Credo che sia più un argomento di conversazione il tuo motivo.»

Ha sorriso. «Non riesci a indovinarlo?»

«Be', tu sei stato qui tutto il trimestre, quindi devi averla combinata grossa. Hai dato fuoco anche tu a qualcuno?»

Connor ha ridacchiato. «Nah, niente di così eccitante. Sono stati proprio i miei disegni a mettermi nei guai.»

«In che modo?»

«Il trimestre scorso ho saltato un paio di lezioni mentre lavoravo su alcuni dei miei personaggi... Ho dimenticato di fare i compiti perché passavo tutte le sere a disegnare. La Duke è stata proprio carina in proposito. Ha detto che se avessi finito i compiti in punizione, avrei potuto utilizzare il tempo rimanente per essere creativo.»

«Non ti ho mai visto fare i compiti in punizione.»

«Forse perché c'è qualcuno che continua a farmi domande e mi distrae.»

«Per piacere!» ho esclamato. «Sei tu che distrai sempre me. Oggi è un'eccezione.»

«Non risentirti. È bello parlare con qualcuno che ha i miei stessi interessi.»

«Già» ho concordato annuendo pensierosa. «Sarebbe bello anche andare a casa qualche volta, però.»

«Comunque come ti vanno le cose? La storia della It Girl?»

Mi sono stretta nelle spalle. «Meglio. Marianne e io ora abbiamo conversazioni normali. Più o meno. Ci vorrà un po'. Siamo molto diverse.»

«Cosa intendi? Ha delle galline come animali da compagnia?»

«Molto divertente. Lo sai cosa intendo. Alcune volte è difficile essere...» Ho esitato, sentendomi in imbarazzo. Non ne avevo mai parlato a nessuno prima.

Connor ha messo giù il blocco guardandomi incuriosito. «Dimmi.»

«Be', hai presente...» Ho fatto una pausa. Lui mi ha fissato intensamente. Non mi ero mai resa conto di quanto fosse profondo il suo sguardo. Cavolo... perché mai ci stavo pensando? «Ehm, è... be'... uhm... molto difficile stare accanto a persone come loro. Non perché non siano carine. Marianne sembra adorabile. Cioè, non la conosco poi così bene, però, sai, sembra gentile. Ma è anche Marianne Montaine. La It Girl più in d'Inghilterra.» Mi sono stretta di nuovo nelle spalle. «E io no.»

Lui si è appoggiato allo schienale della sedia, riprendendo in mano blocco e matita. L'ho guardato confusa. Si annoiava al punto di rimettersi a disegnare?

Che imbarazzo. Avevo bisogno di altre dritte da Jess su come parlare con la gente.

«Non sono d'accordo.»

«Scusa?»

«Io credo sia tu la perfetta It Girl, Uomo-Ragnetta» ha detto lui serio.

«Mi stai prendendo in giro di nuovo» ho mormorato scocciata. «Piantala. Ti stavo parlando di cose personali.»

«Non ti prendo in giro... giuro» ha riso tornando alla propria opera. «Non preoccuparti. Torna pure a fare quello che stavi facendo. Alla fine ci arriverai.»

Proprio in quel momento, Kenton è entrato brontolando su quanto fossero complicati certi stupidi macchinari e su quanto sarebbe stato più semplice avere un bollitore, del caffè solubile e le tazze, come si faceva una volta. Mi sono sistemata sulla sedia cercando di concentrarmi sulle formule di chimica che avevo davanti, ma è stato molto difficile... e non solo perché chimica è elettrizzante.

Ogni volta che sbirciavo Connor disegnare, sul suo viso scorgevo un sorrisetto malizioso. E mi turbava... anche se non capivo perché.

Capitolo 16

A PARTE LO SPORT, non ho mai temuto nulla più dei viaggi in pullman all'inizio e alla fine di una gita scolastica.

Gli altri di solito non se ne preoccupano e in genere sono anche entusiasti perché si saltano le lezioni e si va in qualche posto nuovo. Ma per me i viaggi in pullman sono semplicemente l'ennesimo motivo di umiliazione. Come i balli della scuola, anche le gite sottolineano chi è popolare e chi no. E niente urla più forte di: "Non hai nessuno con cui sederti!". Io infatti mi sono sempre seduta da sola o, peggio, davanti con qualche prof.

Oggi, per l'ultimo giorno prima delle vacanze di metà trimestre, quelli del nostro anno partecipavano a una giornata ricreativa da qualche parte in campagna. Il che significava le mie peggiori paure combinate insieme: un viaggio in pullman *e* dello sport travestito da attività ricreativa.

Certo, ora in teoria avevo Jess e Danny, quindi poteva anche non essere così male, ma Danny soffre terribilmente la macchina e aveva chiesto a Jess di essere la sua assistente emotiva e di tenergli il sacchetto. Lei non era felice del compito, anche perché così io sarei stata di nuovo sola, ma almeno potevo cercare di accaparrarmi un posto nella fila accanto. Dovevo solo essere veloce a beccarlo nella ressa corpo a corpo durante la salita sul pullman.

Ero così nervosa che nemmeno Cane riusciva a tirarmi fuori dal mio stato la sera prima della gita. Non che non ci abbia provato. A un certo punto mi ha persino portato una coscia d'agnello congelata. Anche se non mi capacitavo di come avesse fatto a prenderla dal freezer (seriamente, COME aveva fatto?), non è comunque servito a calmarmi o a distrarmi.

«Non fare le attività che non ti va di fare» mi ha detto papà. «O se proprio devi, ridi di te stessa. Non puoi essere brava in tutto.»

«Oh, grazie tante, papà. Non so se l'hai notato, ma per merito dei geni che mi hai passato non sono brava in NIENTE.»

Alla fine lui mi ha dato della "musona" e, quando è salito di sopra a prepararsi per la notte, mi ha chiesto di ricordargli di togliere dal freezer la coscia di agnello la mattina dopo per la cena che stava organizzando.

Ho sorriso a Cane. "Auguri, papà. È il karma."

Comunque quando sono salita sul pullman il giorno dopo ero molto nervosa. Sono arrivata tardi a scuola perché papà si è messo a cercare la sua stupida coscia di agnello, così mi sono persa la calca alla salita. Almeno alla mia vecchia scuola la gente non prestava veramente attenzione a me su basi quotidiane. In questa, ero la It Girl che ancora non aveva nessuno con cui sedersi.

«Dimenticato di mettere la sveglia oggi, Uomo-Ragnetta?»

Connor mi ha sorriso da una delle prime file dove si era seduto con Max. Erano entrambi preparati per il viaggio, con le cuffie attorno al collo e tutto. In più Connor aveva l'album da disegno che gli spuntava dallo zaino.

«No, c'è stato un incidente con... l'agnello.» Sia Connor sia Max hanno sbattuto gli occhi confusi. «Non importa» mi sono affrettata a dire. «Non è interessante.»

«Sembra affascinante, invece» ha sorriso Connor. «Ti puoi sedere lì se ti va.» Ha indicato la fila accanto alla loro e io mi sono sentita invadere da un'ondata di gratitudine.

«Non credo proprio, signor Lawrence.» La voce stridula della Ginnwell ci ha raggiunto mentre saliva sull'autobus dietro di me con la sua cartelletta in mano. «Mi metto io nei posti accanto a te e al signor Gelson. Non voglio problemi in questo viaggio e vi terrò d'occhio, tutti e due.»

«Professoressa Ginnwell» Max ha finto un sospiro teatrale togliendosi le cuffie, «le ho detto che quella volta con l'amido di mais è stato un incidente. Quando comincerà a fidarsi di me?»

Lei ha socchiuso gli occhi. «Di sicuro non oggi, signor Gelson.»

Io ho sollevato le sopracciglia guardando Connor, mentre Max sorrideva e si rimetteva gli auricolari. La Ginnwell nel frattempo si è infilata nel posto di fianco ai loro sospingendomi praticamente via con la sua cartelletta.

«Cos'è successo con l'amido di mais?»

«È una storia per una giornata di pioggia» ha ridacchiato Connor. Poi mi ha guardato con aria rammaricata. «Probabilmente c'è posto più in fondo accanto a Jess.»

Aveva ragione: c'era posto accanto a lei e Danny. Infatti la fila di fianco, all'altezza dove erano seduti, era praticamente vuota. Ma appena mi sono avvicinata, ho sentito uno strano odore e la faccia contrita di Jess non mi ha confortato per niente.

«È... disinfettante?» ho domandato arricciando il naso.

«Bella prova, Sherlock.» Jess ha lanciato un'occhiata a Danny, che le aveva già appoggiato la testa sulla spalla. Era molto pallido e sulle cosce aveva un sacchetto di plastica accartocciato, per ogni evenienza. Teneva gli occhi chiusi e la bocca leggermente aperta. «Ti sei persa il momento clou. Per fortuna dovevo ancora sedermi. Il conducente aveva appena acceso il motore.»

«Lui sta bene?»

«L'infermiera gli ha dato delle tavolette contro il mal d'auto... Credo le abbia già finite. La Ginnwell è andata a prendere il disinfettante. Ha un odore un po' forte e credo che il sedile sia ancora bagnato. Mi spiace, Anna. Ho cercato di tenerti un posto vicino ma quelli che salivano hanno continuato a prenderlo.» Jess ha allungato il collo per controllare le file dietro. «Penso ci siano dei posti singoli in fondo. Sono comunque abbastanza vicini.»

«Ne troverò uno» ho annuito io liquidando l'argomento con un gesto della mano, come se non fosse niente di che.

«Che noia, però. Al ritorno dobbiamo assolutamente sederci insieme.» Si è alzata in ginocchio sul sedile. «Guardo dove ti metti, così almeno posso venire a trovarti durante il viaggio.»

«Sì, certo.» Questo mi ha fatto sentire un po' meglio e prima di allontanarmi verso il fondo del pullman le ho fatto quello che speravo fosse un sorriso coraggioso. Ho visto Josie e Sophie con altre due ragazze proprio nei posti in fondo. Ridevano per qualcosa sul telefono di Sophie, ma non c'erano posti liberi accanto a loro.

«Siediti qui, se ti va» ha detto una voce mentre passavo. Brendan Dakers mi ha sorriso, appoggiato al finestrino dell'autobus con le gambe stese sul sedile accanto.

L'ho fissato allibita. Lui ha tirato giù le gambe liberando il posto che dava sul corridoio. «Se vuoi questo è libero.»

Mi sono voltata a guardare Jess, che sembrava sorpresa quanto me. Ma ha annuito incoraggiante verso il sedile.

Sophie e Josie hanno sollevato entrambe lo sguardo dal telefonino osservando attentamente la scena. Io sono scivolata nel sedile accanto a Brendan, cercando di sembrare più calma di quanto fossi (per niente, in realtà).

Il viaggio era uno di quelli belli lunghi, mentre attraversavamo tutta Londra verso la campagna. Di tanto in tanto, quando Brendan si animava mentre mi raccontava qualcosa, il suo braccio sfiorava casualmente il mio e io quasi mi dimenticavo di respirare. Cercavo di ricordarmi di annuire e ridere sempre al momento giusto, anche se quello che mi raccontava erano per lo più storie di sport che non capivo.

Quando siamo arrivati al parco e siamo finalmente scesi, Brendan mi ha sorriso dicendomi che ci saremmo visti dopo. Io ho raggiunto Jess e Danny.

«Stai bene?» ha gracchiato Danny stringendo ancora il suo sacchetto di plastica. Era verde. Danny, non il sacchetto.

«Forse dovrei chiedertelo io, Danny, ma grazie! Non posso credere di aver fatto il viaggio con Brendan Dakers. A me non capitano mai cose del genere.»

«Cosa ti ha detto?» ha chiesto Jess incuriosita.

«Non ne sono certa. Ero troppo presa a cercare di essere normale.»

Lei mi ha dato un colpetto con il gomito e siamo scoppiate a ridere mentre prendevamo Danny a braccetto e raggiungevamo gli altri per il discorso di rito sulla sicurezza.

Siamo stati divisi in due gruppi: uno sarebbe andato a provare i quad nei campi aperti, e l'altro, in cui ero io, era diretto al bosco.

«Che bello che sei in quel gruppo» ha detto Connor comparendomi accanto all'improvviso mentre tutti seguivano entusiasti gli istruttori. «Ho sentito che c'è il cavo d'acciaio nel bosco. Ti sentirai a casa a sfrecciare in aria, eh, Uomo-Ragnetta?»

Mi ha fatto l'occhiolino e si è affrettato a raggiungere l'altro gruppo.

Cavo d'acciaio? Ho deglutito.

Mi sono sbrigata a unirmi al mio gruppo ritrovandomi con Josie e Sophie, che chiudevano la fila e non sembravano affatto contente di entrare nel bosco. «È stato carino Brendan a chiederti di sederti con lui» ha osservato Sophie mentre Josie mi studiava attentamente.

«Già, deve aver avuto un moto di compassione nei miei confronti» ho ribattuto subito ridacchiando.

Sophie ha sorriso. «No, sono sicura di no.»

Nel frattempo seguivamo il gruppo lungo il sentiero. «Urgh» ha detto Josie ad alta voce mentre ci avvicinavamo a una discesa improvvisa e ripida. «Non è divertente. E non ho intenzione di indossare un'imbragatura.»

«Tutte le attività prevedono l'imbragatura, Sophie» ha riso

Jess mentre si preparava dietro l'istruttore. «A meno che tu non preferisca la caduta libera?»

«Be', noi non lo faremo» è sbottata Sophie pulendosi le mani dopo essersi aggrappata ad alcune rocce per scendere.

«Le ragazze possono restare a guardare» ha ridacchiato Brendan.

«Grazie, Brendan, ma alcune di noi non hanno paura di partecipare» ha obiettato Jess incrociando le braccia mentre ci raccoglievamo tutti attorno all'istruttore.

Io non ho detto nulla.

Sophie e Josie si sono rifiutate categoricamente di avvicinarsi al cavo d'acciaio, così come le altre due ragazze che stavano con loro e Danny (che era ancora molto pallido e che in quel momento sorseggiava piano acqua da una bottiglietta). Si sono seduti tutti sulle loro giacche su alcune panchine lì attorno e le ragazze facevano il tifo per Brendan e i suoi amici, che invece stavano raggiungendo il cavo.

Sarei stata più che felice di rimanere con loro, ma Jess sa essere molto persuasiva quando vuole. «Ti divertirai, te lo prometto» ha detto afferrandomi per un braccio. «Dai, ti prego, vieni a farlo con me.»

«Ok, va bene» ho sospirato prendendo il mio poco attraente caschetto rosso. Lei era così contenta che ha cominciato a saltellare lì, sul posto. Sophie e Josie guardavano con una smorfia mentre uno degli addetti mi ha aiutato a infilarmi l'imbragatura dandomi indicazioni su come arrampicarmi sul palo che portava alla piattaforma di partenza dove mi aspettava l'istruttore.

La mia sicurezza è svanita di colpo quando sono arrivata in cima. Lì mi sono immediatamente pentita di aver dato retta a Jess, che era partita prima di me e ora mi faceva segno di buttarmi. Ho deglutito.

«Vai, Anna!» mi ha gridato Brendan da sotto, dove era con Sophie dopo il suo turno.

Rendendomi conto che non potevo più tirarmi indietro, mi sono buttata nel vuoto. Era da brivido, come volare, ma anche esilarante, e quando ho raggiunto l'altra sponda ho sentito Brendan e gli altri esultare.

Ero così commossa dal fatto che tutti facessero il tifo per me che quasi mi sono messa a piangere. Quando sono arrivata giù, Jess mi ha aiutato a togliermi l'elmetto e mi ha abbracciato. «Visto? Ti è piaciuto, vero?»

«Sì, ma basta roba da infarto» ho riso io. «D'accordo?»

«Assolutamente sì» ha annuito. «Sono così orgogliosa di te.»

«Anche io» è intervenuto Danny raggiungendoci lentamente, come se gli costasse uno sforzo galattico. E mi ha dato anche qualche pacca sulla schiena.

Verso la fine della giornata i due gruppi, ormai spossati, sono stati riuniti e condotti al confine di un bosco delimitato da alcune rocce, dove il ruscello che scorreva fra gli alberi diventava una cascata che si tuffava giù lungo la parete di pietra, sopra alcune caverne naturali. Sophie, Josie e un gruppetto di ragazze si erano già accampate sulle panchine.

«Bene» ha cominciato l'istruttore, «quelli di voi che hanno ancora un po' di energia per esplorare le caverne possono calarsi di sotto con la corda doppia.»

Sophie e Josie non hanno nemmeno sollevato lo sguardo

tanto erano prese dai loro cellulari. Incuriosita e completamente esausta, mi sono diretta verso di loro.

«Anna, vieni con me?»

Mi sono voltata ritrovandomi davanti Jess con due elmetti.

«No, no, no» le ho sorriso. «Non voglio calarmi in una grotta fangosa e buia, grazie.»

«Ti prego, Anna» mi ha implorato mollando i due elmetti in segno di sconfitta.

«Vai con Danny» le ho suggerito io indicandolo. Era seduto su una panca con il suo sacchetto di plastica. «Sta *ancora* male?» ho domandato allora rendendomi conto della situazione.

Jess mi ha guardato supplichevole. «Ti preeego. Nessun'altra ragazza vuole venire. Ti divertirai: sarà un'avventura. Avrei una fifa blu ad andare da sola!»

«Non sarai da sola» è intervenuta Josie, che evidentemente stava ascoltando la nostra conversazione. «I ragazzi vanno tutti.»

«Lo so» ha detto Jess guardandosi i piedi. «Ma sarebbe carino se ci fosse una ragazza con me. Sorellanza, potere femminile e roba del genere. Ne hai mai sentito parlare, Josie?»

Per tutta risposta, lei l'ha guardata male.

Mi sono resa conto per la prima volta che, nonostante tutta la sicurezza ostentata, Jess sembrava nervosa. Non l'avevo mai vista nervosa prima. Al che ho preso un elmetto e ho deglutito. «Vengo con te.»

Lei mi ha guardato sorpresa e piena di gratitudine. «Davvero?»

«Davvero?» ha ripetuto Sophie.

«Sì» ho risposto io con la voce che mi tremava leggermente. «Sarà fantastico.»

«Anna» ha sospirato Josie, «se fossi in te non andrei. Non è divertente. Vieni a sederti con noi.»

Ho fatto un respiro profondo. «Non importa. Possiamo raggiungervi dopo.»

«Ehm, *tu* puoi» ha mormorato Jess fra sé. Io le ho lanciato un'occhiata e lei ha avuto il buon gusto di farmi un sorrisetto di scuse.

Mi sono infilata il casco e mi sono diretta verso il salto della cascata. Josie si è avvicinata a Sophie e le ha mormorato qualcosa mentre l'istruttore mi sistemava l'imbragatura.

Stavo armeggiando con le cinghie alla vita quando Connor è venuto da me. Anche lui aveva l'imbragatura per scendere. «Non devi farlo se non ti va» mi ha detto piano. «Nessuno ti giudicherà. Fa' quello che ti senti.»

«Non importa. Jess è esaltatissima all'idea» ho risposto come se questo spiegasse tutto. Poi ho cercato di sistemarmi meglio l'imbragatura che continuava a sollevarsi. «Sono sicura che ci divertiremo.»

«Sì, be', almeno tu hai partecipato a qualche attività oggi, a differenza di qualcuno.» E ha guardato Sophie che stava interrogando Josie sui suoi piani per il prossimo trimestre. «La tua abilità con il quad è già leggenda.»

«Ok, per prima cosa non mi piace il tuo sarcasmo e, in secondo luogo, giuro che qualcuno doveva spostare quelle gomme in mezzo alla traiettoria per il mio turno.»

«Ci vediamo di sotto, Uomo-Ragnetta.» Ha sorriso raggiungendo gli altri in fila per calarsi. Io ho aspettato Jess prima di seguirlo camminando quanto più elegantemente potevo con un'imbragatura addosso.

Non era una cosa facile.

I ragazzi si erano ormai calati tutti e ora toccava a Jess. Sembrava nervosa quando ha guardato giù, ma si è calata velocemente ridendo del fatto che le si stavano bagnando le scarpe. «Vieni, Anna, è facile!» mi ha gridato poi da sotto.

Ho sbirciato giù e ho visto Brendan accanto a lei che alzava i pollici verso di me. Connor, che era di fianco a Max, in disparte dal resto del gruppo, mi ha annuito incoraggiante.

«Pronta, Anna?» ha domandato Evan, l'istruttore, mentre faceva segno al suo collega di sotto.

Ho scosso la testa. «No.»

«Sei al sicuro» mi ha incoraggiato piano in modo che potessi sentire solo io. «Vai alla velocità che vuoi, un passo alla volta. Al resto ci penso io.»

Ho fatto un bel respiro e, cercando di sembrare tranquilla come Jess, mi sono lasciata scivolare giù.

«Ecco, così» mi ha sorriso Evan. «Perfetto. Ora che scendi, metti il tuo piede sinistro sul primo appiglio. Vedi quell'avvallamento lì? Prenditi tutto il tempo che ti serve.»

Ho fatto come mi era stato detto e ho appoggiato la gamba (che mi tremava di brutto) sull'appiglio. Poi ho fatto la stessa cosa con la destra. All'improvviso mi sono sentita invadere da un'ondata di sicurezza inaspettata, anche perché con l'imbragatura ed Evan che mi teneva non c'era da avere paura. Così ho cominciato a lasciarmi scivolare di sotto mentre le scarpe di tela mi si inzuppavano, perché su ogni appiglio c'era una cascatella.

Sapevo di essere quasi alla fine perché Jess ha cominciato a esultare, così, sentendomi più audace, ho accelerato la discesa. Cominciavo a divertirmi e pensavo a quanto i ragazzi giù dovessero essere colpiti. Chissà se Brendan mi stava ancora guardando.

E poi mi sono incastrata da qualche parte. Ero bloccata.

Mi sono resa conto di aver messo il piede in un buco troppo piccolo, che in qualche modo me lo aveva catturato. Ho cercato di divincolare la gamba ma la mia scarpa sembrava inchiodata. Sapevo che Evan mi teneva, così ho mollato la fune lentamente e ho provato a liberare il piede tirandolo con entrambe le mani.

Evan ha continuato a dare corda non vedendo il punto esatto in cui mi trovavo, e all'improvviso mi sono ritrovata a testa in giù in una cascatella, con il piede incastrato e la corda di sicurezza attorno alla vita.

Mentre mi agitavo come una furia, non riuscivo a sentire nulla per il rumore dell'acqua. E poi, quando sembrava che la situazione non potesse peggiorare ulteriormente, la felpa mi si è capovolta sopra la testa finendo a penzoloni nel vuoto.

Mentre ero lì appesa, ricordando la maglietta della salute che portavo (papà aveva insistito visto che faceva freddo) in bella mostra agli occhi di tutti nella sua gloria, ho pregato di restare lì per sempre.

Alla fine però mi hanno calata giù, dove il secondo istruttore mi ha afferrato ridendo, mi ha liberato dall'imbragatura e ha controllato che stessi bene.

Io ho guardato in su e ho visto Sophie, Josie e le altre ragazze sull'orlo del precipizio che mi osservavano, alcune con la mano davanti alla bocca mentre ridacchiavano. Sono rimasta lì, inzuppata, ad asciugarmi l'acqua dal viso.

Qualcuno mi ha toccato la mano, e quando mi sono voltata mi sono ritrovata a fianco Connor. «Anna, stai bene?»

«Sto bene. Per favore, lasciami stare» ho sussurrato, mortificata che stessero ancora ridendo tutti di me. Con la coda dell'occhio, vedevo Brendan Dakers e gli altri ragazzi che ci guardavano.

Connor ha seguito la direzione del mio sguardo e mi ha lasciato la mano. «D'accordo.» A quel punto si è allontanato dandomi le spalle.

«Oh, Con...» ho iniziato io, ma Jess mi ha interrotto precipitandosi da me. «Anna! Oh cavolo, stai bene?»

Io ho cercato di recuperare il contatto visivo con Connor, ma lui sembrava deciso a non guardarmi. Brendan invece lo stava ancora facendo.

Ho scosso la testa. «No, Jess» ho risposto mentre gli occhi mi si riempivano di lacrime.

Lei mi ha abbracciato forte, poi ha preso l'orlo della mia felpa per strizzarla un po'.

«Ero terribile?»

«No, non così tanto» ha ribattuto seria, prima di lasciarsi sfuggire una risatina di scuse. «Be', un po' è stato buffo. Insomma, eri appesa a testa in giù a fare l'altalena negli spruzzi. Però non preoccuparti: mi sono assicurata che nessuno ti stesse filmando con il telefonino... Bella canottiera, comunque.»

Così l'avevano vista tutti.

«Brendan l'ha vista?» ho sussurrato disperata.

«Uh.» Lei si è morsicata un'unghia. «Be', penso di sì. Sai, stavano guardando tutti mentre ti calavi... Ma non credo che ci abbiano fatto caso più di tanto. Brendan stava ridendo, certo, ma, ehm, sai, in un modo carino.»

Mi sono allontanata i capelli fradici dalla faccia. Sapevo che Jess stava cercando di essere gentile, ma persino lei doveva essere imbarazzata. Chissà cosa stava pensando veramente.

Durante il viaggio di ritorno, ero di nuovo seduta da sola avvolta in un asciugamano. E anche se Brendan non si fosse seduto con Sophie, Josie e quelli che a scuola contano, dopo quanto era successo mi vergognavo troppo anche solo per pensare di avvicinarmi a lui. Connor si era messo ai primi posti come all'andata, ma non aveva detto nulla quando ero passata lì accanto.

Sentivo Jess e Danny ridacchiare dall'altra fila, Sophie e Brendan chiacchierare flirtando nei posti in fondo, e Josie ridere forzatamente mentre uno della squadra di football le raccontava qualcosa che non faceva ridere affatto. E in quel momento ho deciso che le cose sarebbero cambiate. Non volevo più essere Anna Huntley, l'imbarazzante sfigata che indossava una canottiera della salute e non ne faceva una giusta.

Ho guardato fuori dal finestrino e ho fatto un patto con me stessa: dovevo diventare una persona che non fosse più imbarazzante per chi la frequentava. Dovevo trasformarmi in una che tutti avrebbero ammirato e magari che tutti avrebbero voluto essere.

Dovevo diventare Anna Huntley, la It Girl.

Capitolo 17

DIECI RAGIONI per cui i miei non potranno mai stare insieme (anche se non ne ammetterebbero nemmeno una):

1. Mia madre parla a Cane con la vocina. E papà NON LO SOPPORTA. «Per l'amor del cielo, Rebecca, non è un bambino surrogato. Se senti il bisogno di parlare in quel modo, va' al nido locale come volontaria invece di torturare il mio povero labrador.»

2. Mio padre parla a Cane come se fosse un membro di qualche rinomato club per gentiluomini. E mia madre NON LO SOPPORTA. «Per l'amor del cielo, Nicholas, non gli importa nulla se il tuo vino è "corposo", e di certo non fumerà un sigaro con te. Fatti degli amici veri.»

3. Alla mamma non piace il silenzio, quindi nei momenti troppo tranquilli a volte fa schioccare la lingua. E a ogni schiocco papà si conficca le dita nella coscia.

4. L'ultima volta che la mamma è stata da noi, ha dipinto una porta di arancione mentre papà era a una riunione. Il motivo è che secondo lei la casa, come papà, è malinconica.

Né l'arancione né il motivo che c'era dietro sono stati ben accolti.

5. Papà mangia sempre in fretta e gli viene il singhiozzo. A ogni pasto, la mamma gli ripete: «Mangia piano, Nick, alla tua età ti verrà una gastrite». Al che lui risponde: «Lasciami in pace, mi sto godendo il mio cibo». E poi gli viene il singhiozzo. La mamma si irrita parecchio per questa dinamica tutte le volte che succede. Poi hanno una conversazione nella quale teoricamente dovrei essere inclusa anche io, ma alla fine nemmeno mi degnano di un'occhiata mentre parlano. Si guardano male fra loro e basta. «Non mi ascolta mai, Anna!»; «La ascolterei, Anna, se non stesse tutto il tempo a dirmi come comportarmi. Per favore, ricorda a tua madre che sono un uomo adulto.»

6. Mia madre gli ha rigato la Volvo nuova contro una cassetta della posta. E poi contro il furgoncino del pane. E poi contro il muro della carrozzeria dove l'ha portata a riparare.

7. Mio padre ha fatto un test drive alla sua nuova Audi e gliel'ha sfasciata.

8. Ogni volta che mia madre viene a stare da noi, butta via alcuni vestiti e scarpe di papà che non approva senza però dirglielo. La maggior parte delle volte lui se ne rende conto solo qualche settimana dopo, quando è in ritardo per qualcosa e magari cerca il suo "dannato papillon verde". A quel punto mi sento dire: «Anna, per favore, chiama tua madre al telefono. SUBITO. Non mi importa se sta attraversando le Ande. La voglio SUBITO».

9. Continuano a battibeccare su quale sia il presentatore migliore di Radio 4.

10. Detestano entrambi il fatto di conoscersi meglio di quanto pensano di conoscere se stessi.

La mamma è arrivata lunedì, carica di regali da tutto il mondo.

«Che deliziosa fruttiera» ha detto mio padre cercando di sembrare entusiasta mentre osservava l'oggetto tenendolo lontano da sé.

«Non è una fruttiera, Nick» ha riso la mamma. «È un cappello! Dai, mettilo, starà benissimo con la tua collezione di papillon. Potresti indossarlo per quella lussuosa cena che mi hai promesso circa nove anni fa.»

Per fortuna, non ho ricevuto ossa di animali quest'anno, ma un gioiello carinissimo che mi ha fatto davvero piacere.

«Con questa collana ti sentirai audace» ha detto la mamma tenendo fra le mani un pendente di ambra.

Quando ha finito di sistemarsi a casa, il che includeva anche mettere un sacco di teli colorati del Perù sui divani, sui letti e sulle sedie, abbiamo preso un tè insieme e io le ho raccontato tutto dell'ultimo trimestre.

Papà si è affrettato a rimuovere i teli con aria imbronciata e a sistemare il disordine che la mamma aveva già fatto in bagno, poi si è unito a noi proprio mentre stavo raccontando cos'era successo durante la gita scolastica, in particolare la storia della maglietta della salute.

«Quindi, come vedi, ho bisogno di un cambiamento radicale o di lasciare il paese. Non posso tornare a scuola come se niente fosse» ho concluso teatralmente.

«Capisco.» La mamma ha appoggiato la sua tazza di tè sul piattino. «Be', non credo che tu possa lasciare il paese tanto presto, altrimenti Cane sarebbe perso, quindi cosa intendi per cambiamento radicale?»

Io mi sono stretta nelle spalle. «Ho qualche idea. Ma è proprio per questo che mi serve il tuo aiuto. Papà non è in grado.»

«Ehi!» ha protestato lui trascinandosi verso la poltrona. «Continuo a ricevere queste accuse ingiuste. Ti ho aiutato con i consigli sui ragazzi, no?»

«Papà, te l'ho detto: non posso andare a scuola a cucinare bistecche.»

Mia madre sembrava confusa. «Cosa c'entrano le bistecche con i ragazzi?»

«A quanto pare un sacco.» Ho roteato gli occhi prendendo un biscotto.

«Non capisco perché tu debba fare un cambiamento» ha sentenziato papà, scorbutico più che mai. «Sei perfetta così come sei. E non puoi smettere di essere te stessa.»

«Per sfortuna no, ma posso smettere di essere così *ordinariamente* io.»

«Cosa accidenti significa?» ha domandato lui guardando la mamma in cerca di aiuto. Lei si è stretta nelle spalle.

«Non sono affari tuoi» ho detto bruscamente. «Ma ho chiesto aiuto a Helena e Marianne. E ci vedremo oggi a pranzo.»

«Non ne sapevo nulla.»

«Non sei invitato, papà. Solo ragazze. Mamma, abbiamo appuntamento con loro all'una e mezzo.»

«Non capisco perché non possa venire anche io» ha sospirato papà seccato.

«Perché ho bisogno che approvi il risultato finale, ma

non sarebbe giusto per te assistere al processo» gli ho spiegato.

Lui sembrava perplesso e la mamma è scoppiata a ridere. «Mi spiace, Nick, sembra che sarai solo oggi pomeriggio. Nostra figlia è proprio uno spasso!»

Ah. Ecco da dove ho ereditato quella parola.

«Certamente è un sacco di cose» ha borbottato papà aggrottando le sopracciglia.

Abbiamo raggiunto Helena e Marianne dal parrucchiere che aveva raccomandato Helena. Non avevo nemmeno pensato, fino a quel momento, che forse avrei dovuto lasciare a mio padre il compito di presentare la sua futura moglie alla madre della sua unica figlia, ma alla fine sembrava una preoccupazione inutile perché la mamma e Helena hanno fatto subito amicizia. Credo che mio padre abbia un unico tipo di donna: bella, determinata e un po' pazza.

Si sono sedute insieme sul divanetto con i loro bicchieri di champagne e hanno parlato ininterrottamente di viaggi, set cinematografici, star del cinema, bambini e mio padre. L'unico momento in cui si sono fermate un attimo è stato quando il parrucchiere, Burt, ha fatto scivolare le dita fra i miei capelli marrone topo lunghi e senza consistenza. «Vedo una frangetta. E un bel castano ramato. Marianne?»

Mentre le nostre madri parlavano eccitate, Marianne si era allontanata, ma ora che era stata chiamata in causa era come se fosse a casa sua. Si è avvicinata a Burt e ha osservato il mio riflesso nello specchio. «Hai ragione» ha detto prendendomi una ciocca per guardarla sotto la luce. «Il rosso sarebbe perfetto con la sua carnagione. E la frangetta evidenzierebbe i suoi occhi deliziosi.»

Sono arrossita al complimento, ma Marianne era troppo distratta dalle mie doppie punte per accorgersene. Helena e la mamma hanno fatto quella cosa che solo le mamme sanno fare, cioè inclinare la testa con un'espressione alla "oooh" senza però dire nulla. Lo hanno fatto entrambe. Le ho viste nello specchio.

«Sei sicura di quello che stai facendo, Anna?» mi ha chiesto Marianne all'improvviso prendendomi di sorpresa.

«Sì, perché?»

«Non devi cambiare il tuo look per piacere agli altri» ha detto come un dato di fatto. «È una gran fatica. Io devo farla ogni giorno. Tu non sei costretta.»

«Però *voglio* essere costretta» ho sospirato. «Sono stufa di intristirmi ogni volta che mi guardo.»

«D'accordo, allora» ha detto lei, «se sei sicura di farlo per un motivo giusto. Diamoti un'aria un po' più sicura.»

A quel punto ha fatto un cenno di assenso a Burt, che ha avvicinato a sé il carrellino degli strumenti e delle tinte. «Al lavoro» ha annunciato drammaticamente facendo schioccare la gomma di un guanto che si era appena infilato con un gesto teatrale.

Gulp.

Sono rimasta seduta lì in silenzio a guardarlo mescolare le tinte per poi iniziare a dividere i miei capelli in sezioni fissandoli con le pinze sopra la testa. Helena e la mamma ridacchiavano sul divanetto per una storia che Helena stava raccontando; Marianne invece si era sistemata sulla sedia accanto alla mia e sfogliava pazientemente una rivista.

Ho lasciato che Burt mi spostasse la testa secondo angolazioni strane e mi coprisse con un impasto acre. «Perché vuoi cambiare?» mi ha chiesto all'improvviso mentre mi passava il colore sulle punte.

«Ho imbarazzato me stessa e i miei amici troppe volte» ho spiegato. «Voglio che le cose cambino d'ora in poi.»

«I capelli sono un ottimo inizio» ha annuito lui. «Marianne l'ha fatto milioni di volte.»

«Non è vero!» Lei ha fatto piroettare la sedia girevole per guardarci. «È solo che dopo un po' mi annoio del colore.»

«Mmm» ha borbottato Burt, «curioso che il colore dei tuoi capelli ti annoi sempre dopo qualche scandalo che ti riguarda.»

«È solo una coincidenza» ha asserito lei.

Burt ha ridacchiato finendo di intingere le mie chiome nella pappetta marrone, poi ha annunciato che bisognava aspettare che il prodotto lavorasse. «Ora vi lascio, ragazze. Torno fra poco a controllare. Nel frattempo, Marianne, perché non racconti ad Anna dello scandalo scoppiato proprio prima che *tu* ti facessi rossa?» e si è allontanato ridendo.

«Cosa? Cos'è successo?» ho domandato io incuriosita.

«Credo che si riferisca a quando sono andata a finire con una macchinetta da golf in un laghetto» ha risposto lei controllandosi il trucco nello specchio. «O forse a quando mi sono fatta leggermente più ramata... quella volta era dopo che mi ero arrampicata su un muro per entrare in casa perché avevo perso la chiave. Due consigli per te se ti trovi in quella situazione: non arrampicarti in presenza di fotografi e magari prima disattiva l'allarme.»

«Mi hai fatto prendere una bella multa quella volta» è

intervenuta Helena mentre si faceva riempire di nuovo il bicchiere e ringraziava l'assistente che le aveva versato lo champagne. «Per spreco di tempo delle forze dell'ordine.»

«Uao» ho commentato io. «Ora mi sento davvero noiosa.»

«Hai solo quattordici anni, giusto?» Marianne ha fatto spallucce. «C'è ancora tempo.»

La mamma e io siamo rimaste ad ascoltare rapite mentre Helena raccontava una serie di scandali di cui erano state protagoniste alcune sue colleghe attrici. Quando Burt è tornato a controllare come procedeva la sua opera, ridacchiavamo come matte. Helena ci stava dicendo di quando su un set un attore, infuriato perché gli erano state tagliate delle battute, ha sfidato il regista a duello.

Burt ha cercato di esaminarmi i capelli mentre ridevo piegata in due, poi ha sollevato la mano in aria ordinando il silenzio. «Al lavatesta!»

I miei capelli non avevano mai sperimentato così tanti prodotti durante un lavaggio, poi finalmente è arrivato il momento dell'asciugatura. Sono passata attraverso varie spazzolate, una spruzzata di lacca, un momento difficile in cui non vedevo nulla quando Burt mi ha rovesciato parte delle chiome davanti al viso per creare la frangia. Poi è calato il silenzio.

«Allora, Anna?» Lui ha fatto un passo indietro passandosi il dorso della mano sulla fronte. «Che ne pensi?»

Per un attimo non sono riuscita a parlare, perché nello specchio c'era una ragazza che nemmeno riconoscevo. I miei capelli castano ramato erano lucidi, veramente *lucidi*, proprio come quelli di Marianne. Ed erano anche voluminosi, tanto che mi incorniciavano il viso anziché pendere piatti attorno a esso. Gli occhi spiccavano sotto la frangetta e per qualche ragione sembravano più grandi e più luminosi. Ero... *carina*.

Marianne mi ha sorriso dolcemente. «È incredibile quanto un semplice taglio possa fare la differenza.»

«Semplice?» ha sospirato Burt. «I grandi artisti lo *fanno* sembrare facile.»

«Tesoro, sei fantastica!» ha detto la mamma sforzandosi di ricacciare indietro le lacrime. «Sembri così adulta!»

«Burt, sei veramente un genio» ha gorgheggiato Helena. «Sei bellissima, Anna.»

«Bene.» Burt mi ha sorriso nello specchio. «Quando la cliente ha la materia prima su cui lavorare è tutto più facile.»

Helena ha congiunto le mani eccitata. «E ora... shopping!»

«Ottima idea, Helena» ha convenuto mia madre. «Facci strada!»

Marianne sembrava molto divertita mentre le due mamme facevano l'elenco dei negozi da visitare e di quanti giorni ci sarebbero voluti per vederli tutti.

«A quanto pare sarà una settimana interessante.»

Io ho fissato il mio riflesso nello specchio e ho annuito. «Già. Sembra proprio così.»

Alla fine delle vacanze di metà trimestre, ero stata in talmente tanti negozi, addobbata e lisciata da talmente tanta gente, che ho cominciato a chiedermi come una persona potesse sopportare tutto questo. Deve essere estenuante per le celebrità sottoporsi costantemente a queste faticate solo per apparire naturalmente belle. Venerdì è stata la giornata clou, perché Marianne mi aveva invitato a una première.

Mi aveva anche fatto andare da lei prima, per il trucco e perché la sua stilista mi avrebbe aiutato a scegliere un abito dalla sua collezione. Papà era così contento che io e Marianne ci preparassimo insieme che ha smesso di lamentarsi dei miei repentini cambiamenti e del fatto che stessi crescendo troppo in fretta. Invece ha cominciato a parlare di quanto fosse bello che io e Marianne ci stessimo "avvicinando" e ha messo i Westlife a tutto volume mentre mi portava da lei. Quando è arrivata la canzone *Uptown Girl*, ho avuto la sensazione che stesse per esplodere di gioia. Ho dovuto dirgli di calmarsi perché non volevo che gli venisse un aneurisma o qualcosa del genere.

Persino la mamma, di fianco a lui, era alquanto sconcertata dal suo comportamento. «Davvero, Nicholas, non ti vedevo così compiaciuto da quando hai intervistato Paul McCartney.»

Non era l'unico a essere compiaciuto. Helena aveva preparato degli snack che avrebbero sfamato un'intera nazione e il locale dove aveva allestito il buffet era stato trasformato in una sala guardaroba. Io sono rimasta a guardare incantata le rastrelliere di vestiti disseminate in giro.

«Abbiamo alcune idee per te, così poi potrai scegliere quella che preferisci» mi ha detto Cat, la stilista di Marianne dai capelli rosa shocking. A quel punto ha cominciato a tirare fuori dei vestiti. «Ma Marianne ne ha già individuato uno che secondo lei ti piacerà moltissimo.»

«È così.» Marianne è scesa dalla scala, con i bigodini nei capelli e una vestaglia bianca sulla quale spiccava una M dorata. E ai piedi aveva delle enormi... *pantofole di Winnie the Pooh*?

Un momento.

«Marianne!» ho esclamato prima di riuscire a trattenermi. «E quelle cosa sono?» ho domandato indicandole i piedi.

«Sono pantofole.» Lei si è stretta nelle spalle allungando un piede. «Cos'hanno che non va?»

«Hai dei faccioni di Winnie the Pooh ai piedi.»

«E allora?»

Oh-ho. Un ribaltamento di ruoli.

«Marianne, ma tu sei una nerd in segreto» l'ho presa in giro io.

«Cosa?» Lei ha lanciato un'occhiata terrorizzata a Cat. «No che non lo sono.»

«Sì!» Mi sono illuminata. «Sei una nerd! Hai le pantofole di Winnie the Pooh!»

«Non sono una nerd!»

«Devo dire che mi hai ingannato. Pensavo che non fossimo fatte della stessa pasta, ma...» ho frugato nel borsone che avevo portato con me e ho tirato fuori un paio di ciabatte di Pimpi «mi sbagliavo di grosso!»

«Oh santo cielo!» ha gridato Helena dalla porta. «Voi due fate squadra!»

Marianne ha spostato lo sguardo da me a sua madre e poi di nuovo a me. Poi è scoppiata a ridere. «Che posso dire?» ha sorriso prendendo un portabiti da una delle rastrelliere. «Sfigata chic?»

Helena è uscita di corsa per andare dai miei a raccontare la storia delle pantofole, mentre Marianne mi mostrava un abito lungo di seta blu navy. «Questo ti starà a pennello: provalo.»

Non avevo mai visto nulla di tanto bello ed ero felice

anche solo di poterlo ammirare sulla gruccia, ma Marianne stava facendo l'autoritaria e Cat ha dovuto infilarmelo prima che potessi guardarlo attentamente.

«Dai, dai» ha detto sospingendomi verso lo specchio a tutta altezza quando Cat aveva finito con gli ultimi aggiustamenti.

Io ho sollevato il vestito sopra le caviglie per non inciampare e mi sono avvicinata allo specchio, facendomi l'appunto mentale di esercitarmi a camminare come una persona normale prima di uscire. Mi sentivo come una di cinque anni che aveva appena saccheggiato il guardaroba della madre... finché non mi sono guardata.

La mia immagine mi ha sorpreso tanto che ho sussultato mentre Cat e Marianne si scambiavano un'occhiata compiaciuta. La seta dell'abito ricadeva a cascata dalle sottilissime spalline gioiello increspandosi al suolo. E il suo blu profondo ricordava il colore di una notte di luna. Non riuscivo a smettere di guardarlo.

«Allora? Che ne pensi?» mi ha domandato Marianne.

«Mi sento come una star del cinema» ho boccheggiato mentre piroettavo su me stessa per guardare come il vestito rifletteva la luce dalle diverse angolazioni.

«Non abbiamo ancora finito con te» ha sentenziato Marianne mentre Cat mi aiutava a uscire dal vestito in modo che il bravissimo make-up artist di nome Taylor, fino a quel momento impegnato a chiacchierare in cucina con mio padre di bei posti dove andare a pescare, potesse sistemarmi il viso e i capelli.

A trucco e parrucco terminati, Marianne ha ordinato a tutti di uscire dalla stanza.

«Non c'è bisogno di essere tanto dispotica, cara» ha brontolato Helena dirigendosi verso la cucina, dopo essere stata fino a quel momento sul divano con mia madre ad ammirare la mia trasformazione. «Mi assomigli ogni giorno di più.»

«Almeno si godranno meglio l'effetto sorpresa quando saremo pronte» mi ha spiegato Marianne dopo che se ne sono andate. «Ti aiuto a rimetterti il vestito.»

Mi ha tirato su la lampo, ha aspettato che indossassi le scarpe e i gioielli, poi ha fatto un passo indietro con le mani sui fianchi. «Bene. Ora mostrami la tua posa.»

«La mia cosa?»

«La tua posa.»

«Ho una posa?»

«Devi avere per forza una posa. Per i fotografi. È per questo che andiamo.»

«Andiamo per il film» ho precisato con enfasi.

«Nessuno va per il film, a parte i nerd. Oh già, per un attimo ho dimenticato con chi stavo parlando. Ok, evidentemente tu vai per il film.» Ha sollevato le sopracciglia. «Ora, dai.»

«Dai cosa?!»

«La tua POSA. Fa' finta che io sia un fotografo… e buttati.»

Mi sono presa un minuto per pensare.

«Dai!»

«E va BENE. Non farti scappare le ciabatte.»

A quel punto mi sono messa in posa. Lei è rimasta a studiarmi qualche istante.

«Scusami, ma ti ho per caso chiesto di sembrare un'oca?»

«Do l'impressione di un'oca?»

Marianne ha annuito gravemente. «È il primo animale

che mi è venuto in mente quando ti ho guardato. Una somiglianza incredibile.»

«Non sapevo di poter sembrare un'oca.»

«Concentrati, Anna. Spalle indietro, testa in su, una mano alla vita e l'altro braccio lungo il fianco, una gamba appena più avanti dell'altra, allungata, e il capo leggermente inclinato.» Marianne continuava a elencare istruzioni che cercavo disperatamente di tenere a mente. A un tratto si è fermata a guardarmi. «Sei ridicola» ha sospirato e si è avvicinata a sistemarmi le gambe, le braccia e la testa.

Mi ha anche spinto indietro le spalle, spostato la caviglia con un piede in modo che portassi la gamba avanti e poi ha fatto un passo indietro per ammirare il suo lavoro. «Manca qualcosa.»

«La mia caviglia?» ho detto io allusiva.

«Ah, ecco!» Mi ha fatto l'occhiolino. «Ricordati di sorridere.»

Mi sono sforzata di farlo, con la punta del piede ancora tirato.

«Cos'è quello?! Stai flirtando con la macchina fotografica.»

Io ho riso.

«Perfetto! Anna Huntley, ora sembri una It Girl.»

Al che mi sono illuminata.

«Pronta?» mi ha domandato facendomi strada oltre i nostri genitori, direttamente verso la porta principale, davanti alla quale stava aspettando una limousine.

Io ho annuito. Era il momento di cambiare.

Capitolo 18

Anna, una nuova rossa in città!

di Nancy Rose – *Daily Post*

Il rosso è il colore della stagione secondo Anna Huntley, la *new entry* in città. Questo fine settimana, la quattordicenne era a Londra alla première del film *Tu e io*, dove ha mostrato il suo nuovo look. Anna è arrivata con Marianne Montaine sfoggiando una bella massa di riccioli rossi. Indossava un vestito di Alexander McQueen lungo fino ai piedi e, come accessori, dei braccialetti di Tiffany e una collana di Topshop. Anna sarà anche più giovane della sua sorellastra, ma ha dimostrato di essere all'altezza della situazione. Noi adoriamo il suo nuovo look! E voi? Votate da uno a cinque qui sotto.

Anna, e che It Girl!

di Hannah Lightly – *Entertainment Daily*

Ed ecco che i Montaine presentano la nuova entrata nella famiglia! L'attrice Helena Montaine e sua figlia

Marianne sono state viste a più riprese questa settimana con Anna Huntley, la figlia del fidanzato di Helena, il reporter Nicholas Huntley. Sembra che Anna stesse accogliendo i loro consigli di moda quando le abbiamo incontrate nell'affollata Bond Street di Londra cariche di shopping. Nonostante si sia tenuta alla larga dall'attenzione dei media in queste settimane, sembra che Anna stia cominciando ad abbracciare lo stile di una vera It Girl… e con una famiglia come le Montaine come esempio non si può certo fargliene una colpa! Godetevi lo stile di Anna e Marianne nel nostro montaggio fotografico di questa settimana.

Sorella sorellina!

di Tammy May – *Stylish Online*

Che sorpresa questa settimana vedere Marianne Montaine e la figlia del fidanzato di Helena Montaine, Anna Huntley, solitamente restia ai riflettori, unite da uno shopping compulsivo. Ma la situazione si è fatta ancora più adorabile quando, qualche giorno dopo, Anna ha accompagnato la futura sorellastra alla première di un nuovo film. Abbiamo raggiunto la signorina Huntley all'ingresso del cinema per chiederle se era emozionata per la serata. Ha risposto che era "semplicemente onorata di essere qui con Marianne". Tutti insieme appassionatamente…

«Uao. Sei fantastica, Anna. Non sapevo che avessi cambiato colore!» Jess mi è corsa incontro agli armadietti e mi ha abbracciato con entusiasmo. Non ci eravamo viste per tutte le vacanze, perché Marianne aveva organizzato una serie di eventi sociali presentando in giro la nuova me. Era stato estenuante e mi erano mancati molto sia Jess sia Danny, ma sapevo che sarebbe stato più facile per loro rivedermi trasformata anziché come la vecchia, imbarazzante Anna.

Mi sono portata una mano ai capelli. «Ti piacciono davvero?»

«Davvero. Ma mi piaceva anche la vecchia te. Comunque stai proprio benissimo.»

Ho sorriso, felice dell'approvazione di Jess. «Mi sei mancata durante le vacanze.»

«Cavolo.» È arrossita. «Ma pure tu mi sei mancata, Signorina Eventi Sociali. Per fortuna sono stata piuttosto occupata anche io: sono stata a questa fantastica mostra fotografica. Mi è piaciuta di brutto e credo che tu abbia ragione, Anna. È una cosa che fa per me.»

«Grandioso, Jess» mi sono entusiasmata io. «Spero proprio che tu vinca quello stage con la lotteria.»

«Be', le possibilità sono poche. Posso solo contare sulla fortuna.» Si è stretta nelle spalle. «Ma la mamma ha detto che potrebbe farmi avere una macchina fotografica professionale se lo vinco. E stavo pensando che anche se non vincessi, magari potrei scrivere una lettera alla madre di Brendan per offrirmi come assistente durante l'estate. O magari tuo padre conosce qualcuno. O forse Marianne ha qualche amico fotografo?» ha aggiunto intimidita alla fine.

«Ma certo, bella idea. Glielo posso chiedere.»

«Davvero, Anna? Sarebbe fantastico!» Jess sembrava così contenta che mi sono sentita sollevata. Ero stata un po' in ansia all'idea di tornare a scuola e rivederla. Era stata gentilissima con me per mail riguardo al disastro della cascata, ma sapevo che doveva essere stato parecchio imbarazzante per lei. Per fortuna la nuova me stava già recuperando.

«Uao.»

Ci siamo voltate entrambe e ci siamo ritrovate davanti Brendan.

Era esattamente la reazione in cui avevo sperato. Ho lanciato un'occhiata a Jess e ho sorriso.

«Sei fantastica, Anna» ha sorriso lui. «Che cambiamento.»

«Veramente» ha convenuto Jess osservandolo attentamente.

«Ti ho visto sui giornali» ha continuato lui. «Deve essere una forza andare a eventi del genere. Com'era il film?»

Io ho annuito con la bocca secca. Per fortuna Jess non perde completamente la testa quando un ragazzo le parla. «Ha detto che è stato divertentissimo» ha risposto infatti al posto mio.

«È stato divertentissimo» ho ripetuto.

«Bene» ha commentato Brendan. Siamo rimasti lì ancora per un attimo mentre io cercavo qualcosa di intrigante da dire senza però riuscire a trovarlo. Jess mi guardava interessata.

«Be'» ha detto poi Brendan, «è meglio che vada in classe.»

«Ci vediamo.» Jess ha scosso la testa mentre lui si allontanava. «Be', sei andata alla grande.»

«È stato tremendo, vero? Sono stata imbarazzante? Ma perché nessuno mi dice come comportarmi con i ragazzi?!»

«Rilassati, Anna» ha riso lei. «Sii semplicemente te stessa. Con Danny te la cavi alla grande.»

«Danny non conta in quel senso.»

«Sì, certo.» Jess ha sospirato, mi ha messo un braccio

attorno alle spalle e mi ha accompagnata alla mia prima lezione della giornata.

Ero di ottimo umore quando sono arrivata al doposcuola punitivo quel pomeriggio, visto che tutti si erano dimostrati carini con me per il mio nuovo look. Be', la Ginnwell aveva detto che assomigliavo a una sua conoscenza che ora viveva a Chicago e non aveva aggiunto dettagli, quindi non sono sicura che fosse un commento positivo, ma lo speravo.

Mi sono lasciata cadere nel posto accanto a Connor.

«Ciao» mi ha salutato lui impacciato, interrompendo la conversazione che stava avendo con Max.

«Ciao, come va?» Mi sono chinata a prendere il blocco dallo zaino. «Come sono andate le vacanze?»

«Sì, bene.» Sembrava imbarazzato. «Ero... ehm... tutto ok dopo la gita scolastica?»

Sono arrossita al ricordo. «Sì, tutto bene. Mi spiace per essere stata... scorbutica quel giorno.»

«No, spiace a me per... sai. Insomma, bene se va tutto bene.»

«Sì, tutto alla grande» ho annuito. Ha annuito anche lui e, per la prima volta da quando lo conoscevo, mi sono accorta che nessuno dei due sapeva cosa dire all'altro. Ho aperto il mio libro di testo cercando di concentrarmi mentre il prof Kenton, alla cattedra, correggeva dei temi con la testa fra le mani borbottando qualcosa sulla calligrafia dei ragazzi e su quanto fosse "impossibile al giorno d'oggi".

Non ho resistito a lungo.

«Come sta andando il tuo progetto?» gli ho chiesto voltando con noncuranza una pagina.

«Non è ancora pronto.»

L'ho osservato mentre studiava il suo foglio facendo delle correzioni. «Ma tu non hai mai compiti da fare?»

«Sempre.» Ha sorriso sollevando gli occhi per guardarmi. «Ma ho le mie priorità.»

Quando Kenton si è alzato stancamente annunciando che era il momento di andare a casa, Connor mi ha osservato mentre rimettevo via i libri. «I tuoi capelli sono diversi» ha esclamato poi.

«Te ne sei accorto solo ora?»

«No.»

«Be', e mi stanno bene?»

«Credo...»

Dovevo avere la faccia di una che ha appena ricevuto un insulto perché Connor si è messo a ridacchiare.

«Rilassati, Uomo-Ragnetta. Ti stanno bene. Tu stai bene.»

«Oh.» Mi sono sentita scottare le guance.

«Ehi, Anna.» Max si è avvicinato dando un colpo con il suo zaino alla spalla di Connor. Il cervello mi è tornato a fuoco. «Ti piace *Il Signore degli Anelli*, giusto?»

«Certo» ho riso io sistemandomi la nuova tracolla che mi aveva regalato mia madre.

«C'è una proiezione del secondo episodio fra un paio di settimane» ha detto sbirciando Connor, che si stava guardando i piedi.

«Oh, giusto, il migliore dei tre film» ho commentato.

Max ha annuito lentamente. «Hai appena superato l'esame, oh mia giovane amica.»

L'ho guardato piena di anticipazione.

Max ha fatto un respiro profondo e ha cominciato a parlare con voce bassa e gutturale. «Il mondo è davvero pieno di pericoli e vi sono molti posti oscuri...»

«Ti sta invitando a venire» l'ha interrotto Connor prima che Max potesse continuare. «Siamo in un po' ad andare. Tu smettila di farti bello, Max: non è sano sapere le battute a memoria.»

«Sì, non è per niente sano» ho convenuto io finendo la frase del film nella mia testa.

«Ecco come rovinare il mio momento di gloria» ha sospirato Max. «Be', Anna, ti va di venire? Non posso promettere che non citerò le battute durante il film, ma ci posso provare.»

«Purtroppo dice sul serio» mi ha avvertito Connor. «Però sarà divertente. Dovresti venire.»

Max ha sorriso maliziosamente. «A meno che tu non abbia una première o qualcosa di importante da fare.»

«Sembra divertente. Farò in modo di essere libera da gala regali e feste vip quella sera» li ho presi in giro io cercando di mostrarmi indifferente come mi suggeriva sempre Jess, anche se dentro di me stavo danzando all'idea di essere stata invitata da qualcuno che non fosse lei, Danny o Cane.

«Generoso da parte tua» ha riso Max mentre uscivamo dalla classe. «È il 21 marzo.»

Io ho annuito. «Lo segnerò sul diario. Possono venire anche Jess e Danny?»

«Certo.» Connor ha sorriso con gli occhi che gli luccicavano. «Chiunque è il benvenuto.»

Ero così su di giri che appena arrivata a casa ho mandato subito una mail a Jess e Danny per dire loro di tenersi liberi quella sera per andare tutti insieme. Loro mi hanno risposto subito confermando che ci sarebbero stati e io mi sono sentita lì lì per esplodere di gioia. Non solo ero stata invitata, ma riuscivo anche ad andarci con Jess e Danny.

Tutta questa storia del cambiamento stava funzionando alla grande. Mi sono spazzolata la frangetta canticchiando, poi sono corsa di sotto a fare un balletto celebrativo con Cane.

Papà è uscito dal suo studio come una furia. «Non riesco nemmeno a sentirmi pensare, Anna!» si è lamentato mentre attraversavo la sala cercando di fare un tango con Cane, sorprendentemente saldo sulle zampe posteriori. Comunque neanche il broncio di mio padre poteva oscurare il fatto di essere stata invitata a vedere un film con degli amici. IO. La ragazza che non aveva mai nessuno con cui sedersi sul pullman.

Ma poi è successa la catastrofe.

È arrivata nei panni di Sophie, che mi è venuta incontro il giorno dopo con Josie. «Anna» ha detto con un sorriso allungandomi una busta. «Tieni, è per te.»

Io l'ho aperta. «Uao, un invito!» ho gridato, forse con troppo entusiasmo. A quel punto ho tossito e ho cambiato tono. «Grande» ho detto allora con noncuranza, come se ricevessi inviti tutto il tempo.

"Ehi, ma ho ricevuto un invito proprio ieri. Guardami."

«È per il mio compleanno. Venerdì 21 marzo.» Ha afferrato la mano di Josie e l'ha agitata con eccitazione. «Sarà divertentissimo. È a casa mia. Papà sta cercando un Dj e tutto.»

A me è caduta la faccia. «Il 21? Di marzo?»

«Sì, è scritto lì.» Lei ha indicato l'invito rosa, poi ha sollevato gli occhi aggrottando la fronte. «Non puoi venire?»

«Non sarai occupata con una première o una festa vip quella sera, vero?» ha aggiunto Josie guardando Sophie.

Io ho deglutito. Avevo già accettato l'invito alla proiezione del *Signore degli Anelli* e avevo anche chiesto a Jess e Danny di venire. Avevo detto a Connor che ci sarei stata.

Ma potevo rifiutare l'invito alla festa di compleanno che probabilmente sarebbe stata la più attesa del nostro anno? Era per questo che avevo fatto tutto, e stava anche funzionando.

Poi, dal nulla, è arrivato Brendan Dakers, che si è messo a fissare il mio invito in piedi alle mie spalle. «Sarà fantastico, Soph» ha detto. E mi stava così vicino che i capelli sulla nuca mi si sono rizzati in piedi.

«Lo so. Ho appena dato l'invito ad Anna.» Sophie si è appoggiata a lui.

Josie ha sogghignato incrociando le braccia e guardandomi.

«Benone» ha detto Brendan. «Ci sarai, vero, Anna?»

«Uh» ho ribattuto io aprendo il mio armadietto, dal quale è caduto fuori il testo di storia che è finito a terra con un tonfo. Mi sono chinata a raccoglierlo impacciata e, mentre mi rialzavo cercando di tenerlo in equilibrio sopra gli altri libri, Brendan lo ha afferrato rimettendolo nell'armadietto.

«Non sarebbe una vera festa senza la nostra It Girl» ha detto facendomi l'occhiolino.

«Allora?» ha incalzato Sophie girando attorno a Brendan in modo da guardarmi in faccia. «Puoi venire?»

Io ho sollevato gli occhi. Brendan mi sorrideva.

«Certo che posso venire» ho annuito con sicurezza. «Ci sarò.»

Da: rebecca.blythe@bouncemail.co.uk

A: anna_huntley@zingmail.co.uk

Cc: marianne@montaines.co.uk; helena@montaines.co.uk

Oggetto: Confusa

Tesoro, spero che non ti spiaccia: ho messo in copia Helena e Marianne, perché ho pensato che magari potrebbero essere d'aiuto.

È fantastico che tu sia stata invitata a una festa! Devi andare. Sei giovane solo una volta nella vita. Però capisco il tuo dilemma. Nella mia esperienza, l'onestà è sempre la politica migliore. Spiega agli altri che andrai a una proiezione con loro un'altra volta, perché sei stata invitata da un'amica alla sua festa di compleanno e non vuoi perderla.

A meno che tu non sia così legata a questa ragazza, si intende...

Mamma xxx

@

Da: helena@montaines.co.uk

A: rebecca.blythe@bouncemail.co.uk

Cc: anna_huntley@zingmail.co.uk; marianne@montaines.co.uk

Oggetto: Re: Confusa

Ho avuto un problema simile quando sono stata invitata a un gala dal principe Michael del Kent la stessa sera in cui avevo appuntamento con George Clooney. Ho scelto l'appuntamento perché George altrimenti ci sarebbe rimasto malissimo. E poi mi ero appena fatta la ceretta quel giorno.

Helena x

@

Da: marianne@montaines.co.uk

A: helena@montaines.co.uk

Cc: anna_huntley@zingmail.co.uk; rebecca.blythe@bouncemail.co.uk

Oggetto: R: Re: Confusa

Mamma, è il peggior consiglio che potessi dare. Non era nemmeno un consiglio. E hai dato anche TROPPE informazioni. Per favore, tieni per te i dettagli delle tue cerette.

Anna, fa' quello che ti senti. Se pensi che Jess e i tuoi amici ci restino male, forse la cosa giusta è andare a questa proiezione, no? Ma, come ha sottolineato tua madre, le proiezioni ci sono spesso, i compleanni solo una volta l'anno.

Vai d'istinto.

Marianne x

@

Da: rebecca.blythe@bouncemail.co.uk

A: marianne@montaines.co.uk

Cc: anna_huntley@zingmail.co.uk; helena@montaines.co.uk

Oggetto: E comunque

Solo per sapere, chi è questo Connor?

Rebecca xxx

@

Da: marianne@montaines.co.uk

A: rebecca.blythe@bouncemail.co.uk

Cc: anna_huntley@zingmail.co.uk; helena@montaines.co.uk

Oggetto: Re: E comunque

Già, non lo abbiamo mai sentito e ora l'hai nominato un paio di volte?

Marianne x

@

Da: helena@montaines.co.uk

A: marianne@montaines.co.uk

Cc: anna_huntley@zingmail.co.uk; rebecca.blythe@bouncemail.co.uk

Oggetto: R: Re: E comunque

Oh che delizia! E Connor è il tuo nuovo *beau*?

Helena x

@

Da: marianne@montaines.co.uk

A: helena@montaines.co.uk

Cc: anna_huntley@zingmail.co.uk; rebecca.blythe@bouncemail.co.uk

Oggetto: R: Re: E comunque

MAMMA. Ti prego di non usare la parola "*beau*". È stata usata l'ultima volta nel Sedicesimo secolo da gente che indossava parrucche enormi e un sacco di cipria.

Marianne x

@

Da: helena@montaines.co.uk

A: marianne@montaines.co.uk

Cc: anna_huntley@zingmail.co.uk; rebecca.blythe@bouncemail.co.uk

Oggetto: R: Re: E comunque

Non è vero. È stata usata ampiamente anche in questo secolo dai rapper in orribili canzoni rap. E questo grazie a te, figlia cara, che continui a ripeterlo in giro a tutte le ore.

Se volete sapere la mia, Marianne dovrebbe passare meno tempo a rappare poetizzando su di lui e più tempo a farlo felice. Allora il suo *beau* forse le presterebbe più attenzione e noi non dovremmo ascoltare le sue lagne rap alla radio.

Helena x

@

Da: rebecca.blythe@bouncemail.co.uk

A: helena@montaines.co.uk

Cc: anna_huntley@zingmail.co.uk; marianne@montaines.co.uk

Oggetto: Sempre più confusa

Anna, dov'è finito il tuo Brandy?

Rebecca xxx

PS: Helena, sai che io ho provato a rappare una volta quando ero in Sudafrica? Avevo parecchio talento. Magari potrei insegnarti qualcosa.

@

Da: helena@montaines.co.uk

A: rebecca.blythe@bouncemail.co.uk

Cc: anna_huntley@zingmail.co.uk; marianne@montaines.co.uk

Oggetto: Re: Sempre più confusa

Oh, era tuo il Brandy? Ne ho bevuto un po' l'altro giorno, scusa. Era nel frigo di Nick e mi sono fatta un goccetto...

Helena x

PS: Sarebbe fantastico! Scommetto che sei una rapper strepitosa, Rebecca. Dovresti darmi lezioni!

@

Da: marianne@montaines.co.uk

A: helena@montaines.co.uk

Cc: anna_huntley@zingmail.co.uk; rebecca.blythe@bouncemail.co.uk

Oggetto: R: Re: Sempre più confusa

Vi prego, che nessuna delle due rappi in pubblico. Chiedo solo questo. Anna, a Connor piace la musica? Forse potresti chiedergli di venire al concerto degli On The Rox per farti perdonare di non andare alla proiezione?

Se gli interessi e lo inviti, non gli importerà più di tanto se salti la proiezione. Un concerto è molto più sexy.

Marianne x

@

Da: helena@montaines.co.uk

A: marianne@montaines.co.uk

Cc: anna_huntley@zingmail.co.uk; rebecca.blythe@bouncemail.co.uk

Oggetto: R: Re: Sempre più confusa

Santo cielo, Marianne, è così che tratti gli uomini? Dai

loro buca se ti invitano a una proiezione romantica per trascinarli a qualche immorale concerto rock?

Appena rientri da questa gita a Barcellona, dobbiamo fare quattro chiacchiere, signorina.

Helena x

@

Da: marianne@montaines.co.uk

A: helena@montaines.co.uk

Cc: anna_huntley@zingmail.co.uk; rebecca.blythe@bouncemail.co.uk

Oggetto: Ma tu cos'hai che non va?

Mamma, in caso lo avessi dimenticato, hai SPOSATO un musicista rock. È da lì che sono arrivata. Quindi non venire a parlarmi di immorali concerti rock, grazie.

E non direi proprio che *Il Signore degli Anelli* sia un film romantico. Quella specie di Yoda non è proprio in tema.

Marianne x

@

Da: rebecca.blythe@bouncemail.co.uk

A: marianne@montaines.co.uk

Cc: anna_huntley@zingmail.co.uk; helena@montaines.co.uk

Oggetto: Re: Ma tu cos'hai che non va?

No, tesoro, Yoda è in *Star Trek*, non nel *Signore degli Anelli*.

Rebecca x

@

Da: marianne@montaines.co.uk

A: rebecca.blythe@bouncemail.co.uk

Cc: anna_huntley@zingmail.co.uk; helena@montaines.co.uk

Oggetto: R: Re: Ma tu cos'hai che non va?

Come volete, tanto sono praticamente la stessa cosa, giusto?

Marianne x

@

Da: helena@montaines.co.uk

A: marianne@montaines.co.uk

Cc: anna_huntley@zingmail.co.uk; rebecca.blythe@bouncemail.co.uk

Oggetto: R: Re: Ma tu cos'hai che non va?

Io ho fatto i provini per *Star Trek* una volta, ma non ho avuto la parte perché dicevano che sembravo troppo giovane.

Helena x

@

Da: marianne@montaines.co.uk

A: helena@montaines.co.uk

Cc: anna_huntley@zingmail.co.uk; rebecca.blythe@bouncemail.co.uk

Oggetto: Sì, certo

Smettila di mentire a te stessa, mamma. Non hai avuto la parte perché hai detto le battute con accento giamaicano.

Marianne x

@

Da: rebecca.blythe@bouncemail.co.uk

A: marianne@montaines.co.uk

Cc: anna_huntley@zingmail.co.uk; helena@montaines.co.uk

Oggetto: Re: Sì, certo

Sono sicura che la tua audizione sia stata fantastica, Helena. Personalmente credo che molti film d'azione ne guadagnerebbero se più dialoghi fossero in accento giamaicano.

Anna, cara, se sei combattuta fra Connor e Brandy forse devi fare un passo indietro da entrambi e pensare a cosa vuoi davvero.

Rebecca xxx

@

Da: helena@montaines.co.uk

A: rebecca.blythe@bouncemail.co.uk

Cc: anna_huntley@zingmail.co.uk; marianne@montaines.co.uk

Oggetto: R: Re: Sì, certo

Grazie, Rebecca, sei gentile. La parte alla fine è andata a una che si è rifatta il naso in modo tremendo e probabilmente aveva una relazione con uno di quegli scimmioni del *Pianeta delle scimmie*, quindi non ci sono rimasta così male.

Concordo con tua madre, Anna. Devi riflettere bene. Chiediti con chi preferisci passare il tempo. Connor o Brandy?

Quando avrai la risposta, saprai cosa fare.

Helena x

@

Da: marianne@montaines.co.uk

A: helena@montaines.co.uk

Cc: anna_huntley@zingmail.co.uk; rebecca.blythe@bouncemail.co.uk

Oggetto: R: Re: Sì, certo

Sono un po' confusa. Il Brandy si beve. Quindi stiamo parlando di uomini o di liquori?

Marianne x

@

Da: anna_huntley@zingmail.co.uk

A: marianne@montaines.co.uk

Cc: rebecca.blythe@bouncemail.co.uk; helena@montaines.co.uk

Oggetto: SMETTETELA SUBITO

Prima le cose importanti. Yoda è in *Guerre stellari*. Non in *Star Trek*.

Mi vergogno di tutte voi.

In secondo luogo, mamma, quante volte devo dirti che il Brandy, come ha detto Marianne, è un LIQUORE. Lui si chiama Brendan. Non è così difficile.

B-R-E-N-D-A-N.

Terzo, non sono confusa sui miei sentimenti per Brendan... o Connor. Con Connor siamo solo amici. E comunque, lo vedo solo durante il doposcuola. E basta. Quindi sì, siamo solo AMICI. Quindi lasciate perdere perché non c'è niente di più.

E ultimo, dovete sapere che siete riuscite a confondermi ANCOR PIÙ di prima.

Ora, se volete scusarmi, me ne vado a mangiare della

Nutella. Ho già finito un pacchetto di caramelle alla fragola. Vi rendete conto in che stato mi avete messo?

Con affetto, io me xxx

@

Da: rebecca.blythe@bouncemail.co.uk

A: helena@montaines.co.uk

Oggetto: La mail di Anna

Non so come la pensi, ma io sono contenta di non avere più quattordici anni.

E tu?

Rebecca xxx

Capitolo 19

Sicura di non essere arrabbiata per la storia del film? Mi spiace tornarci sopra.

Perché dovrei essere arrabbiata, Anna? Certo che non lo sono.

Mi sento davvero in colpa. Vorrei che non fossero lo stesso giorno.

Già.

Tu e Danny dovreste venire alla festa. E anche Connor.

Ah. Non abbiamo ricevuto nessun invito.

Be', non credo importi. Forse non ha finito di distribuirli.

Dai, Anna, non preoccuparti per quello. Divertiti alla festa.

Lo farei se ci venissi anche tu.

Preferisco andare al cinema. Anche Danny. Sarà divertente uscire con Connor e quei ragazzi... non li conosco molto bene.

Oh, ok.

Ti ho vista sui giornali stamattina. Me li ha mostrati la mamma. Il tuo vestito era meraviglioso. Non mi avevi detto che saresti andata a un ballo.

Oh, quello. Già, Marianne e Helena mi hanno invitata, una cosa dell'ultimo momento. L'abito era un Prada. Io... in Prada. Pazzesco, eh?

Uao. Era proprio bello. E tu stavi benissimo.

Per sicurezza sono stata alla larga dalla salsa di soia. È così strano. La gente ha iniziato a mandarmi delle cose questa settimana. Intendo gli stilisti. È forte. Devo darti un giubbino che non metterei mai ma credo a te piacerebbe. Vuoi passare da me dopo la scuola così lo provi?

Grazie! A proposito, hai chiesto a Marianne o Helena notizie su eventuali fotografi con i quali poter parlare? Non mi importa che tipo di fotografia fanno, va bene qualsiasi cosa.

Non ne ho ancora avuto l'occasione ma prometto che lo farò.

Ok, grazie. Tu e Brendan avete parlato molto questa settimana. Sembra che tutte le sue conversazioni in pausa pranzo ti coinvolgano.

Tu credi?! È meraviglioso, vero? Stiamo procedendo piuttosto bene immagino, nonostante io non sia molto brava a parlargli. So che suona pazzesco, Jess, ma sembra davvero interessato a me.

Già, è evidente.

Secondo te potrebbe essere così interessato da invitarmi al Ballo dei Beati? C'è una possibilità? So che sembra ridicolo ma l'altro giorno mi ha chiesto se ho già un abito per l'occasione.

Davvero?

Già. Ho risposto di no perché ancora non avevo un cavaliere e lui ha sorriso. HA SORRISO. Cosa significa secondo te?

Non saprei. Forse sta pensando di chiedertelo.

ARGH! TE LO IMMAGINI?!

Sarebbe incredibile. Sei sicura che sia quello che vuoi?

Certo che sono sicura! Perché non dovrei esserlo? Sarebbe GRANDIOSO! Jess, piacciamo al ragazzo più popolare della scuola! Non era mai successo. Non è la cosa migliore che ci sia mai capitata?

Tu piaci al ragazzo più popolare della scuola, non noi. Io credo che mi sopporti a malapena, assieme a Danny. Sophie e Josie hanno sottolineato la cosa. Cosa intendevi prima?

Non è affatto vero. Tu sei molto più interessante di me. Devono solo imparare a conoscerci, tutto lì.

Forse. Imparare a conoscerci un po' di più, magari.

Oggi in punizione ho deciso che dirò a Connor e Max che non posso più venire con voi. Continuo a rimandare. Pensi si arrabbieranno?

No, Anna. Non credo. Lo accetteranno come me e Danny.

Accettare cosa?

La storia della It Girl. Meglio smettere di passarci bigliettini. La Brockley sta guardando da questa parte.

Non sono certa che Connor l'abbia presa bene. Quando gliel'ho detto sembrava contrariato e quasi sconcertato.

«Sophie Parker?» Ha fatto una sorta di sogghigno come se non capisse se scherzavo o meno.

«Già, lo so. Vorrei fosse un'altra sera, ma è il suo compleanno. Non può spostarlo» ho riso nervosamente, sperando di alleggerire l'atmosfera, perché il modo in cui Connor mi aveva guardata improvvisamente mi aveva messa a disagio.

«Ma… tu adori *Il Signore degli Anelli*. Vuoi davvero andare alla festa di compleanno di Sophie Parker? Sul serio?»

«Certo, è mia amica. Come ho detto a Max. Giuro che non mancherò la prossima proiezione. E posso vedere se magari voi ragazzi potete raggiungerci alla festa o roba simile…» ho tagliato corto come se entrambi sapessimo che quella non era un'opzione. Trattandosi di Connor.

«Ok, va bene, grazie. Ma passo. Quindi Jess e Danny verranno a vedere il film con noi?»

«Già» ho annuito sentendomi un po' giù. «Sì, loro ci saranno.»

Lui ha studiato un istante la mia espressione, poi ha scosso il capo.

«Cosa?»

«Solo…» Mi ha fissato, poi ha sospirato tornando al proprio lavoro. «Niente.»

«No, cosa stavi per dire?» ho insistito.

«Niente, Anna, non preoccuparti» ha ribattuto brusco.

Non so perché abbia dovuto farmi sentire così in colpa mentre tutti gli altri sono stati comprensivi con me. Il suo stato d'animo non è migliorato nei giorni successivi. Ho provato a chiedergli qualcosa dei suoi disegni, ma lui non sembrava disposto a parlarne con me. Un giorno ho anche fatto un commento a proposito di Gwen Stacy, dicendo che forse era lei il vero amore dell'Uomo Ragno e non Mary Jane, ma lui non ha fatto quasi una piega.

Il suo atteggiamento nei miei confronti mi fa sentire strana.

Tuttavia la sera della festa di Sophie ho capito che avevo preso la decisione giusta. Andavano parecchie persone con le quali tenevo a stringere rapporti e se una popolare come Sophie ti invita a una festa, allora sai che stai facendo la cosa giusta.

Andarci e apparire una It Girl significava avere l'occasione di fare amicizia con gente del mio anno che prima non mi avrebbe mai parlato. E se avessi riscosso un certo successo avrei potuto iniziare a invitare Jess e Danny in quel giro. Forse anche Connor. Dopodiché saremmo potuti uscire tutti insieme senza nessuno strano divario fra noi.

Il mio ragionamento sembrava avere senso.

Connor era solo testardo, mi sono detta mentre ero a caccia di una scarpa nella mia stanza, prima della festa di Sophie. Forse se gli avessi spiegato tutto per bene, le cose sarebbero tornate alla normalità fra noi.

Improvvisamente, papà ha urlato dalle scale che dovevamo muoverci e io ho dovuto smettere di pensare a Connor per cercare la mia scarpa con più efficacia. Alla fine era nel carrellino superiore della lavastoviglie, perché nelle rare occasioni in cui mio padre la dimentica aperta Cane ci nasconde dentro il proprio bottino.

Ho scelto un diverso paio di scarpe e siamo usciti.

Naturalmente papà ha tentato di mettermi in imbarazzo il più possibile. Ha insistito per entrare da Sophie e incontrare i suoi per verificare che non ci fosse alcol disponibile e per dire loro che sarebbe tornato a prendermi alle undici in punto. Il tutto mentre Sophie e Josie sussurravano fra loro e io mi facevo piccola piccola.

«Buon compleanno, Sophie» le ha detto dopo avermi costretto a presentargliela.

«Grazie, signor Huntley» ha ridacchiato lei. «Congratulazioni per il fidanzamento. Se lei e Helena voleste unirvi a noi, i miei genitori ne sarebbero più che felici.»

«Sei molto gentile, ma al momento sto lavorando a un capitolo veramente interessante del mio nuovo libro. È sulle maschere antigas.»

Non poteva essere una festa piena di vip o qualcosa di interessante a impedire a mio padre di bere un drink con i genitori di Sophie, no. DOVEVA essere un capitolo sulle maschere antigas.

«È davvero affascinante» ha iniziato a raccontare papà e io ho visto il sorriso tirato di Sophie tremare per lo sforzo.

«Ok, grazie, ciao papà!» l'ho interrotto spingendolo praticamente fuori dalla porta. Sono tornata da Sophie e Josie ha sghignazzato: «Genitori, huh».

«Già» le ha dato man forte Sophie. «Stai benissimo, carino il giubbino.»

«Grazie!» mi sono affrettata a dire lisciando la manica di pelle. «Ho intenzione di darlo a Jess.»

«Veramente?» ha sbuffato Josie. «Peccato, secondo me sta meglio a te.»

Sophie ha sorriso. «Ci vediamo dopo. Divertiti.»

Mentre loro due fluttuavano fra la folla per salutare gli ospiti, mi sono sentita a disagio, senza nemmeno sapere il perché.

Ero alla festa più popolare dell'anno, e le cose stavano migliorando anche a scuola. Me la sarei dovuta godere e basta. Ho cercato di non pensare a Jess e Danny al cinema con Connor: a quell'ora probabilmente il film stava per iniziare. Ero certa che tutto stesse andando per il meglio. Connor di certo avrebbe apprezzato che a Jess piacesse *Il Signore degli Anelli*.

Ho scacciato il nodo allo stomaco che mi era venuto a quei pensieri non appena Brendan mi si è avvicinato. «Ciao, It Girl» ha detto allontanandosi la frangia dagli occhi. «Bel giubbino.»

«Già, è un successo.» Ho ricambiato debolmente il suo sorriso.

«Vorrei parlarti.» Mi ha preso per mano conducendomi a sedere su alcuni cuscini che erano stati disposti in giardino. Mi si è capovolto lo stomaco per l'emozione. «Ho visto che Marianne è uscita con il cantante degli On The Rox. Era sui giornali questa settimana.»

«Già» ho annuito.

«Pazzesco, sai che sono il mio gruppo preferito?»

«Davvero? Non lo sapevo» ho detto, notando che le nostre ginocchia si toccavano. All'improvviso avevo caldo dappertutto. «Andrò a vederli la prossima settimana, sai? Marianne mi ha trovato i biglietti.»

«Fighissimo!» Lui si è chinato in modo che i nostri volti quasi si sfiorassero. «Promettimi di raccontarmi tutto.»

«Io... uhm... certo.» Era chiaro che non mi veniva in mente niente di intelligente da dire. Brendan ha sorriso alzandosi, pronto ad andarsene.

Avevo la bocca asciutta. «Dovresti venirci» sono saltata su di colpo, incapace di staccargli gli occhi di dosso.

«Davvero?» Lui è tornato a sedersi accanto a me e mi ha preso la mano. «È incredibile! Grazie, Anna.»

Stavo per rispondere quando Josie e Sophie sono comparse dal nulla e si sono sedute accanto a noi. Brendan mi ha lasciato subito la mano.

Sorpreso dal cambiamento improvviso, il mio cervello ha ripreso a funzionare e mi sono resa conto che avevo appena chiesto a Brendan di venire con me al concerto al posto di Jess.

«Volevo sapere» mi sono affrettata a dire sperando che Brendan non parlasse del concerto, «come funziona al Ballo dei Beati?»

«Oh, sarà il massimo!» Sophie ha annuito, lanciando un'occhiata a Brendan. «La cosa più eccitante sarà l'annuncio del vincitore della lotteria, ovviamente. Tua madre è stata così gentile a offrire il premio, Brendan. Abbiamo tirato su un sacco di soldi, quindi il ballo sarà proprio grandioso.»

Lui si è stretto nelle spalle minimizzando. «Nessun problema.»

«Be', sarei al settimo cielo se vincessi» ha detto Sophie regalandogli un gran sorriso. «Mi piacerebbe imparare da una persona di successo come tua madre.»

Mi sono ricordata che Sophie al parco aveva affermato

di non essere interessata a Brendan e ho cercato di godermi il resto della festa.

Sono stata contenta quando, alle undici, mio padre è venuto a riprendermi come promesso. Ho sorriso vedendo Cane fare capolino dal finestrino del sedile posteriore, le zampe appoggiate sul bordo della portiera e la testa fuori.

«Ehi, Anna!» Mi sono girata: Brendan mi stava raggiungendo. «Grazie ancora per il concerto.»

«Oh, quello» ho deglutito. «Già, fantastico. Meglio non dirlo a nessuno finché non ho i biglietti, però. Teniamolo per noi, ok?»

«Certo» ha risposto lui, ma sembrava distratto. «Quindi… uhm, tu hai… un cavaliere per il Ballo dei Beati?» Ha spostato il peso da un piede all'altro.

Io ho sollevato lo sguardo sul suo viso. «No» mi sono ritrovata a sussurrare.

Lui ha sorriso, come se fosse sollevato.

«Anna!» Mio padre, alle mie spalle, mi chiamava a suon di clacson. «Vieni, ho bisogno di tornare a casa in fretta. Ho appena avuto un'idea sul gas!»

Brendan ha sgranato gli occhi.

«Maschere antigas» mi sono affrettata a spiegare. «Sta scrivendo un capitolo per un libro sulle maschere antigas. Non solo… gas.»

«Giusto. Forte.» Brendan ha fatto spallucce. «Ci si vede a scuola.»

A quel punto si è infilato le mani in tasca, mi ha sorriso e si è allontanato rientrando in casa.

Sono rimasta in stato di choc per qualche secondo fino a quando papà ha suonato un altro colpo di clacson.

In auto, Cane ha cominciato subito a sbavarmi il giubbino.

«Bella serata?» ha chiesto papà per educazione, nonostante fosse perso nei suoi pensieri.

«Interessante» ho sospirato.

Come era possibile che le cose andassero così bene, tipo Brendan che quasi mi stava invitando al ballo, e così male allo stesso tempo?

Gli avevo offerto un biglietto che avevo già promesso a Jess.

Mi faceva male la testa.

Capitolo 20

SONO UNA PESSIMA BUGIARDA, infatti non mento quasi mai. Non perché io sia una brava persona: se ci riuscissi, probabilmente non farei altro che mentire. Ma c'è qualcosa nella mia faccia che mi tradisce sempre. Papà dice che è perché mentre parlo mi si allargano gli occhi e non sbatto le palpebre, una cosa un po' inquietante che lo mette sull'avviso.

Le più grandi frottole che ho raccontato in vita mia sono queste:

1. Ogni anno invento una bugia per non partecipare alla Giornata dello Sport. Ovviamente penso sempre a una scusa diversa per rendere la cosa credibile. E in quel momento desidero talmente tanto che la mia frottola sia la realtà che quasi lo diventa. Come la volta in cui ho detto che mi sentivo male e papà ha chiamato il dottore. A quel punto avevo così paura di essere beccata che, quando mi ha chiesto se stessi fingendo per restare a casa da scuola, gli ho vomitato addosso.

2. Che non ero stata io a nascondere dietro il calorifero il suo manoscritto che ha finito per prendere fuoco. È brutto ammetterlo perché ho dato fuoco anche a Josie Graham, ma GIURO che non sono una piromane. È solo che avevo versato il mio succo di ribes sui fogli. Papà sarebbe dovuto andare a un appuntamento con il suo editore quel giorno e ne aveva bisogno. Io sono andata in panico e ho nascosto lì il malloppo. Mio padre ha creduto di averlo smarrito e più tardi quel giorno, mentre era all'appuntamento a profondersi in scuse per averlo perduto, io e la baby-sitter cercavamo di salvare tutto il possibile dal suo studio, che era diventato praticamente una fornace.

3. Quando ho detto alla mamma che papà si era iscritto a un corso di cucina. Una bugia necessaria. Sapevo che la mamma si sentiva in colpa per essere sempre in viaggio lasciandolo a crescermi quasi da solo. Così ho pensato che se avesse creduto che lui affinasse le proprie doti culinarie si sarebbe sentita meglio. Ancora non le ho detto la verità e sto sulle spine ogni volta che viene da noi. Quando chiede a papà come fa a non sapere ancora usare la frusta dopo il corso di cucina più costoso di Londra, cambio sempre argomento per distrarla. Questa menzogna significa anche che dobbiamo costantemente mangiare fuori se c'è lei. Tuttavia me la sono sempre cavata nel corso degli anni.

4. Quando ho mentito a Jess sul non avere i biglietti per il concerto degli On The Rox. La peggiore bugia che abbia mai detto.

Lei non sembrava nemmeno arrabbiata, solo delusa. «Oh, non fa niente, Anna.»

«Marianne credeva di avere abbastanza biglietti ma è saltato fuori che non è così.

«Già, be', non ci puoi fare niente.» Jess ha fatto spallucce. Mi ha sorriso persino quando ha visto la mia faccia impanicata. «Anna, non è un problema, davvero, non preoccuparti.»

Era un grosso problema, invece, perché sapevo che lei ci teneva parecchio: non aveva aspettato altro per quattro settimane. Avevo chiesto a Marianne se ci fosse la possibilità di avere un ulteriore biglietto ma erano tutti già venduti e non erano rimasti pass per il backstage. Ho scrutato l'espressione di Jess.

«Potremo andarci un'altra volta. Non credo che siano in tour ancora per molto, ma appena torneranno a Londra non ce li perderemo.»

Lei mi ha offerto un orsetto gommoso, che ho rifiutato. «Piacciono anche a te. È un peccato che non ci possa andare nemmeno tu. Chi porterà Marianne?»

«Alcuni amici, credo.» Mi si stringeva il cuore da tanto Jess era gentile.

«Be', ci sta. È stato comunque carino da parte sua. Non importa.»

«Forse possiamo andare a un altro concerto? C'è un altro gruppo che ti piace?» ho chiesto disperata.

«Naturalmente. Gli On The Rox sono i miei preferiti ma mi piacciono un sacco di altri gruppi» ha annuito ottimista. «Sono certa che avremo altre occasioni.»

Ero comunque depressa. «Già.»

«Per favore, non prendertela, Anna. Non è mica colpa tua.» Ha preso la borsa. «In ogni caso il concerto è proprio prima del Ballo dei Beati, no? Quindi almeno potremo avere una settimana di relax per prepararci al ballo.»

«Quindi tu ci vai di sicuro?» ho chiesto momentaneamente distratta.

«Sì.» Jess ha alzato gli occhi al cielo. «Brendan non te l'ha ancora chiesto?»

«Brendan? Perché mai dovrebbe chiedermelo?»

«Non saprei, genio» ha ridacchiato. «Forse perché non hai desiderato altro sin da quando hai sentito parlare del Ballo dei Beati e voi due in queste settimane siete stati parecchio insieme?»

«Oh. No. Non me l'ha chiesto. E a te l'ha chiesto qualcuno?»

Jess ha sbuffato. «No, non ancora.»

«Non ancora?»

«Be', manca qualche giorno, Anna, non si sa mai cosa può succedere. Ehi, che c'è? Sto solo scherzando. Ci andrò con Danny come concordato. Sembri scocciata.»

Mi sono chiesta se Jess stesse davvero scherzando. Magari pensava che la invitasse qualcun altro oltre a Danny. Forse la serata della proiezione era andata meglio di quanto pensassi.

Una volta a casa mi è venuto da piangere. Sentivo papà parlare al telefono nel proprio studio, così ho preso Cane per il collare e l'ho portato con me nello sgabuzzino. Volevo consolarmi un po' affondando le mani nella sua pelliccia e coccolandolo, ma appena ho chiuso la porta del ripostiglio e ci siamo ritrovati in quello spazio angusto, mi sono resa conto che doveva essersi rotolato in qualcosa di poco promettente.

Ho iniziato a sgridarlo per la puzza, ma lui ha sentito papà muoversi in corridoio e mi è sfuggito, sgattaiolando fuori per poi prendersela con una presa della corrente.

«Anna, sei là dentro?» Ho sentito papà avvicinarsi, per poi comparire sulla soglia. «Che c'è che non va?»

«Niente» ho piagnucolato.

«Sembri sconvolta.»

«Non sono sconvolta» ho ribattuto sperando che il buio dello sgabuzzino nascondesse la mia faccia arrossata.

«Vuoi uscire così ne parliamo?»

«Preferisco farlo da qua.»

Papà ha fatto una pausa, poi si è accucciato avvicinandosi all'aspirapolvere e ha chiuso la porta. Eravamo al buio completo.

«Papà, che stai facendo?»

«Ho la sensazione che così mi parlerai più volentieri.»

«Magari sei occupato. Hai quel capitolo sul gas da finire, no?»

«Può aspettare. Vuoi parlarne? Solo se te la senti. Altrimenti possiamo restare qui seduti in silenzio per un po'. Ordinerò una cena cinese quando sarai pronta a uscire.» L'ho sentito muoversi finché non ha trovato una posizione comoda. Lo sgabuzzino era già angusto per me, figurarsi per lui.

«Non sono stata molto carina.»

«Sicuramente non è così.»

«Sì che è così. Marianne mi ha offerto i biglietti per un concerto e così ho invitato Jess. Ma c'è questo ragazzo che...»

Papà ha atteso un attimo, poi intuendo che tentennavo mi ha incoraggiato: «Vai avanti».

«Papà. Non stranirti.»

«Non lo farò.»

«Sei sempre strano.»

«Sei sempre strana anche tu.»

«E di chi è la colpa?» ho domandato. «Be', comunque non puoi essere strano quando parlo di ragazzi.»

Lui ha sospirato. «Ok, lo prometto, non mi stranirò quando parli di ragazzi.»

L'ho guardato con sospetto, anche se in realtà non riuscivo a vederlo. Poi ho fatto un respiro profondo. «C'è questo ragazzo al quale credo di piacere. Lui è il più perfetto, incredibile e popolare della scuola. E gli interesso. O almeno penso.» Ho fatto una pausa, cercando di capire come spiegare la cosa a uno della sua età.

«Continua» mi ha incoraggiato lui.

«Dunque, voglio che mi inviti al ballo la prossima settimana. Se lo facesse, sarei anche io normale e popolare. E saremmo tutti felici. Così l'ho invitato al concerto.»

«Lo stesso al quale hai invitato Jess?»

«Sì. Quindi a lei ho dovuto dire che non avevo più i biglietti. Perché non volevo ferirla raccontandole che preferivo andarci con Brendan. Lei era così triste quando le ho detto che era saltato.»

Ho fatto un'altra pausa. Mio padre si è schiarito la voce. «Bene, quindi?»

«Ho detto a Brendan di non raccontarlo in giro. Non voglio che Jess lo scopra. Ma è stata così carina anche quando le ho mentito, che è stato orribile.»

«Immagino.» Papà ha atteso un po', ma io non ho più parlato. «Anna» ha detto allora, «visto che ti sei chiusa a piangere in uno sgabuzzino, credo che portare Brendan a quel concerto non sia quello che vuoi davvero.»

Ho sospirato. «Non lo so. Penso di avere una possibilità con Brendan. Se non lo porto al concerto non credo che mi inviterà al ballo.»

«Se davvero gli piaci» ha ribattuto dolcemente papà mentre mi afferrava un piede per incoraggiarmi, «ti inviterà comunque, anche se porterai Jess al concerto. Non credi?»

«Ehm...»

«Anna, a un ragazzo non piace una solo perché lo invita a un concerto. Hai promesso i biglietti a Jess. Brendan capirà.»

«Hai ragione. Che faccio?»

«Semplice. Di' a Brendan che hai promesso i biglietti a Jess, prima di tutto. Che lo porterai al prossimo. Magari ci resterà male, ma Jess è stata davvero una buona amica per te. Specialmente durante il caos del mio fidanzamento» ha ridacchiato. «Non ho sentito molto di Brendan, invece. O dell'altro ragazzo che continui a nominare, Conway o simili.»

«Non sono sicura che sia un mio grande fan al momento.»

«Ne uscirai solo parlando con loro. E se non ci riesci, puoi invitarli a qualcos'altro di divertente, come una manifestazione aerea ad esempio. Oh, c'è una conferenza importante a breve, tenuta da un esperto di mine terrestri. Posso tentare di recuperare qualche biglietto. La adoreranno!»

«Credo che parlerò loro, grazie, papà» ho tagliato corto. «Adesso possiamo uscire dallo sgabuzzino.»

«Ottimo. Felice di essere stato utile. Ho i crampi alle gambe.»

Una volta fuori, papà mi ha abbracciata in modo imbarazzante mentre Cane tentava di partecipare. A quel punto ho deciso di portarlo a fare una passeggiata nella speranza di incontrare Brendan, che magari stava giocando a football al parco. Così magari potevo spiegargli che avevo deciso di portare Jess al concerto.

Però, invece di Brendan e i suoi amici, ho visto Josie con un paio di ragazze della nostra classe, Debbie e Scarlet, di spalle. Erano tutte sedute a gambe incrociate su una panchina a sfogliare riviste. Era strano vedere Josie senza Sophie, ma ho pensato che Sophie magari si stesse dedicando a qualche pratica sportiva e Josie si fosse dovuta accontentare delle altre due.

Sono andata verso di loro per salutarle, trascinando Cane che puntava uno scoiattolo, ma quando sono stata abbastanza vicino le ho sentite fare il mio nome e ho rallentato.

«Oh mio Dio, guarda Anna qui.» Josie ha trattenuto a stento una risatina, indicando una pagina. «Così conciata dovrebbe andare nella sezione delle peggio vestite. Avranno fatto un errore. Le serve uno stilista.»

«Be', non è che abbia poi una buona guida.» Debbie ha alzato le sopracciglia. «Marianne Montaine è un disastro in quanto a stile. Morirei di imbarazzo se fossi associata a una come lei.»

«Sveglia! Lei deve essere associata ad Anna per forza. E non è certo il sogno di ogni celebrità. Almeno le ha fatto sistemare i capelli. È già qualcosa» ha sospirato Josie. «È imbarazzante pensare che lei pensi di essere... non lo so...»

«Importante?» ha suggerito Scarlet.

«No, non quello. Finché non è saltata fuori la storia della It Girl era una sfigata. Non puoi cambiare di colpo. La sola cosa che è cambiata è lo stato civile del padre» ha sbuffato.

«A Brendan piace» ha osservato Debbie, voltando pagina.

«Non per davvero, però» ha precisato sprezzante Josie.

«La tollera, forse. Ma non pensa certo di uscirci insieme. Né di mettersi con lei, è chiaro.»

«Ho sentito che potrebbe chiederle di uscire. Forse la inviterà al Ballo dei Beati» ha insistito Debbie.

«Chi te l'ha detto?» ha sghignazzato Josie. «Non essere sciocca. Sono sicura che Brendan la pensi come me. Anna è una perdente. E quando lo sei, lo sei per sempre.» Josie, compiaciuta, ha preso la rivista dalle mani di Debbie e ha voltato la pagina.

Io ho sentito lacrime di dolore e rabbia scorrermi lungo le guance mentre loro ridacchiavano insieme. Cane ha emesso un lungo latrato e io sono corsa via con lui, pregando che non mi avessero vista.

Non appena sono arrivata all'angolo di casa nostra, è comparso Danny.

«Ciao Anna, sono appena stato da te. Tuo padre mi ha detto che eri in giro con Cane. Volevo restituirti i dvd che mi avevi prestato. Erano favolosi... ne stavo giusto parlando con tuo padre.» Si è accorto della mia faccia non appena ho sollevato lo sguardo su di lui. «Ehi, che succede? Stavi piangendo?»

«No» ho risposto determinata sfregandomi le guance.

«Guarda, se è per Jess» ha detto sembrando confuso, «non ce l'ha con te. Non è colpa tua se non hai più i biglietti.»

Ero esausta. «Danny, pensano tutti che io sia la più grande perdente del mondo. Devo dimostrare che non lo sono.»

«Cosa? Io non penso che tu sia la più grande perdente del mondo.» Ha aggrottato la fronte. «Io penso che tu sia forte!»

«Tu pensi che io sia forte?»

«Già! Non intendo nel modo in cui lo è Sophie Parker» ha spiegato roteando gli occhi. «So che ti piace molto, ma lei è tutta una finta. Tu sei forte in un modo differente. Tu sei davvero originale.» Ho sorriso e lui ha proseguito: «Originale in modo positivo. Io penso sia fighissimo che tu conosca una marea di film che io non ho mai nemmeno sentito nominare. E leggi libri fortissimi. E sei davvero carina» ha concluso stringendosi nelle spalle. «Già, credo che tu sia davvero forte.»

«Grazie, Danny.»

Quella notte, mentre me ne stavo a letto con il mio pigiama a cagnolini stampati, cercavo di immaginare chi altri a scuola, fatta eccezione per Jess e Danny, la pensasse come Josie. Mi avevano riso dietro per tutto il tempo? Era mortificante sapere che si prendevano gioco di me alle mie spalle; forse lo facevano persino in mia presenza, senza che me ne accorgessi.

Mi sono alzata con rabbia scaraventando via il piumone. Dovevo provare a tutti che si sbagliavano. Se Brendan fosse venuto al concerto con me, poi mi avrebbe sicuramente invitato al ballo. E a quel punto nessuno avrebbe più potuto pensare che fossi una perdente.

Jess avrebbe capito. Probabilmente mi avrebbe incoraggiato a portarci Brendan. Ero imbarazzata per aver attirato l'attenzione su di lei e Danny ancora una volta. Josie e le sue amiche sicuramente si erano fatte un sacco di risate anche alle loro spalle.

Non avevo nessuna intenzione di lasciare che la cosa continuasse.

Da: dantheman@zingmail.co.uk

A: anna_huntley@zingmail.co.uk

Oggetto: Oggi

Ciao Anna, volevo solo accertarmi che tu stessi bene sul serio. Spero tu sappia che puoi parlare con me o Jess ogni volta che vuoi. Sembravi molto tranquilla mentre tornavamo a casa tua.

Mi è venuta in mente un'altra cosa che prova che tu non sei una perdente: tu non pretendi che le persone siano quello che non sono.

Questo è davvero figo.

Non dire a nessuno che ho detto una cosa simile, sarebbe imbarazzante e non aiuterebbe di certo la mia reputazione sociale. Non che ne abbia una, ma non si sa mai.

Bene, ciao.

Danny

Capitolo 21

OTTO COSE su cui mi sono sbagliata alla grande:

1. Puoi essere una principessa solo se hai i capelli lunghi.
2. Lo sciroppo per il reflusso gastrico sa di frullato alla fragola.
3. I pantaloni neri a zampa sono cool.
4. Se a Cane piacciono tanto i croccantini non possono essere così terribili.
5. Sono in grado di leggere una mappa. In Francia. Mentre papà guida.
6. Diventare uno Jedi è un'opzione percorribile.
7. La tenuta emotiva di Andy Murray. La finale di Wimbledon 2012 persa contro Federer è stata una totale rivelazione.
8. Desiderare che Brendan Dakers mi portasse al Ballo dei Beati.

Avrei dovuto capirlo appena siamo arrivati al concerto. Marianne ci aveva raccomandato di trovarci con lei all'entrata sul retro dell'edificio perché non ne voleva sapere di passare per la porta principale. «Quelli della stampa sanno di sicuro che vado» aveva sospirato al telefono la sera prima. «Non mi lasceranno in pace.»

Così mi ero messa d'accordo con Brendan di incontrarci lì alle otto. Quando è arrivato, l'ho portato sul retro e, mentre aspettavamo che qualcuno ci dicesse cosa fare, lui ha cominciato a ripetere quanto fosse eccitato di essere lì. «Scommetto che dentro c'è un sacco di gente fighissima.»

«Probabile» ho ribattuto giocherellando nervosamente con la manica del giubbino di pelle, quello che gli era piaciuto tanto alla festa di Sophie.

«Non ho incontrato molta gente famosa.»

«Tua madre deve essere sempre a contatto con un sacco di gente famosa. Modelle da copertina ai servizi di moda, attori che fotografa. O no?»

«Sì, ma io non li incontro mai.» Brendan ha dato un calcio a un ciottolo facendolo volare in mezzo alla strada. «Mia madre non mi fa mai andare ai servizi di moda.»

«Oh, capisco.»

Ha dato un calcio a un altro ciottolo.

«Ora credo che avrei dovuto ascoltare gli On The Rox molto di più nella mia vita» ho scherzato io.

«Dici?»

«Sì, non so bene le parole delle loro canzoni. Sono più una da cinema che da musica.»

«Oh, giusto» mi ha sorriso lui. «Fantastico.»

«Ti piacciono i film?»

«Sì, i film sono fantastici.»

«A me piacciono quelli di supereroi.»

Com'era possibile che stessi PEGGIORANDO nel dialogo con i ragazzi?

«Già, ho visto la tua canottiera della salute. Ce l'ha anche Wolverine.»

VOGLIO MORIRE.

«Ah-ha, sì, giusto.»

Fortunatamente siamo stati salvati entrambi dalla conversazione più imbarazzante di tutti i tempi perché la porta sul retro si è aperta e un omone pelato con un orecchino ci ha fatto entrare.

«Seguite il corridoio e superate la prossima porta. Vi daranno i pass per il backstage.»

Ma perché i buttafuori sono tutti pelati? È un requisito per ottenere il lavoro per caso? Dovevo ricordarmi di controllare su Google più tardi.

«Pass per il backstage?» ha domandato Brendan guardando davanti a sé mentre camminavamo lungo il corridoio. «Fantastico.»

Marianne ci è venuta incontro e vedendo Brendan è parsa sorpresa. «Pensavo che...»

«Lui è Brendan» mi sono affrettata a dire sperando che non facesse commenti sul fatto che non c'era Jess.

«Bene. Piacere di conoscerti.»

«Anche per me.» Lui le ha stretto la mano fissandola pieno di meraviglia.

«Sei un fan degli On The Rox, Brendan?

«Sì, mi piacciono un sacco.»

«E tu, Anna, li hai almeno ascoltati?» mi ha preso in giro.

«Li ho ascoltati eccome e sono GRANDIOSI.»

«Dimmi una delle loro canzoni.»

«Ti prego» ho scherzato io. «Non ho intenzione di farmi trascinare in questa cosa.»

«Allora è un no» ha riso Marianne. «Spero che tu li conosca meglio di lei, Brendan.»

«*Decisamente*» ha risposto lui, con un po' troppo entusiasmo.

«Andiamo» ha detto a quel punto lei. «Credo stia per iniziare. Cosa volete da bere? Coca, qualcosa?»

«Sì, grazie» ho annuito io.

«Anche per me» ha detto Brendan. «Ti aiuto?»

«Non importa, voi andate a sistemarvi che vi raggiungo. State da questo lato e non addentratevi troppo fra la folla. C'è una baraonda pazzesca e non vi troverò mai là in mezzo, soprattutto visto che non hai più un telefono, Anna.»

Cane aveva zelantemente infilato il mio cellulare nella tazza del water quella mattina. Significava che dovevamo attenerci agli orari prestabiliti, ma a dire il vero era un sollievo che papà non potesse controllarmi ogni dieci minuti per vedere se ero fuggita con qualche membro maschile della band.

Ho seguito Brendan oltre le porte. All'improvviso, rendendomi conto che eravamo soli, mi sono sentita a disagio. Non so perché. Forse era semplicemente strano essere sola con lui. Di solito avevamo sempre un sacco di gente intorno, ma ora eravamo io e il ragazzo più popolare della scuola, e la pressione psicologica di dire e fare la cosa giusta si è fatta avanti.

O forse mi sentivo così perché era tornata fuori la storia della mia canottiera. Il solo ricordo bastava per rovinare una serata perfetta.

La sala principale era piena di adolescenti. Io e Brendan abbiamo fatto come ci era stato detto e ci siamo tenuti in disparte in modo che Marianne potesse trovarci subito. Brendan ha allungato il collo per osservare la gente. «Uao, è fantastico» ha detto guardandosi in giro. «Grazie per avermi portato, Anna.»

«Nessun problema» ho sorriso io.

«Credo che inizieranno presto.»

«Sì, dovrebbero. Da un momento all'altro.»

«Avviciniamoci» ha detto entusiasta.

«Sì, certo, ma prima aspettiamo Marianne.»

«Potrebbe metterci secoli al bar, vieni.» Mi ha preso per mano e io sono arrossita. Era una bella sensazione.

«Non so, potrebbe non trovarci più... Preferirei aspettare.»

Lui mi ha guardato e poi mi ha lasciato la mano, visibilmente deluso. «Ok.»

«Andremo sotto il palco appena arriva. Ci vorrà un minuto.»

«Sì, certo.» Brendan ha guardato la gente che si accalcava. «Ma fra un minuto potremmo non trovare più posto.»

Mi sono sentita più a disagio di prima. Perché non facevo quello che mi aveva chiesto e andavo con lui sotto il palco? Insomma, era Brendan Dakers che me lo chiedeva! Le ragazze del mio anno avrebbero fatto qualsiasi cosa per andare con lui a un concerto, farsi prendere per mano e farsi portare in pole position. Ho cercato di pensare a qualcosa da dire per rimediare, ma il mio cervello sembrava rallentato di colpo. Brendan mi rendeva veramente nervosa.

«Eccovi.» Marianne ci ha raggiunto con le bibite. «È difficile capire chi è chi qui dentro.»

«Grazie.» Brendan ha sorriso mentre prendeva i bicchieri.

«Non preoccupatevi, credo che inizino a breve. Tom ha detto che non ci voleva molto.»

«Uao, stai parlando del cantante, Tom Kyzer?» Brendan ha sgranato gli occhi.

«Sì, ero con lui dietro le quinte prima. È strano, ma si emoziona ancora nonostante si sia esibito centinaia di volte.»

«Davvero?» ho domandato io. «È confortante sapere che le rock star si emozionano ancora. Ha qualche rituale prima di salire sul palco? Tipo come fanno i tennisti prima di un incontro?»

Prima che potesse rispondermi è intervenuto Brendan. «Credi che possiamo usare i nostri pass per venire con te a conoscere la band? Più tardi intendo, dopo il concerto.»

«Forse.» Marianne si è stretta nelle spalle. «Dipenderà dall'ora. Non possiamo rientrare troppo tardi. I tuoi mi ucciderebbero.»

«Ai miei non importa» si è affrettato a rassicurarla lui. «Sarebbe fantastico se ci presentassi la band.»

«Bene, se ci sarà il tempo, lo faremo» ha detto Marianne guardandomi.

In quel momento, le luci sul palco si sono accese all'improvviso e la band è comparsa tra le grida isteriche della folla. Marianne e io siamo scoppiate a ridere di tutta quella gente che saltellava su e giù allungandosi disperatamente verso i cantanti. «Ecco perché uno vuole diventare una rock star» mi ha urlato lei sopra il rumore. «Immagina la sensazione quando le persone ti accolgono così.»

«È una cosa che deve farti sentire alla grande» le ha risposto Brendan.

Il gruppo ha attaccato con la prima canzone e noi tre

siamo rimasti lì, ballando sul posto mentre il pubblico impazziva.

«Credo che dovremmo andare sotto il palco» ha proposto Brendan dopo qualche minuto. «È lì che c'è tutto il movimento.»

«Io non sono una fan della baraonda» ha ammesso Marianne. «Soffro di claustrofobia là in mezzo. Ma voi andate pure.»

Io ho guardato la massa di gente che si agitava e si sbracciava. «Non lo so. Credo di preferire anche io qui.»

«Davvero?» Brendan mi ha guardato con aria disperata. Poi si è illuminato. «Sapete cosa? Voi restate qui, io vado a farmi un giro sotto il palco. Se ne vale la pena vengo a prendervi.»

«Ok» ho ribattuto con lo stomaco che mi affondava mentre lui mi faceva l'occhiolino e si allontanava sicuro fra la folla.

«Sembra carino» ha commentato Marianne.

«Sì, lo è» ho convenuto.

L'ho perso di vista quasi subito quando la sua testa è sparita fra tutte le altre che facevano su e giù sotto il palco. I minuti passavano e io mi sentivo un po' stupida a restare impalata lì, così, sapendo che il ragazzo più popolare della mia scuola non mi stava guardando, ho cominciato a ballare.

Marianne mi ha afferrato per un braccio. «Cosa CASPITA stai facendo?»

«Pronto? Sto ballando.»

«Quello non è ballare» ha gridato ridacchiando. «Non so nemmeno come chiamarlo.»

Io ho mosso le braccia seguendo il ritmo. «Faccio come mi viene.»

«E cos'è quella? La mossa del polpo?»

«Esatto, è la mossa del polpo.» E ho continuato a muovere le braccia.

A quel punto, Marianne si è unita a me, così ci siamo ritrovate a fare la mossa del polpo insieme.

«Ora ti faccio vedere io come si fa» ha detto all'improvviso allontanandosi per prendere spazio. E cavolo se mi ha fatto vedere come si fa.

Marianne Montaine aveva una folta serie di... mosse nella manica:

Il porcospino. Solleva le mani di taglio, dritte e piatte, appena sopra il livello della testa. Muovile su e giù allontanandole e avvicinandole a te. Come gli aculei di un porcospino.

La mossa dell'anca. Qui si tratta principalmente di muovere il bacino in modo poco elegante. La versione di Marianne include una mimica facciale come per dire: "Sì, plebei, guardate come ci do dentro".

La mano a cigno. Solleva una mano mimando il becco del cigno e poi muovila a tempo di musica.

L'Edoardiano. Un mix di passi e saltelli sul posto, stile balletto. Tira la punta del piede e allungala, poi ripeti con l'altra gamba. Questa mossa guadagna moltissimo se tieni le mani sui fianchi.

Ondeggiare la testa. Si spiega da sé: ondeggia la testa più che puoi.

Stavo per assimilare l'Edoardiano quando mi sono resa conto che qualcuno ci osservava.

«Ciao!»

«Ehi» ha ribattuto Brendan con un'espressione buffa sul viso. «Ma che state *facendo*?»

«Oh, Marianne mi stava facendo vedere dei passi.»

«Non voglio prendermi meriti che non ho» ha riso lei. «La tua mossa del polpo batte tutte le mie. Brendan, hai visto la mossa del polpo?»

«Uhm. No, no.»

«Dai, mostragliela» mi ha spronato allora entusiasta.

Brendan ha sollevato le sopracciglia.

«No, non importa. Com'era sotto il palco?» mi sono affrettata a chiedere per cambiare argomento.

«Bellissimo. È molto meglio lì.» Ha lanciato un'occhiata malinconica verso gli On The Rox che stavano attaccando con un'altra hit mentre la folla gridava in delirio.

«Sì, ma lì non puoi ballare.» Marianne mi ha sorriso, ignara che non volessi farlo davanti a Brendan. «Dai, Anna» ha detto voltandosi verso di lui. «È da sballo.»

«Come no» ho mormorato fra me.

Sono rimasta lì rigida. Non potevo fare il polpo davanti a *Brendan Dakers*. Forse sarebbe andato a raccontarlo in giro a scuola. E non credo che l'Ape Regina si sarebbe rivelata una fan...

«Che c'è?» mi ha domandato Marianne aggrottando la fronte confusa.

«Non lo so. Non è così da sballo» ho detto mordicchiando il bordo del mio bicchierone di carta.

«Sì che lo è!» Lei mi ha stretto una spalla. «Brendan, dai, dille di fare il polpo. Può insegnartelo. Io ho cercato di farlo ma non è roba per me.»

«Sapete, non importa. Io torno sotto il palco, se voi preferite stare qui, ok?»

Sono arrossita furiosamente e Marianne è parsa molto perplessa dell'uscita di Brendan.

«È la mia canzone preferita» ha aggiunto lui vedendo che nessuna delle due diceva nulla. Poi ha allungato la mano. «Anna, tu vieni?»

Io ho guardato la mano tesa di Brendan e poi Marianne, e all'improvviso ho capito. Mi ero sbagliata e quella sera lo stava dimostrando. C'erano stati tutti i segnali. Il fatto che Brendan preferisse ballare con degli sconosciuti anziché restare lì in disparte con me; come non mi venisse mai niente di interessante da dire quando ero con lui; come mi sentivo a disagio quando eravamo soli. Come non fosse interessato ai miei buffi passi di danza (anche se non riuscivo a perdonarmeli).

Ho scosso la testa, desiderando improvvisamente che ci lasciasse sole.

«Nessun problema.» Lui mi ha sorriso brevemente prima di sparire di nuovo tra i fan degli On The Rox.

Ora sapevo. Brendan Dakers non mi piaceva come avrebbe dovuto piacermi un ragazzo. Credo mi piacesse più *l'idea di lui* che lui (e credo anche che il sentimento fosse abbastanza reciproco).

«Quello che è appena successo è stato... strano» ha

commentato Marianne. «Be', comunque sia, meglio ballare come due matte qui in disparte che soffocare in quel bagno di folla. O no?»

«Marianne, voglio andare a un concerto degli On The Rox con qualcuno della scuola con cui poter fare il polpo senza sentirmi in imbarazzo.»

«Uhm. Ok.» Lei sembrava stranita dalla mia uscita, ma mi ha assecondato. «E chi è?»

Ho sospirato. «La stessa persona davanti alla quale mi sono messa a ballare il tip tap fuori dalla scuola quando ci eravamo appena conosciute.»

In quel momento ho deciso che avrei detto a Jess tutta la verità come prima cosa l'indomani. Forse si sarebbe arrabbiata, ma sapevo che avrebbe capito se fossi stata onesta con lei ammettendo che idiota ero stata.

Dovevo solo beccarla prima di chiunque altro.

Capitolo 22

«SEI DI NUOVO IN POSIZIONE DI SICUREZZA?»

Ho sollevato gli occhi e ho visto mio padre che mi guardava preoccupato. Ero sicura che fosse in ansia perché le sua sopracciglia hanno cominciato a fremere.

«Sono già arrivati i giornali?»

Lui ha incrociato le braccia. «Dovresti essere sotto la doccia a prepararti per la scuola. Farai tardi. Non è questo disastro. Dai, tirati su.»

«No.»

«Su, Anna.»

Non ho ribattuto: mi sono limitata a chiudere gli occhi cercando di escludere lui e il resto del mondo dalla realtà. Per tutta risposta, mi sono sentita afferrare sotto le braccia e tirare in piedi. Ma non gli avrei reso le cose facili.

«Anna!» ha brontolato lui mentre mi lasciavo andare come una bambola di pezza in modo che dovesse reggere tutto il mio peso. «Dovresti avere quasi quindici anni. Non sei una bambina. Forza, basta giocare!»

Dopo aver provato a rimettermi in piedi, si è spazientito del tutto. «Ora basta!» ha gridato. Poi mi ha trascinato fuori dalla stanza mentre io continuavo a restare afflosciata sul suo braccio. «Cos'ho fatto per meritarmi questo?» l'ho sentito mormorare mentre mi portava lungo il corridoio.

«Mi hai messo al mondo e poi mi hai rovinato la vita» mi sono lagnata io senza aprire gli occhi.

All'improvviso papà mi ha sollevato le gambe e mi ha depositato nella vasca aprendo la doccia nonostante avessi ancora addosso la mia camicia da notte di Snoopy. Ho strillato come una matta. «Papà!» ho protestato poi. «Mi hai infradiciata tutta!»

«Lavati, vestiti, preparati per la scuola e affronta le cose.» Con quelle parole, è uscito pestando i piedi, borbottando qualcosa sugli adolescenti e sbattendosi la porta alle spalle.

Sconfitta, io mi sono fatta la doccia, mi sono lavata i denti e mi sono vestita. Papà aveva messo i giornali sul tavolo della cucina per me quando sono scesa a colazione. «Come ho detto, non è questo disastro: solo un paio di foto in fondo alla sezione degli spettacoli. Mangia in fretta che ti porto a scuola o farai tardi.»

Mi sono seduta, ho sospirato pesantemente e ho aperto il primo giornale andando dritta alle colonne dei gossip. E lì, come prevedevo, c'erano le foto di Marianne, Brendan e me all'uscita del concerto degli On The Rox. La didascalia di una delle immagini diceva: *La quattordicenne Anna Huntley lascia il concerto con un amico misterioso*.

I fotografi ci avevano atteso all'uscita. Avrei dovuto aspettarmelo: era un concerto importante e loro non erano certo degli stupidi. Sapevano che ci sarebbe stato *qualcuno*, e con tutte le voci su Marianne e il cantante della band non potevano che prevedere di trovarla lì.

Quando sono rientrata, siccome non avevo il cellulare ed era troppo tardi per chiamare Jess a casa, sono rimasta sveglia la maggior parte della notte ad angosciarmi: le foto sarebbero arrivate prima che potessi spiegarle perché le avevo mentito. E ora le mie paure erano state confermate: le immagini erano su tutti i giornali che la gente sfogliava. Ormai la notizia era in circolazione. E Jess probabilmente mi odiava.

Ho abbandonato la testa sul tavolo allontanando i giornali. Non sapevo come uscirne.

«Non sarà così terribile» ha detto papà in un tono confortante. «Te la caverai.»

Ho cercato di convincermi che era così mentre entravo a scuola. Jess e Danny stavano chiacchierando ai loro armadietti, ma quando mi hanno visto hanno smesso di parlare. Danny ha spostato il peso da un piede all'altro, a disagio.

«Ciao» ho cominciato io.

«Ciao» ha risposto lui con un sorriso tirato. Era chiaramente nervoso.

«Jess, volevo spiegarti tutto questa mattina. Non mi aspettavo i fotografi. Ma quello che è successo è che...»

«Non devi spiegarmi niente» mi ha interrotto lei sommessamente. Ha preso i libri dal suo armadietto e ci ha infilato dentro lo zaino. «Non preoccuparti.»

«Me ne preoccupo, invece. È terribile, ma posso spiegarti. In pratica, io...»

Lei ha sollevato una mano per fermarmi «Anna, no. Ho capito. Abbiamo capito tutti.»

«No, non è quello che io...»

«Avrei dovuto intuire che non sono abbastanza per essere vista in giro con te» ha quasi sussurrato.

«Cosa?! È assurdo! Non è quello» ho protestato disperatamente. L'ho guardata implorante ma lei si fissava i piedi mentre arrossiva.

«Come ho detto, Anna, ho capito. Ora hai dei nuovi amici. Io e Danny non siamo i tipi che una come te dovrebbe frequentare. Ha un senso, davvero. Ci vediamo in giro.» Senza aspettare una risposta se n'è andata alla sua lezione.

Io mi sono presa il viso fra le mani e ho grugnito. «Danny, devi credermi. Volevo spiegarle tutto questa mattina per prima cosa. Volevo spiegarle che idiota sono stata. Ma i giornali sono arrivati prima di me. Non avevo intenzione di nasconderle nulla.»

«Io ti credo» ha annuito lentamente Danny. «Ma forse Jess ha ragione. Forse ti sei semplicemente allontanata da noi, ora.»

«No, Danny, non è così. Sono stata molto stupida. Davvero. Sono una It Girl tremenda. E sono un'amica tremenda. Non credo nemmeno di piacere a Brendan e so che Josie Graham mi crede una perdente più che mai. Non so come abbia potuto pensare di essere popolare senza ferire voi. Ho sbagliato alla grande e mi spiace davvero. Ho solo peggiorato le cose.»

«Anna, credi che siamo arrabbiati con te perché tu e Brendan non avete fatto… *clic*?»

«Pensavo che se Brendan mi avesse portato al ballo sarei piaciuta automaticamente a tutti.» Mi sono appoggiata pesantemente agli armadietti. «Volevo che foste orgogliosi di essere miei amici, non imbarazzati.»

Danny è rimasto pensoso per un attimo, poi mi ha sorriso dolcemente. «Sei stata proprio una stupida.»

«Lo so.»

«No, non credo che tu lo sappia.»

L'ho guardato sentendomi inondare gli occhi, mentre cercavo di ricacciare indietro le lacrime. «Non so cosa fare per rimediare.»

«Anna, so che il tuo cervello funziona in modo strano ma forse non ti stai concentrando su cosa sia veramente importante qui. Forse...» Ha fatto una pausa. «Forse devi concentrarti su quando ti senti felice e quando no.»

«Cosa intendi dire?»

Lui si è stretto i libri al petto. «Non lo so, forse parlo a vanvera. Meglio che vada in classe. Ci vediamo e... non fare quella faccia triste. Andrà tutto a posto.»

Quasi non mi sono accorta di Sophie e Josie che mi guardavano mentre camminavo in corridoio dopo aver mangiato il mio pranzo da sola in biblioteca. Ero talmente persa nei miei pensieri su come raddrizzare la situazione con Jess che ho prestato attenzione a Josie solo quando l'ho sentita parlare. «Be', guarda chi si vede. Bella la serata con Brendan? Che barzelletta.»

«Una furbata da parte tua chiedere a Brendan di venire al concerto alle nostre spalle» ha aggiunto amaramente Sophie.

«Pensi di piacergli?» Questa era di nuovo Josie. «Be', se credi di aver comprato la sua amicizia con i biglietti per un concerto, ti sbagli, perché chiederà a Sophie di andare al Ballo dei Beati. Ce l'ha detto Jack.»

Ho fatto un bel respiro. Mi sentivo sollevata all'idea di essere finalmente onesta con me stessa e con tutti. «Sophie, è tutto tuo. Mi spiace se vi ha urtato che siamo andati al concerto insieme. Se vi fa stare meglio, non credo che né io né lui ci siamo divertiti granché. Sono certa che avrebbe preferito essere lì con te, Sophie.»

Lei mi ha guardato sorpresa. Ha aperto la bocca per parlare ma poi l'ha richiusa.

«Spero che vi divertiate al Ballo dei Beati insieme. Dico davvero. Ok, ci vediamo in giro.»

Ho fatto per andarmene ma Josie aveva qualcos'altro da dire. «E tu divertiti al ballo senza un ragazzo, perdente» ha sentenziato gettandosi i capelli oltre la spalla. «Nessuno vorrà andarci con una come te. A meno che non ti compatiscano o roba simile.» A quel punto ha cominciato a starnazzare della sua stessa battuta.

«Sta' zitta, Josie» ha detto Sophie all'improvviso. Poi si è issata lo zaino in spalla e mi ha fatto un cenno brusco mentre mi superava per andare a lezione, lasciando Josie a bocca aperta lì impalata.

Quando sono arrivata al doposcuola punitivo e mi sono seduta nel banco accanto a Connor, lui non ha nemmeno alzato lo sguardo. Me lo aspettavo, ma faceva male lo stesso. «Ciao» ho azzardato.

«Ciao» ha risposto lui sommessamente, sempre evitando di guardarmi.

Ho sbirciato per vedere a cosa stava lavorando, così magari potevo avere la scusa di parlargli commentando un suo nuovo disegno, ma stava facendo i compiti di matematica.

MATEMATICA. Connor Lawrence stava effettivamente facendo i compiti. Al doposcuola punitivo?

Qualcosa non andava e doveva essere una roba seria.

«Dov'è il tuo album? Non lavori più al tuo progetto?»

Lui si è stretto nelle spalle. «Non oggi.» Non si è disturbato ad aggiungere una spiegazione.

«Ma me lo farai vedere?» ho azzardato di nuovo. «Non mi hai più mostrato niente...»

Si è di nuovo stretto nelle spalle senza guardarmi.

«Connor, va tutto bene fra noi?»

Era chiaro che non andava bene affatto.

«Certo.» E questa è stata tutta la sua risposta.

Ho cercato di lavorare alle mie cose ma non riuscivo a smettere di guardarlo di sottecchi. Mi sentivo affondare lo stomaco vedendolo così distante.

Lui deve averlo avvertito. «Com'era il concerto?» ha domandato all'improvviso. «Non avevo capito che tu e Brendan foste una coppia.»

«Non lo siamo. Lui sta con Sophie.»

«Non sembrava» ha ribattuto lui sommessamente. Intanto ha voltato pagina con la punta della penna e si è rimesso a scrivere.

«Connor» ho detto con fermezza cercando di fare in modo che mi guardasse. «Non mi interessa Brendan. So che può essere sembrato così, ma...»

«Dai, Anna. Sai, pensavo che fossi fantastica. Fantastica davvero. Ma ultimamente pare che tu non ti renda conto di quello che fai e di chi ferisci.» Ha sollevato lo sguardo, finalmente, ma io me ne sono pentita: i suoi occhi erano pieni di rabbia. «Come Jess.»

Mi sono sentita un nodo in gola. Certo, non era arrabbiato perché ero andata al concerto con Brendan. Era arrabbiato perché avevo ferito qualcuno che gli piaceva. Perché non capivo mai niente?

Poi Kenton ha detto di fare silenzio e Connor non mi ha parlato più per il resto dell'ora.

«Bene, ragazzi» ha detto Kenton stancamente quando è stato il momento di andare. «Ultimo doposcuola del trimestre. Il prossimo cercate di non finire in punizione. Alcuni professori vorrebbero avere una vita sociale.»

Connor non si è nemmeno fermato al mio banco, ma mentre passava con Max mi ha borbottato: «Allora ci vediamo al ballo, credo».

Persino Max sembrava deluso di me a giudicare da come mi ha guardato mentre lo seguiva.

Ho aspettato che uscissero tutti prima di rimettere via i libri. «Dunque» ha detto Kenton mentre mi alzavo, «hai fatto grandi passi avanti questo trimestre, signorina Huntley.»

«A dire il vero, credo di averne fatto qualcuno indietro.»

«Ah.» Lui ha sorriso gentilmente facendo un respiro profondo. «Be', allora l'unica cosa da fare è trovare il modo di rimettersi in carreggiata.»

L'ho lasciato a raccogliere le sue cose e la sua pila interminabile di compiti da correggere mentre canticchiava gli Abba.

Tornando a casa, ho riflettuto su quello che aveva detto Danny a proposito di quando ero felice e quando no. Di certo non ero felice quel giorno. Jess non mi parlava, Danny era deluso di me e Connor si comportava come se non fossimo nemmeno amici. Ho rallentato mentre ci pensavo su finché non mi sono quasi fermata in mezzo al marciapiede. Mi era piaciuto davvero frequentare l'Ape Regina della nostra scuola? Non mi ero mai sentita veramente a mio agio quando c'era lei, concentrata com'ero a fare sempre buona impressione. Mi ero divertita alla sua festa di compleanno? Ricordo quanto fossi tesa, lì a preoccuparmi del mio aspetto e di quello che dicevo. Brendan, che non mi aveva mai notato prima che la stampa inglese mi definisse una It Girl, mi aveva parlato e io ero così lusingata che mi sono persa. Di sicuro non mi ero divertita al concerto degli On The Rox: non ero nemmeno riuscita a ballare davanti a lui.

Le ragazze più in della scuola mi avevano mollato con la stessa velocità con cui mi avevano accolto, ma non era questo a rattristarmi. E non credo fosse nemmeno il motivo per cui Jess e Danny erano tanto delusi.

Ecco di cosa parlava Danny quando aveva tirato in ballo cosa fosse importante.

Insomma, non capisco perché non me lo abbia detto chiaro e tondo invece di parlare per enigmi che mi hanno fatto scervellare TUTTO IL GIORNO.

Cane mi ha fatto le feste quando sono arrivata.

«La prima persona felice di vedermi!» ho riso mentre mi placcava al suolo e mi leccava la faccia. «Oh, Cane, cosa devo fare? Devo farmi venire un'idea questa notte. Cosa posso fare domani al ballo per dimostrare a Jess che sono davvero davvero dispiaciuta?»

Lui ha abbaiato e io l'ho guardato sbattendo gli occhi. «Io non abbaio, Cane. Devi trovare un altro modo per dirmelo. Prova con il linguaggio dei segni che ti ho insegnato quella volta. Sapevo che non stavi prestando attenzione e ora si dimostra che avevo ragione.»

Mi ha guardato e io ho guardato lui. Poi ha tirato indietro la testa e si è messo a ululare.

«Arghh» ho detto coprendomi le orecchie. «Perché lo hai fatto? Era orribile! Era...»

Mi sono bloccata di colpo. All'improvviso sapevo cosa fare.

Oh. No. *Oh no.*

Cane si è alzato in piedi ed è schizzato via sentendo papà uscire dallo studio.

«Anna? Era Cane che ululava? Com'è andata la giornata?»

Mio padre è comparso da dietro l'angolo con in mano un mucchio di carte che probabilmente stava leggendo. «Scommetto che è stata dura. Ho un film fantastico che ti metterà di buon umore. *Una pazza giornata di vacanza*. Lo adorerai. Inoltre pensavo di prendere qualcosa da mangiare al takeaway. E non voglio sentire niente del tipo: "Domani non entro nel vestito".»

«Grandioso, papà» ho ribattuto passivamente alzandomi in piedi. «Ma prima devo chiamare Marianne.»

Lui si è appoggiato al muro e ha sollevato le sopracciglia. «Come mai?»

Ho fatto un respiro profondo. «Perché ho bisogno del suo aiuto per tornare la perdente di sempre.»

«Fammi capire» ha sbuffato. «Hai passato tutta la tua vita a lamentarti di non essere popolare e, ora che lo sei, vuoi tornare nell'ombra?»

«Esatto» ho annuito io.

«Sai cosa?» ha ribattuto alzando gli occhi al soffitto. «Non voglio saperne niente.»

Capitolo 23

RAGIONI per non andare al Ballo dei Beati:

1. Non ho un cavaliere.

2. Non ho amici.

3. Non ho scarpe. (Cane me ne ha nascosta una, e non nella lavastoviglie stavolta. Sul serio, dov'è finita?)

4. Me ne starò lì come una perdente. Senza cavaliere, senza amici e senza scarpe.

5. Nessuno mi vuole a questo stupido evento. E io finirò per mettermi a piangere.

6. Al che finirò per voler tornare a casa dalle uniche persone che mi vogliono: papà e Cane.

7. Mi renderò conto che le uniche persone che mi vogliono sono mio padre e il mio cane.

8. Piangerò nel mio piumone dalmata, incolpando di tutto papà, che mi permette di fare cose stupide come comprare un piumone dalmata anche se sono praticamente un'adulta.

9. Probabilmente mi sveglierò cieca a furia di piangere.

10. Vivrò il resto della mia vita da sola, in miseria.

Ragioni per andare al ballo:

1. Chiedere scusa... ammesso che qualcuno mi parli.

2. Dimostrare a tutti che sono consapevole di avere sbagliato.

3. Umiliarmi e convincere Jess e Danny a essere di nuovo miei amici.

Alla fine papà mi ha praticamente obbligato ad andarci. Ha detto che potevo provare a sistemare le cose invece di scappare dai miei stessi errori e bla bla bla.

Comunque sapevo che era solo perché quella sera aveva appuntamento con Helena. A proposito di egoismo genitoriale...

Tuttavia, le sue false motivazioni per andare coincidevano stranamente con le mie vere. Dovevo fare un tentativo, del resto il Ballo dei Beati era la mia ultima occasione prima delle vacanze di Pasqua.

Me ne stavo seduta nel mio abito verde smeraldo che avevo comprato con la mamma... Marianne me ne aveva offerto uno firmato e approvato dal suo stilista ma non volevo niente del genere. Dopo quello che era successo volevo sentirmi il più possibile la me di prima. Ho guardato le mie due liste. Ho pensato al fatto di riconquistare Jess e Danny, e a come aveva riso Marianne quando gliene avevo parlato, dicendomi che era "completamente assurdo", ma che avrebbe fatto il possibile per aiutarmi. Avevo persino parlato con la preside Duke per essere certa che andasse tutto liscio.

Non potevo più tirarmi indietro, ormai.

Volevo anche vedere Connor. Sono riuscita a riconoscerlo

a me stessa solo dopo essermi scottata per la quarta volta con l'arricciacapelli e aver dovuto mettere la mano sotto l'acqua fredda. Di nuovo.

Mi aveva fatto desiderare di andare al doposcuola punitivo per tutto il trimestre. Con lui potevo essere me stessa. Non gli importava quanto sembrassi secchiona. E se gli avessi detto che mi piacevano i film con i supereroi, non mi avrebbe fatta sentire stupida. Anzi, probabilmente avrebbe risposto: "Anche a me". Parlare con Connor era come parlare con un vero amico, anche se poi parlare con gli amici non ti emoziona così tanto e non ti ritrovi con le mani sudate.

Speravo di riuscire a sistemare le cose anche con lui. Perché anche se gli piaceva la mia migliore amica (be', sempre ammesso che ne avessi ancora una) non significava che non dovevamo più frequentarci. E poi probabilmente, se si fosse messo con Jess, avrebbero smesso di sudarmi le mani. Insomma, le mani mi sudano anche quando guardo Andy Murray giocare a tennis, quindi non significa granché.

Ho iniziato a elencare queste cose a Cane per avere un altro parere (e ok, anche per rimandare il momento di uscire) ma lui mi ha ruttato in faccia. Sapevo che era ora di andare. Nessun altro cane al mondo ruttava, ne ero certa. Perché l'unico che lo faceva era capitato proprio a me?

Arrivati alla sala da ballo, quando ho visto le luci da discoteca attraverso le finestre e ho sentito il rombo della musica, ho deglutito. «Forse dovremmo tornare a casa. Sono già in ritardo, comunque.»

«Bel tentativo, Anna» ha detto papà facendo manovra. «Scendi dalla macchina e buona serata. Sei molto carina.»

«Prometti che se tutto andrà storto e vorrò andarmene verrai a prendermi entro dieci minuti?»

«Ricorda il nostro accordo. Devi impegnarti per almeno mezz'ora.» Mi ha guardata severo.

«Va bene.» Ho aperto lo sportello e sono uscita. Appena prima di richiuderlo, papà si è allungato verso di me.

«Buona fortuna, dolcezza» ha detto mostrandomi il pollice sollevato.

«Papà. *Dolcezza?* Mi hai appena chiamata dolcezza?»

«Già, pensavo di riuscire a chiamarti così ma non suona bene.»

Gli ho lanciato uno sguardo stranito e lui ha ricambiato. Alla fine ho richiuso la portiera, sapendo che non se ne sarebbe andato via finché non mi avesse visto entrare nell'edificio.

Una volta dentro, non potevo credere che il salone sembrasse tanto diverso. Era stato trasformato totalmente. I muri erano ricoperti di decorazioni e, su un lato, erano stati disposti alcuni tavoli con composizioni floreali e lanterne. Nell'angolo a destra del palco, un Dj che si muoveva a ritmo di musica esortava la gente a ballare gridando al microfono frasi tipo: «Vogliamo divertirci a questa festa, ragazzi?».

Nessuno gli rispondeva.

Ho visto Brendan Dakers all'ingresso con Sophie e un gruppetto di ragazzi. Aveva i capelli tirati indietro con il gel ed era proprio carino in giacca e cravatta. Sophie, che indossava un vestito MOLTO corto e lunghi orecchini luccicanti, aveva un'acconciatura alta e arzigogolata. Stava fissando Brendan, che doveva aver appena raccontato qualcosa, ed è scoppiata a ridere (al momento giusto naturalmente, proprio alla fine del racconto). Per una volta non la invidiavo.

Quando Brendan si è accorto di me, mi ha guardato imbarazzato e per un attimo ho pensato che mi si sarebbe avvicinato. Così mi sono diretta dalla parte opposta della sala, verso il tavolo delle bevande, dove la Ginnwell presidiava un enorme recipiente.

«Cosa c'è dentro?» ho domandato cauta guardando il liquido purpureo.

«Sostanze chimiche bastanti a sciogliersi il cervello» ha risposto indicando le bottiglie di bevande gassate multicolori e succhi di frutta alle proprie spalle. «Ci ho messo dentro un po' di tutto. Vuoi favorire?»

Io l'ho guardata sbattendo le palpebre, poi mi sono versata una banale aranciata. «Passo.»

È stato allora che ho notato Jess e Danny a un tavolo. Jess era assolutamente splendida in un abito nero al ginocchio; si era raccolta i capelli in modo che solo alcune ciocche le ricadessero ad arte attorno al volto. Danny invece non sembrava essersi preoccupato troppo della propria chioma, che era ricciuta e scarmigliata più che mai. Sfoggiava uno sgargiante farfallino a pois verdi e rossi.

Ho fatto un bel respiro e mi sono diretta verso di loro. In quel momento ho visto Connor raggiungerli e mettere una sedia proprio accanto a Jess. Le ha detto qualcosa e lei è scoppiata a ridere, allungandosi verso di lui per rispondere. Mi sono bloccata.

Avevo ragione. Si piacevano ed era tutta colpa mia.

Ho cercato di ignorare la brutta sensazione che avvertivo nella pancia e di concentrarmi invece sul fatto che ero lì apposta per fare la pace con Jess. Comunque fosse andata, quella era la cosa più importante della serata.

Sono rimasta lì da sola, goffa, stringendo il mio bicchiere di aranciata.

All'improvviso, una voce mi ha parlato all'orecchio: «Perché fissi quelle persone come una specie di maniaca?».

Mi sono girata, ritrovandomi davanti Marianne. «Sei qui!» ho strillato, dimenticandomi di tutto il resto per abbracciarla.

Lei mi ha dato qualche pacca sulla schiena, con la chiara intenzione di indurmi ad allentare la presa. «Certo che sono qui. Ti piace il mio travestimento? Non volevo attirare troppo l'attenzione.»

L'ho squadrata da capo a piedi. «... be', indossi un cappotto scuro...»

«E quasi niente trucco» ha sottolineato evidentemente soddisfatta di sé. «In più, ho i miei occhiali da sole in tasca per ogni evenienza.»

«Penso che tu possa stare tranquilla: qui dentro è abbastanza buio.»

Marianne sembrava delusa.

«Ma sono felice che tu abbia preso delle precauzioni. Bel lavoro.» Ho lanciato uno sguardo alle mie spalle, verso Jess. «Quelle sono le persone per cui siamo qui.»

Marianne ha guardato verso di loro. «Riconosco Jess e Danny dalle tue foto. Chi è quel ragazzo vicino a Jess? Il suo cavaliere?»

«Ehm. Quello... è Connor.»

«Ah, l'elusivo Connor. Quindi non è il suo accompagnatore.»

«Veramente non lo so.» Ho spostato il peso da un piede all'altro.

Marianne ha aggrottato la fronte, osservandomi. «Stai bene?»

«Sì, certo» ho sorriso. «Quindi loro sono qui?»

«Stanno aspettando fuori da quella porta» ha risposto indicando un ingresso secondario, vicino al palco. «Tu fa' quello che devi fare.»

«Non ho la più pallida idea di come ti ripagherò per tutto questo. Non posso credere che stia succedendo. Spero che funzioni.»

«Certo che funzionerà. E non pensare a come ricambiare, non è niente.»

Mi ha stretto il braccio incoraggiante e io le ho sorriso grata, poi mi sono diretta verso la Duke, che supervisionava la sala con il suo sguardo minaccioso.

Ci siamo scambiate alcune istruzioni, infine lei è salita sul palco obbligando il Dj a interrompere bruscamente la musica. Tutti in sala si sono guardati attorno confusi. La Duke mi ha fatto un rapido cenno.

Oh cavolo. In che pasticcio mi ero cacciata? Ho lanciato un'occhiata al tavolo di Jess. Erano tutti girati verso il palco cercando di capire cosa stesse succedendo. Ho incrociato lo sguardo di Connor e ho tentato di non sembrargli troppo a disagio. Poi Jess gli ha dato un colpetto sulla spalla chiedendogli qualcosa. Ho immaginato che comunque non avevo nulla da perdere.

Ho fatto un bel respiro e ho raggiunto il microfono che la Duke aveva piazzato al centro del palco. Purtroppo appena l'ho toccato ha emesso uno stridio orribile.

«Uhm, ciao a tutti.»

Nella sala è calato il silenzio. Ho deglutito rendendomi

conto che l'intera scuola mi stava fissando incuriosita. Uao, c'era davvero tanta gente davanti a me.

«Io... uhm...» ho balbettato. Tutto il mio corpo era in tensione. Ero completamente ghiacciata. Però dovevo andare avanti, altrimenti avrei perso per sempre l'amicizia di Jess. Dovevo finire. «Vorrei annunciare che, in onore di Jess Delby, gli On The Rox sono proprio qui fuori e suoneranno per noi questa sera.»

Ho sentito immediatamente un mormorio: sussurri, esclamazioni e risatine.

Mi aspettavo più entusiasmo, invece sembravano tutti dubbiosi.

«No, è vero, sono proprio qui fuori. La mia sorellastra, cioè la mia quasi sorellastra... insomma, Marianne... c'è anche lei. Guardate, è quella con il cappotto lungo e scuro.» Ho indicato Marianne, che mi ha fatto un ciao imbarazzato con la mano. «Mi ha aiutato lei a portare qui gli On The Rox... in onore di Jess che... non è potuta andare al loro concerto. Per colpa mia. Quindi yeah! Forte!»

Ho sentito un urlo da uno dei tavoli. Danny era in piedi che applaudiva fragorosamente. Quando anche gli altri si sono resi conto che non stavo scherzando, hanno seguito il suo esempio e dalla sala si è levato uno scroscio di applausi e un brusio pazzesco.

Jess non stava più parlando con Connor: si era appoggiata allo schienale e aveva incrociato le braccia sembrando indecisa e scettica su quanto stava capitando. Non sorrideva, ma almeno mi guardava.

Stava per arrivare la parte più difficile. Era adesso o mai più.

«Prima che entrino e inizino a sistemare gli strumenti, voglio fare un omaggio a Jess. Quindi ecco qua.» Sono rimasta in silenzio per un momento mentre tutti attendevano eccitati. Ho chiuso gli occhi, cercando di convincermi di non dover fare quello che invece stavo per fare.

E poi io, Anna Huntley, di fronte a tutti i miei compagni dall'ultimo e del penultimo anno, senza alcun sottofondo musicale o aiuto, a parte quello di un microfono, ho iniziato a cantare la canzone di *Saranno famosi*, quella del musical.

Capitolo 24

CANTARE SPONTANEAMENTE IN PUBBLICO: film *vs* vita reale.

Nei film sorridono tutti profusamente, commossi da quanto sei dolce. Sanno che stai facendo un grande gesto. *Nella vita reale nessuno ti sorride. Ti guardano come se fossi matta e con gli occhi ti implorano di smettere.*

Nei film si mettono tutti a cantare insieme a te e la cosa diventa un momento spontaneo di comunione, euforia e affetto generale, anche se i presenti non sono amici né conoscenti. *Nella vita reale nessuno si mette a cantare con te e continui a cantare la canzone di* Saranno famosi *da sola.*

Nei film la persona per la quale stai cantando corre da te e ti abbraccia/si unisce a te/piange sentite lacrime di gratitudine. *Nella vita reale la persona per la quale stai cantando, cioè Jess Delby, non fa nulla di quanto sopra. Invece si mette a ridere.*

Nei film il ragazzo, che solo ora hai capito essere quello giusto per te, ti guarda pieno di aspettativa, struggimento e amore. *Nella vita reale il ragazzo giusto per te, cioè Connor Lawrence, ti guarda sorpreso. E non in senso buono.*

Nei film, alla fine della canzone, tutti ti applaudono e c'è talmente tanta gioia e positività che qualsiasi cosa succeda, tu e i presenti a questo momento strappacuore siete consapevoli che comunque si sistemerà tutto. *Nella vita reale, alla fine della canzone, cala il silenzio. Tu annuisci, dici: «Be', ecco qui. Ora lascio il palco» e poi te ne vai inciampando nel tuo vestito, mentre ti chiedi se l'idea di riconquistare i tuoi amici non solo sia fallita, ma ti abbia anche fatto perdere il tuo amor proprio. Fai bene a chiedertelo perché probabilmente è così.*

È stata l'esperienza più brutta della mia vita. Compresa la volta in cui sono stata sulle rapide al parco acquatico. Perché la gente si diverta a farsi sballottare incontrollatamente dall'acqua con la sensazione di affogare per me resta un mistero.

Ho avuto l'impressione che il silenzio post performance durasse per sempre. In effetti è durato un bel po', finché Marianne non ha fatto uscire gli On The Rox e l'intera sala è esplosa all'istante, distratta dall'arrivo della band superfamosa.

Sono stata spinta da parte mentre un branco di studenti urlanti si accalcava per raggiungere la zona sotto il palco (fra cui Brendan Dakers, che ormai aveva fatto pratica a spintonare la gente ai concerti).

Tom Kyzer ha ordinato il silenzio, poi ha detto: «Siamo qui per regalarvi una performance esclusiva». La folla è impazzita. «Ma non per molto: possiamo farvi solo qualche canzone e poi dobbiamo rimetterci in strada.»

Il che purtroppo ha azzerato in parte la magia, ma fa niente. Il batterista ha fatto vibrare i cimbali e il gruppo ha attaccato con la prima canzone del repertorio.

Io ho allungato il collo cercando Jess fra la gente, ma a quanto pareva stavo guardando nella direzione sbagliata perché lei mi ha raggiunto da dietro e mi ha afferrato un braccio per farmi voltare. Stava piangendo tanto rideva. «Ma cosa caspita ti è VENUTO IN MENTE?»

«In caso non l'avessi notato» ho ribattuto io con la faccia che ancora mi scottava per la recente umiliazione, «l'ho fatto per te.»

«Be', devo ammettere che avevi ragione. Sei terribile sul palco. E intendo proprio *terribile*» ha sorriso.

«Jess, ho bisogno di spiegarti cosa è successo...»

«Non preoccuparti» mi ha interrotto dolcemente. «Danny mi ha riportato il tuo ragionamento assurdo. Ho capito cos'è successo e, be', tutto questo basta e avanza per farti perdonare la storia del concerto. Li hai portati a *scuola*. Oh, ma anche la tua canzone è stata interessante.»

«Be', non posso prendermi meriti per la band.» Con un cenno della testa ho indicato Marianne, a cui Tom Kyzer sembrava indirizzare tutte le canzoni. «Credo che il cantante abbia una cotta per lei.»

«E io credo che potresti avere ragione.»

«Quindi, io e te siamo... ok?» ho domandato cautamente.

«Dopo la tua dimostrazione di pazzia? Scherzi? Sei molto meglio del tizio con il costume da pollo che viveva accanto a Danny.» A quel punto ha smesso di parlare e siamo rimaste lì impacciate a sorriderci come due stupide. «Perdonato e dimenticato.»

«Sono molto felice che siamo di nuovo migliori amiche» sono esplosa io. «Insomma, sì, amiche. Spero migliori amiche. Ma comunque sia, va bene.»

«È bello sapere che la mia migliore amica è stramba come sempre.» Lei ha roteato gli occhi. Poi ha fatto un'espressione di finta modestia. «Ora le cose più importanti. Indovina chi ha vinto la lotteria e passerà le vacanze di Pasqua con la mamma di Brendan a imparare tutto ciò che c'è da imparare sulla fotografia?»

«Stai scherzando!» ho esclamato sgranando gli occhi, mentre lei si illuminava. «Jess! È fantastico! Quando lo hai scoperto?»

«Hanno fatto l'annuncio all'inizio del ballo. Non credo che tu fossi ancora arrivata. Comunque perché hai fatto così tardi? Cane ti ha nascosto di nuovo le scarpe? A ogni modo, è tutto merito tuo per aver preso quei biglietti. Sono così felice!» Ha sorriso maliziosamente. «Non preoccuparti, però. Mi ricorderò di te quando sarò famosa.»

«È bello sapere che sei spiritosa come sempre.»

Lei ha guardato oltre le mie spalle, io ho seguito la direzione del suo sguardo e ho visto Connor che bighellonava a pochi metri da noi con quello che sembrava il suo album. Proprio così. Solo Connor poteva portare un album da disegno a un ballo.

«Quindi... uhm...» ho iniziato io, senza sapere bene cosa dire. All'improvviso ero agitata come quando ero sul palco. «Tu e Connor siete venuti insieme.»

«Cosa? Qui? In pratica sì. Ha organizzato tutto Danny.»

«Oh, giusto.» Ho cercato di inghiottire il nodo che avevo in gola. «State proprio bene insieme. Sono felice per voi.»

«Chi è che sta bene insieme? Anna, fra tutti, tu dovresti sapere bene che io e Danny siamo solo amici. Dico sul serio. Ha i capelli da matto e io non cerco quello in un ragazzo.»

«Io intendevo... tu e Connor» ho precisato cercando di fare un sorriso convincente.

«Io e Connor?» Lei ha sgranato gli occhi. «Oh, Anna. *Io* e Connor non siamo insieme.»

«Cosa? Ma hai detto che siete venuti insieme.»

«No, no» ha ridacchiato. «Mi spiace, non ci siamo capite. Siamo venuti insieme, ma con altra gente. Ci siamo incontrati tutti da Danny prima, sai, per usare la stessa auto.»

«Quindi voi...»

«Io e Connor? AH!» Ha scosso la testa divertita. «È un tale sfigato. No, grazie.» Ha lanciato di nuovo un'occhiata oltre le mie spalle. «Inoltre credo abbia altre mire. Uh, vado a prendere da bere. Vuoi qualcosa?»

«Certo! Vengo con te.» Ma lei mi ha fatto l'occhiolino ed è scappata via prima che potessi seguirla. «Jess, aspetta...»

Ho sentito un colpetto sulla spalla e mi sono voltata ritrovandomi davanti Connor che mi sorrideva. «Ciao.»

«Ciao Connor.» Il cuore mi è saltato in bocca.

«Volevo scusarmi per, sì, sai, essere stato strano al doposcuola.»

«No, me lo meritavo» ho sospirato. «Sono stata stupida riguardo a... uhm... be', tutto.»

«Scusa lo stesso» ha insistito lui. Io ho annuito. «Bella la canzone. Potresti avere una carriera sul palco.»

«Quanto sei divertente. Però non credo.»

«Be', se la tua carriera nel musical non funzionasse, puoi comunque vivere con i diritti d'autore per questo.» E mi ha allungato il suo album per poi guardarsi i piedi. «Non è finito né niente. Ho pensato che potesse tirarti su il morale, magari. Mi è spiaciuto per un sacco di cose e credo che tu abbia avuto un momento difficile ultimamente.»

Io ho aperto l'album confusa. Era un fumetto e il titolo era: *L'INCREDIBILE IT GIRL, libro uno*.

«Cos'è?»

«Il fumetto al quale ho lavorato nelle ultime settimane. Per questo non volevo mostrartelo: volevo che lo vedessi finito. Almeno in parte.»

Ho passato la punta delle dita sulla ragazza nella prima vignetta. «È...?»

«Ispirata a te» ha detto arrossendo furiosamente. «Aspettavo un'idea vincente per la mia prima *graphic novel*. Pensano tutti che sia una ragazza ordinaria, invece in realtà lei è un supereroe. Che salva Londra dal male... o per lo meno dai piccioni» ha scherzato.

Io ho studiato i disegni meravigliata, ammirando ogni striscia e tutto lo sforzo che c'era dietro. L'Incredibile It Girl, ossia Ember, come la chiamavano gli amici, è una celebrità dai capelli rossi che nelle prime strisce chiede al suo agente a quale gala di beneficenza sia meglio andare, ignora la sua stilista che la supplica di indossare dei vestiti anziché T-shirt e jeans e va a pranzo con il suo migliore amico parrucchiere Harper.

Ho voltato ansiosamente la pagina.

A un party in una gioielleria esclusiva, Ember subodora una cospirazione per rubare alcune delle pietre più preziose al mondo. Insegue i due banditi mascherati in una stradina dietro l'edificio, dove li affronta in un corpo a corpo nel quale li mette entrambi ko, per poi riportare i gioielli al loro posto prima che qualcuno si accorga della loro sparizione.

«Vedi, ha una forza sovrumana» si è affrettato a spiegarmi Connor indicandomi un punto preciso del fumetto. «E una velocità fenomenale. C'è tutto un antefatto sui suoi poteri, ovviamente, e poi ne svilupperà altri, ma verrà fuori tutto più avanti. E, uhm... be', sei tu.»

Non sapevo cosa dire. Ero sopraffatta. «Connor...»

Gli On The Rox hanno finito la loro canzone e la sala è esplosa in un applauso mentre loro attaccavano un lento.

«Devo lavorarci ancora parecchio» si è affrettato a dire lui. «Comunque» mi ha preso l'album dalle mani e lo ha appoggiato con cura su uno dei tavoli, «mettiamolo giù per un attimo.»

«Perché?»

«Così possiamo ballare, ovvio.»

A quel punto mi ha sorriso e ha allungato una mano. Io gliel'ho presa e mi sono lasciata condurre al centro della sala. Erano quasi tutti in coppia ormai e ballavano ondeggiando insieme. Jess sembrava divertirsi molto con Max: stavano provando dei sollevamenti alla *Dirty Dancing*, ma alla fine hanno optato per il lento tradizionale. C'era persino Marianne: aveva salvato Danny invitandolo a ballare e lui sembrava aver appena vinto la lotteria.

Connor mi ha messo le mani alla vita e mi ha attirato a sé e a me non è rimasto altro da fare che cingergli il collo con le braccia. E così, all'improvviso, stavo ballando un lento con Connor Lawrence. Stavo ballando un lento con un RAGAZZO. Credo di non aver respirato per tutta la canzone.

Insomma, mi stava vicinissimo e aveva un buon profumo e aveva creato un FUMETTO su di me.

Di sicuro avevo fatto un bel passo avanti rispetto a quando ballavo con un palloncino.

Quando gli On The Rox hanno attaccato con la loro ultima canzone, che era molto più dinamica, ci siamo ritrovati schiacciati in mezzo alla folla. Jess è comparsa all'improvviso, ci ha preso per mano e ci ha trascinato via, verso il lato del locale dove si trovavano Marianne e Danny, e dove c'era parecchio spazio.

«Molto meglio lontano dal palco» ha detto scostandosi i capelli dal viso. «Almeno qui ci si può muovere.»

Danny ballava concitatamente con Marianne che era tutta presa a spiegargli uno dei suoi famigerati passi. «Non credo di farcela» stava dicendo. Poi mi ha visto e mi ha fatto segno di avvicinarmi. «Anna, facci vedere il polpo.»

Io ho guardato Connor nervosamente. «Ehm...»

«Il polpo?» ha detto lui. Mi sono irrigidita, pronta a qualche battuta stupida. Ma non era il caso che mi preoccupassi. «Scommetto che non è niente a confronto del mio cavallo di battaglia: il suricato! Fatevi da parte, ora mi metto sotto sul serio.»

Alla fine della serata, ero così accaldata per tutto quel ballare che sono stata contenta quando la Ginnwell e la Duke ci hanno fatto uscire fuori al fresco, ovviamente con i cappotti addosso. Ci siamo ritrovati in giardino, mentre gli studenti si confondevano con i genitori venuti a prenderli. Marianne aveva abilmente evitato quel momento andando via con la band. Jess è stata la prima a lasciarci dopo avermi abbracciato forte e detto che ci saremmo sentite più tardi per discutere i dettagli della serata. Poi anche Danny ha visto l'auto dei suoi, al che ha sbadigliato rumorosamente, mi ha fatto l'occhiolino e se n'è andato, lasciandomi sola con Connor.

È stato lui a rompere il silenzio per primo. «Allora, Uomo-Ragnetta, cosa ne pensi del tuo primo Ballo dei Beati?»

«È stato grandioso» ho sorriso. «Non sei stato male a ballare, anche se c'è spazio di miglioramento.»

«Generoso da parte tua» ha riso. «Nemmeno tu sei stata male.»

Gli ho sorriso di nuovo, guardandolo. Eravamo così vicini l'uno all'altra e lui teneva la testa leggermente chinata verso di me... Per un attimo ho pensato che...

«ANASTASIA HUNTLEY! Ti sbrighi? Mi è appena venuta un'idea per il capitolo sulle armature di composito!

Ho lanciato un'occhiataccia a mio padre, che stava al cancello con aria scocciata facendo tintinnare le chiavi della macchina a mezz'aria.

«Credo che farei meglio ad andare» ho sospirato. «Connor, per quanto riguarda il fumetto: è geniale. Non vedo l'ora di vedere come va a finire.»

Lui mi ha scostato i capelli dal viso (erano ancora incollati alla fronte per il sudore del ballo) e ha sorriso. «Anche io.»

Capitolo 25

OBIETTIVI DI VITA DI ANNA HUNTLEY
Ristesura 1
Redatta con il commento (indesiderato)
di Jess Delby.
Vacanze di Pasqua 2015

1. Essere una persona migliore, un'amica migliore e ora, essendo sotto i riflettori, un modello.

Secondo me il primo passo per raggiungere questo obiettivo è dare alla tua migliore amica il numero del batterista degli On The Rox. È solo un suggerimento.

2. Fare qualcosa di buono per il mondo, traendo vantaggio dalla mia nuova fama per promuovere cause e temi importanti, ad esempio, incoraggiare gli altri a unirsi a me per distribuire il riso in Africa.

Questo è ridicolo. Sai cosa farebbe bene al mondo? Invece di passare il tempo con queste stupide liste, potresti prepararmi del tè.

3. ~~Andare al Ballo dei Beati (o qualsiasi ballo/evento/posto) con Brendan Dakers~~. Andare a un Contest di fumetto.

Questo non può essere il TERZO obiettivo della tua vita.

Perché la gente continua a pensare che siano in ordine di importanza? Non lo sono.

Perché? Chi altri li ha visti?

Nessuno. Andiamo avanti.

4. Conoscere Stan Lee ~~e ispirargli un fumetto su una ragazza che tiene Londra al sicuro dal male~~.

Chi è Stan Lee? Un famoso nerd?

Sì.

Perché non vuoi più ispirargli il fumetto?

Smettila di fare domande! Stai incasinando tutte le pagine con questi scarabocchi.

Be', scusa, Signorina Scorbutica. Almeno io non vado in giro a fare liste dei miei obiettivi di vita. Davvero, avresti potuto farmi il tè e saremmo tutti più contenti.

5. Imparare a ballare l'hip hop. E, dopo i recenti eventi, imparare a cantare.

Sì, canti da schifo. Hai guardato su YouTube

come si balla l'hip hop, vero? Fammi vedere cosa hai imparato finora. Dai, alzati e fa' vedere... Ok, aspetta, fermati. No, dico davvero, fermati. Devi guardare altri tutorial. E QUELLO cos'è?

6. Salvare la vita a qualcuno.

Finalmente un obiettivo di vita accettabile. Potresti ottenere una medaglia da Buckingham Palace e incontrare il principe Harry. Magari poi finisci per sposarlo. Sarebbe FANTASTICO. Ma purtroppo ami Connoooooooor. Quando è il tuo appuntamento con lui, comunque?

Non è un appuntamento.

È ASSOLUTAMENTE un appuntamento.

Puoi smettere di scrivere di appuntamenti sui miei obiettivi di vita? Qualcuno sta facendo questa lista seriamente.

7. Superare la paura dei piccioni e dei paparazzi.

Ho intenzione di usare queste informazioni per torturarti. Sai cosa dovremmo fare questo pomeriggio? Andiamo a Trafalgar Square e gettiamo in giro l'avena. E poi facciamo un sacco di FOTO. Muuuuaaaaaa!

Avena? Da quando i piccioni mangiano l'avena? L'avena è per i cavalli!

Non credo che i piccioni siano così schizzinosi. E l'avena è facile da lanciare.

Magari del mangime per uccelli sarebbe meglio.

Hai ragione. Il mangime è la cosa migliore. Andiamo a Trafalgar Square e gettiamo in giro mangime per uccelli. E poi facciamo un sacco di FOTO. Muuuuaaaaaa!

8. Inventare qualcosa di utile per l'umanità.

Lascia perdere. Non succederà mai.

Grazie.

Senza offesa.

Mi hai offeso, infatti.

Be', non è un mio problema se sei così sensibile. È un obiettivo buttato. Trova un altro punto 8.

No!

Dai, inizio io.

8. Preparare un tè agli amici e dargli roba gratis.

Questo non è un punto della lista.

Sì, lo è. Ed è anche il più realistico se vuoi sapere la mia.

Non voglio saperla.

Be', è questo che sbagli nella vita.

9. Avere il mio nome inciso su un trofeo. Dimostrarmi più grata per la mia meravigliosa famiglia, apprezzare di più papà e accogliere i nuovi membri.

Perché mai vuoi il tuo nome su un trofeo? Per essere la più grande secchiona del mondo? AHAHAHAHA. Quanto sono spiritosa. Però questo punto è molto dolce. Mi piace.

Sei ironica?

No?

Davvero?

Sì!

Oh. Quando sei carina con me mi spiazzi.

10. Insegnare a Cane a dare il cinque alto.

A questo punto non so davvero che dire. Il tuo amore per il tuo cane sta oltrepassando il limite.

Ha molto talento. Può imparare.

È questo quindi il tuo ultimo punto? Ora possiamo fare qualcosa di INTERESSANTE?

Sì, è l'ultimo punto.

Aspetta. Ne ho uno io.

Non è la tua lista! Non puoi aggiungere punti.

Ne ho uno davvero ottimo.

Lasciami indovinare? È qualcosa tipo... "smettere di essere strana"?

No! È una cosa veramente significativa! Posso?

Ok, fa' pure. Aggiungi un punto 11.

Grande. Ecco qui. Il punto più importante e significativo dei tuoi obiettivi di vita.

Sto fremendo di impazienza.

Ora chi è l'ironica? Smettila di distrarmi.

Ok. Vai.

Eccolo.

11. Smettere di essere strana.

Inaspettato, davvero.

AHAHAH. Andiamo a farci un tè ora.

Da: rebecca.blythe@bouncemail.co.uk

A: anna_huntley@zingmail.co.uk

Oggetto: Orgogliosa di te!

Ciao tesoro!

Sono ancora io. So che ci siamo parlate al telefono questa mattina, ma volevo dirti ancora quanto sono orgogliosa di te. So che questo trimestre è stato difficile, ma ne sei uscita viva. Passa una bella giornata domani... sai, non riesco a immaginare Helena che gioca a Laser Quest. Ma che bella idea, la tua, tesoro! Fai la brava, però: tu e tuo padre tendete a diventare piuttosto competitivi con quel genere di cose. Ricorda a Nick che non è veramente nell'esercito e che la sua è solo una pistola a raggi. Non c'è bisogno che faccia qualche capriola.

Con tanto affetto, mamma xxx

@

Da: dantheman@zingmail.co.uk

A: jess.delby @zingmail.co.uk; anna_huntley@zingmail.co.uk

Oggetto: Domanda

Una domanda veloce, Jess. Perché state andando a Trafalgar Square? E perché volete che porti becchime e la mia pistola ad aria compressa?

Danny

@

Da: anna_huntley@zingmail.co.uk

A: dantheman@zingmail.co.uk; jess.delby@zingmail.co.uk

Oggetto: Re: Domanda

Ignora Jess, Danny. Non stiamo andando a Trafalgar Square.

Vieni qui quando puoi, però. Facciamo una maratona del *Signore degli Anelli*.

Che giornata FANTASTICA.

Con affetto, io me xxx

@

Da: jess.delby @zingmail.co.uk

A: anna_huntley@zingmail.co.uk

Cc: dantheman@zingmail.co.uk

Oggetto: R: Re: Domanda

Davvero, Danny, vieni prima che puoi. Anna sta cominciando a recitare alcune scene del film.

In questo momento sta facendo il discorso di quel piccoletto, Sam (o come si chiama). Cane fa la parte di Frodo.

E sembra spaventato quanto me.

J x

@

Da: marianne@montaines.co.uk

A: anna_huntley@zingmail.co.uk

Oggetto: Sei davvero IT!

Dunque, la mamma è eccitatissima per il Laser Quest di domani. È andata persino a comprarsi una mimetica. Non sto scherzando. E vuole che io mi metta una bandana. Una BANDANA.

Il cielo sa cosa ci farà indossare al matrimonio.

Ma la cosa più importante è: hai visto i giornali oggi? Sei

stata beccata mentre andavi con tuo padre a quella cosa sui campi minati di cui continuava a parlare. Te l'avevo detto che ti stava bene quel cappello. Spy-chic.

Senti questa... da uno dei giornali: *Mentre altri vip frequentano le sfarzose feste londinesi, Anna Huntley è stata vista a una conferenza militare con il padre, il rinomato giornalista e autore Nicholas Huntley. Un partecipante all'evento, che preferisce non rivelare il proprio nome, ha detto che la signorina Huntley "ha ascoltato entusiasta con tutti noi" e che "alla fine ha fatto anche qualche domanda". Conferenze di giorno, première la sera? Questo sì che è il comportamento giusto di una vera It Girl.*

Ehi, devi avere un talento naturale.

Ci vediamo al Laser Quest!

Con affetto, Marianne x

@

Da: anna_huntley@zingmail.co.uk
A: marianne@montaines.co.uk
Oggetto: Re: Sei davvero IT!
Be', diciamola tutta: sto imparando dalla migliore.
Ci vediamo in guerra.
Con affetto, io me xxx

Ringraziamenti

Primo e più importante, un immenso grazie a Lindsey Heaven, Jo Hayes e allo staff della Egmont and Bell Lomax Moreton. Grazie per aver creduto in Anna.

Grazie ai miei colleghi, ai miei insegnanti, ai miei meravigliosi amici e alla mia bellissima famiglia. Non ce l'avrei fatta senza i vostri incoraggiamenti e il supporto continui.

Un enorme grazie ai Rapoport, ai Clayton, agli O'Reilly e ai Briant. Sono immensamente grata per tutto ciò che le vostre famiglie hanno fatto per me negli anni. Spero che questo vi renda orgogliosi.

Un grazie speciale alle due rocce della mia vita: Chloe e Lizzie. La vostra amicizia ha ispirato questo libro.

Infine, grazie a mia madre, a mio padre, ai miei fratelli e ai miei cani. La famiglia migliore che uno possa desiderare.

Finito di stampare nel mese di marzo 2023
presso Grafica Veneta S.p.A.
Via Malcanton, 2 – Trebaseleghe (PD) – Printed in Italy